日治時期塹城詩社淺探

【耕心吟社、讀我書吟社、柏社】

作者：武麗芳

2010.5.16

日治時期塹城詩社淺探　目次

日治時期塹城詩社淺探序

羅宗濤教授

　　武麗芳君出生於新竹，成長於新竹，成家於新竹，工作於新竹，她熱愛新竹的風景、人物、習俗，歷史與文學。她是道道地地的新竹人，但她不是一隻新竹古井的井底之蛙。就時間而言，她關懷新竹文化的根源、現況與發展；就空間而言，她的眼光及於全臺、彼岸，乃至於國際。她探討竹塹的詩社，看來是個點的研究，沒錯，這是個點------是個出發點，是將這個點放到廣袤的時空系統中來考察的。

　　麗芳君出身於清寒而奮發的家庭，自幼養成堅毅耐勞而又與人為善的個性。她半工半讀完成高中的學業；大學教育也是白天當公路警察，夜讀夜間部，孜孜矻矻，以五年時光，掙得方帽子。在職場上，她敬業樂群，由警員、組員、股長、區公所秘書、文化局課長、新竹市東區區長，直到現任的新竹市政府簡任秘書。公餘之暇，還受聘在香山玄奘大學兼任臺灣文學的課程。在家庭生活方面，她和夫婿黃仁德先生互敬互愛，互相策勉，共同照顧三個頭角崢嶸的子女。

　　在兼顧事業與家庭之餘，她還徜徉於文苑之中，除了在文藝社團擔任常務理、監事之外，多年來她都參與詩社的藝文活動，從事古典與現代文學的創作，並多次獲獎。

　　這樣由新竹孕育出來，持續服務鄉梓，深入了解新竹文化，又躬自在詩社擊鉢吟詩的詩人，由她來探討塹城的詩社，誰曰不宜？當然，這只是個「淺探」，是個出發點，然而，茲篇所整理出來的資料，所澄清的若干問題，已對同好盡了一分心力。當然！我們殷切期盼她更深化，更廣化的研究成果能夠早日問世，嘉惠士林。

民國九十九年三月二十九日於玄奘大學

序—萬事由來夙有緣

「萬事由來夙有緣」，善因修善果確實如此。十八年前筆者為臺北大安扶輪社創社成員。曾於西元1992年起獲六屆社長及全體社友支持，舉辦「高國中國文教師暑期漢詩研習班」， 連續六年深得各方佳評。彼時，師質嚴選帳絳席崇，敦聘騷壇祭酒----中華民國傳統詩學會榮譽理事長張國裕先生指導賦作，稻江耆宿，莫副理事長月娥大家，教授吟唱；筆者兼東席侍坐，負責正音美讀。二位詞長才高八斗譽滿三臺，消息發出，北部五縣市教學及社會人士反應熱烈，報名踴躍，國文教學組有傾室而到者，可見一斑。

「道者，同於道」志合契投。武女史嗜文好詩，嫻習七絕格律，創作早下鑿功；惟於國音與河洛漢韻間之差異，無法通曉，用字遣詞辭難以隨意轉換，吟詠備感苦辛。為開任督，迢迢北上，堪謂帶藝拜師；首日上課即呈「風城柳絮詩文集」手稿三百餘頁，才華洋溢滿座傾慕。武女史敬恭有禮，謙虛請教，修習期間殷勤奮發，並苦練吟唱，表現優異，使人印象深刻；結業以後，更繼續研究吟詩功法定期上課，而蒙　莫月娥老師納為入室弟子。為使命感所驅負起薪火傳承之責，武女史於新竹隨即舉辦數期漢詩訓練班，延請張、莫二師開課，成果豐碩，培養許多新秀。

此際，武女史詩學大進，清韻妙聲，更是響遍塹城，善吟令譽從而廣播。西元1998年，曾於生產三千金宜婷之次日，冒健康大戒，迢赴新竹教育大學，參加全國鄉土語文競賽之總決賽；竟日周旋，武女史高吟魏武之「短歌行」，越發慷慨激昂技壓全場，終因體力耗盡昏倒現場，驚動評席，全體譁然而屈居亞軍。勇者不怠，有志者自強不息，武女史

兼顧職業、學業與家庭，三十年來始終如一；堅忍向上，越戰越勇不曾退卻，自臺灣省警察學校畢業，八年人民褓母生涯之艱辛，更激勵其力爭向上毅志。於靜宜女子文理學院中國文學系畢業後，分別赴國立臺灣師範大學、國立交通大學修滿教師專業與管理科學學分；而於西元2001年考取玄奘人文社會學院中國語文研究所三年後正式取得碩士學位。今年九月將進入玄奘大學中國語文研究所博士班就讀。武女史溫文儒雅，謙和敬業，從十六歲國中畢業後，即進入職場，由紡織廠作業員、工友、公路警察、高中國文教師、社工員、新竹市政府社會科股長、區公所秘書、文化局課長、新竹市東區區公所區長，到現今擔任新竹市政府簡任秘書，期間工作領域一直改變，惟一不變者，即是武女史在家為賢妻慈母孝媳角色。若問及齊家哲學即答曰：「無他，但求平靜舉家和諧。凡事可忍，遇爭執且退一步，便自海闊天空；不可改變之事，就認命，家和萬事興。」壯哉！斯言「忍上心頭一把刀」，欲求大道從此開始。修身、齊家、治國、平天下，一切和善行為從「忍讓」做起，而至敬天、敬地、尊師重道、四維、八德之教，是人類群居社會文明之極致，為漢民文化之傲世傳統。

　　文化乃一民族表現於語言、文字、藝術、宗教、倫理、道德、政治、法律、風俗、習慣、價值規範、生活方式與思想行為之文明綜合體；是一民族不受同化，不被消滅之生存要件，是民族自尊與種族凝聚力與崇高精神之識別。是以霸權侵略者，其滔天罪惡，即先消滅被殖民者之固有文化。詩是文學精華，人生無處不是詩，生活當中時時刻刻都是詩，旨賅言約，義蓄而韻揚，淺深小大通情而達性，以是可致柔而敦厚，逸无修慧，童稚習之皓首莫廢；故能興善念、動關

心、明物理、察細微、致祥和、抒愁怨而激雅懷是也。本著作聚焦於西元1895年後，日據時期之竹塹詩社；武女史善用寶貴史料，詳加闡述發明值得佩服。謙稱「淺探」，實已清楚鈎提出在異族鐵蹄馬鞭下，彼時漢民同胞呼天搶地的痛苦、憤恨與無奈。然而讀聖賢書所學何事？於是志士仁人化悲憤為力量，轉有象為無形，塾師騷客各守本位，紛紛投入文化聖戰；風起雲湧大勢一起，壯不可遏。但見塾師藉經史傳授道統，以維倫理，騷客尋詩章締結約盟，稗振精神。

竹塹詩風本盛，由來是文化重鎮，日據時期百餘書房、私塾之中，塾師又是騷客，傳經闡史，明禮教、崇道統、復善吟詠賞清新、重氣節，薪傳有人，師生騷友同結社者，有舉人鄭家珍、秀才葉文樞與名儒張純甫，武女史以此三家為例，鑽研發明可敬可佩；勤傳道者必能起俊秀，而好吟詩者終教揚美聲，既皆碩學通儒，在擊缽騷壇自有詩名留世，亦各擁傳人叱吒風雲於一時，詩友聯吟、風雅清逸，為人所重。

臺灣鷗客，以擊缽為式由來已久；限題、限韻、限體、限時，練習之賦作，或交誼聯盟、教學揣摩，不失為有效保存文化之道。「生而不有，為而不恃」，酷似甘薯食人，救人於饑，不知其數，但恨之、忌之者，所在多有。擊缽詩亦然，排斥者不喜其嚴限，而為評譏者，昔今頻見。平心論之，持異議者，間或責以其失之過嚴，阻礙創作，何異八股？其實，騷壇未曾有人欲去之始稱快，如沙之入眼者也。擊缽詩法嘉惠初學，怡悅高明，貢獻之大難以略述；後起之秀，飽學之士，若能為文，明辨優劣，例舉闡微，以昭正反兩相，必有助於臺灣詩學之研究，是來者之福也。武女史於百忙中完成大作，喜而為序。

黃哲人
2010.04.26　敬識

自　序

　　記得我與恩師沈謙博士最後一次的通聯，他說：「妳這本書何時出版？」當時我的回答是「快了」；沒想到一個星期後老師竟然赴召修文，走了。幾年來我一直耿耿於懷的是追隨老師的時間太短（兩年），未能儘得精髓，學海無涯唯勤是岸，對我而言依然是個遺憾。

　　新竹曾經是北臺灣的文化重鎮，從清領到日治一直都是文風鼎盛，不只人才濟濟，更是枝繁葉密於各地；時至今日，雖說科技掛帥，但在質文厚實的民風下，仍有一群為數不少的有心人士，正默默的為這塊生養我們的地方，竭心盡力的為鄉土文化的發揚與紮根而努力；而竹社的師徒們代代相傳，為的是延一線斯文於不墜，他們從未放棄也未曾間斷；此亦即以文化傳承為己任的文人風骨。

　　前清舉人鄭家珍（伯嶼）、秀才葉文樞（際唐）與張純甫先生，他們生不逢時際遇坎坷，因乙未割台功名路斷，又滿懷一腔熱血踏上從未晤面的祖國，卻因時局動盪「青雲有路志難伸」，而徘徊往返於臺海兩岸之間，明明是土生土長的臺灣人，卻要被在臺的日本官方認定為「台僑」，這是何等的心痛與無奈！但是他們並不因此而懷憂喪志，他們的堅持與努力，使炎黃子孫的漢文教育在日治時期的新竹，仍舊得以延續；「耕心吟社」、「讀我書吟社」與「柏社」便是漢文書房（私塾）的延伸；在他們的主持之下，溫柔敦厚的詩教與漢文化的薪火，也因師徒間的一脈相承迄今而生生不息。對新竹地方而言，鄭、葉、張三位塾師，他們維護本土文化，樹人樹德的風範，我們應予肯定、推崇與感謝，不應該讓他們淹沒於歷史的洪流當中啊！

　　本書得以順利出版，首先要感謝我的漢文師傅竹社社長，也是我們新竹地區的文史專家蘇子建老師（鶴亭先生）；要不是蘇老師的指導與他無私的提供大量資料，我想靠我自己的能力是很難完成的。當然這期間也有很多傳統詩學界的前輩、詞長們的協助如：中華民國傳統詩學會前理事長張國裕老師、天籟吟社的莫月娥老師、苗栗國學會（前栗社）的創會長陳俊儒老師、以及黃冠人教授……等，我真的非常感謝他們。即便如此，本書仍難免或有瑕誤，還請大雅先進不吝給予指教；我將衷心的感謝，也將再一次的出發。

武麗芳 謹序於塹城崧嶺居
2010年5月6日

前　言

　　一八九五年中日雙方於春帆樓簽定了馬關條約，這個歷史性的條約，切斷了臺灣與中國形式上的官方關係，但卻切不斷臺灣人民，與祖國大陸的血脈。雖然日本據臺五十年，從最初的武力鎮壓，到前期的懷柔，中期的恩威並用，及二次世界大戰期間的廢止漢文教育與漢文書房、停止漢文報紙，推行國語（日語）家庭，乃至如火如荼的皇民化運動等，臺灣人民並沒有因日本官方的高壓手段而忘了自己是誰，祖先從何而來！此實歸功於各地詩社的林立，即使在二次世界大戰後期，漢文書房不見了，但詩社的活動卻仍繼續存在，這不能不說是臺灣社會的奇蹟吧！

　　在歷史的洪流當中，新竹地區的漢文書房與詩社，在日治時期曾大放異彩於全省；這些塾師或詩人，他們抱持民族氣節，爲維護祖國文化，傳授漢文，受盡異族的壓迫而不改其志；這當中對鄉里的詩學影響最深，貢獻也最大的漢文塾師，要算是前清舉人鄭家珍、秀才葉文樞與張純甫他們三位了。由於他們的境遇很相似，即乙未（一八九五年）割台，功名路斷，內渡大陸原籍，但爲漢文傳承與生計而重返臺灣，最後鄭、葉二人卒於大陸原籍，其後不知所以，只有張純甫先生，壽終於臺灣新竹故里，且子孫綿延枝繁葉茂令人稱羨。鄭家珍、葉文樞、張純甫他們皆分別於光緒年間，到日治時代加入歷史悠久的塹城「竹社」，活躍於新竹詩壇且馳名全省，在教學方面，更是深深的影響新竹地區的後輩詩人與生徒，對鄉土文化的紮根與傳承有著不可磨滅的功績。

　　臺灣光復以後，隨著時勢與客觀環境的轉變，這些人卻逐漸的被時間所遺忘；當鄉土文化再度抬頭的時候，塵封的

　　歷史重新再被開啓，家珍、文樞、純甫的徒子徒孫們，從光復以來，在新竹地區各詩社相繼消失之際，挺而撐起漢文教育傳承的使命。雖然光陰不再，哲人日遠，身爲塹城子弟與竹社的一員，希望以這篇淺論作爲索引，延線來繼續追尋歷史的記憶，好爲傳統的漢文教育鄉土文化盡一份心力。

第一章　緒論

第一節　傳統詩社的起源

　　《論語・季氏篇第十三章》孔子曰：「小子何莫學乎詩？詩可以興，可以觀，可以群，可以怨。邇之事父，遠之事君，多識於鳥獸草木之名。」中國文學源遠流長，從上古的歌謠到《詩經》（北方）、與楚騷（南方），從漢賦、樂府、六朝駢體文、唐詩、宋詞、元曲到明清的小說章回，以迄於今，上下流變四千餘年；而傳統詩歌在流金歲月的浩瀚文海裡，卻始終保持著---無限的生命力；特別是在朝代興替與社會動盪的世局中，他始終維係著民間華夏文化薪傳的血脈。

　　中國的歷史上，談到文人的雅集，大家就會想到---蘭亭曲水流觴的故事。根據南朝劉義慶的《世說新語》及《蘭亭考》[1]等書記載：永和九年三月三日，正是風和日麗、百花競放的春天。王羲之和太原孫統、孫綽、陳郡謝安及其子凝之、徽之等共四十二人，到會稽山陰之蘭亭舉行修禊之禮；祓除不祥，祈降福祉。事後他們列座溪邊的兩岸，用羽觴盛酒，放在彎彎的小溪上任它飄流。羽觴停在誰的跟前，誰就得飲酒賦詩。他們曲水流觴，賦詩盡興。當時有羲之等二十六人，吟成了詩篇（有四言詩和五言詩），其他尚有十六人未能成詩，各罰酒三大觥。他們還將這些詩篇匯集在一起。共推王羲之寫序，於是羲之趁著酒興，用鼠鬚筆和蠶繭紙寫出一篇＜蘭亭集序＞。因為辭句優美、書體遒勁，王羲之將它視為傳家之寶留付子孫。

1　宋朝桑世昌作，見《四庫提要》史.目錄類。

　　宋秦觀＜蘭亭後記＞說明＜蘭亭序＞墨蹟傳到義之七世孫智永和尚的弟子辨才和尚時，已經是唐太宗李世民做皇帝的年代。因爲太宗銳意學習二王書帖，遍集墨蹟。摹揚殆盡，唯獨尚缺＜蘭亭集序＞。太宗雖然傳召辯才，但是辨才否認藏有該帖，於是太宗只好派御史蕭翼微服前往永欣寺一探究竟，蕭翼想盡辦法與辨才親近，終於查出該序的下落。太宗也如願以償，將＜蘭亭集序＞墨蹟收入御書房，並令人摹拓，賜予近臣。經過太宗的酷愛與渲染，甚至遺言要它陪葬，於是「曲水流觴」的韻事就流傳下來，成爲千古美談。它與竹溪六逸[2]、竹林七賢成爲後人相率仿效的對象，蔚成詩社的流風自此綿延不絕。

　　「詩」，本來是人類情感的發抒，求其美化的語言藝術。這些藉以抒發情感的感懷或詠景之作，大都是屬於自我表現的孤吟獨詠。但是詩人爲了要尋求共鳴，邀集吟侶，交流詩句，逐漸發展成爲詩酒唱酬的雅集聯吟。這種活動自古就有蘭亭修禊、竹林七賢等流傳千古的風雅韻事。

　　南北朝時，詩人集會，常常刻燭限時，用以表示他的捷才。後來更敲銅鉢立韻，流行一種擊鉢吟會，盛行於閩、粵一帶，傳入台灣更風靡一時。康熙廿四年，明朝遺老—沈光文，在諸羅（嘉義）邀集季麒光、華袞、韓琦、陳元圖、趙龍旋、林起元、陳鴻猷、屠士彥、鄭廷桂、何士鳳、韋名渡、陳雄略、翁德昌等十四位流寓諸公，首創「東吟社」[3]。這是台灣詩人結社的濫觴。

2　唐，天寶年間，李白、孔巢父、韓準、斐政、張叔明、陶沔等六人在竹溪結社（山東濟南府徂徠山），詩酒流連時號竹溪六逸。

3　見廖雪蘭《臺灣詩史‧臺灣詩社繫年》，1989年8月武陵出版社。

第二節　塹城詩社話從頭

一、北郭煙雨

　　新竹市古時候稱為「竹塹」。是淡水廳的廳治所在地。道、咸以來至光緒乙未年（西元1895年）止，竹塹城考取科舉的人數有：進士、舉人、秀才等二百三十餘人；可見人文之盛堪稱北台之冠。咸豐元年，進士鄭用錫及其次子如梁開始營建北郭園，作為讀書自娛，晚年怡養的地方。鄭用錫早在道光三年考中進士，大家稱譽為開台黃甲。同時期的竹塹名士有武探花周士超，舉人郭成金，孝廉鄭用鑑等多人。用錫告老還鄉後，重新主持明志書院，教育鄉里子弟。也從事許多公益活動。北郭園的建築，前後費時三年。紅牆碧瓦、曲檻朱欄、花園、假山幽美高雅，不愧為進士宅第。從此竹塹城內外公館的「潛園探海」和「北郭煙雨」同列為塹城八景之一；且經常冠蓋雲集，騷人墨客慕名踵至，詩酒徵逐，非常熱鬧。

　　北郭園主人－鄭用錫經常邀集士大夫到北郭園吟詠酬唱。當時除了竹塹七子－鄭用鑑、鄭如松等鄭家人外，劉星槎茂才、陳維英舉人、名士、官宦，都成為鄭家的座上客。在鄭用錫所著的《北郭園詩鈔》中存有多首唱酬的詩，可以讓後人推想當時盛況。

　　古代的科舉制度少不了試帖詩的考試。所以「作詩」是應考學生必經之門。咸豐七年七月七日，鄭進士的長孫－鄭景南邀其勝友七名，祭祀奎星，組織「斯盛社」。並請用錫為其盟主。鄭進士先後賦詩三首勉勵他們。「斯盛社」是鄭景南等青年學子為科舉切磋詩藝的組織；也是文獻資料上所

記載的竹塹地區最早的詩社之一[4]。

　　根據《新竹縣志・藝文志》第一節詩文篇中的一段記載：「道光三年，鄭用錫成進士。晚年退休，建北郭園，從事吟詠。締結「斯盛社」，為新竹詩社之濫觴。但斯盛社吟侶七人，姓氏無考，唯當時人稱竹塹七子者，乃進士鄭用錫、進士鄭士超、舉人郭成金、孝廉方正鄭用鑑、舉人鄭如松、貢生鄭用錫、廩生劉黎光等七人。以上竹塹七子，可能即是斯盛社之七吟侶也，其中鄭士超、劉黎光兩人，籍貫、家世未詳。」近人撰述竹塹詩史，大都採用此說，認為竹塹七子即是斯盛社的七吟侶。

　　恩師竹社社長蘇子建（鶴亭）先生在研究《北郭園全集》[5]時卻發現，從《北郭園詩鈔》[6]中，得見鄭進士曾經吟贈斯盛社同人的詩，及記錄長孫景南祭奎星後，結斯盛社的詩共三首。我們仔細推敲詩中的含意，配對時間及人物，覺得疑點不少。根據：「鄭用錫建築北郭園，從事吟詠，結斯盛社。」這一段記錄來推算：北郭園建於咸豐元年，所以斯盛社締結年代應在咸豐元年以後。又依「斯盛社吟侶七人，可能是竹塹七子。」這一段紀錄來看，整理出七子的「生卒年代表」如下表：

4　明治四十三年《臺灣日日新報》及黃美娥博士《清代臺灣竹塹地區傳統文學研究》295頁，指出尚有資料不詳的「竹城吟社」。

5　《北郭園全集》十卷，鄭用錫著，清同治九年（1870）刻本

6　《北郭園詩鈔》五卷，鄭用錫著，（臺銀本：文叢第四十一種，一冊，四十八年五月，臺北）

所謂的竹塹七子？生卒年代簡表

七子姓名	生卒年代	用錫辭官 1837年	北郭園落成 1851年	說　　　明
鄭用錫 (祉亭)	1788年 至 1858年	時年50歲	時年64歲	道光三年成進士，六年協助同知築竹塹城，十四年往北京供職，十七年以母老乞養。咸豐元年築北郭園，八年卒（享年七十一歲）。
鄭用鑑 (藻亭)	1789年 至 1867年	時年49歲	時年63歲	道光五年拔貢生，主講明志書院垂卅年。同治元年詔舉孝廉方正，同治六年卒（享年七十九歲）。
郭成金 (貢南)	1780年 至 1836年	已歿	已歿	嘉慶廿四年舉人，任教職，道光三年赴試春闈不第，主講明志書院。道光十六年卒（享年五十七歲）。
鄭用銛 (穎亭)	1802年 至 1847年	時年36歲	已歿	新竹縣誌人物志節孝表載：「翁金娘，竹塹林福女，水田恩貢生鄭用銛妻。」可見用銛英年早逝，道光廿七年卒（卒年四十七歲）。
鄭如松 (蔭坡)	1816年 至 1860年	時年22歲	時年36歲	用錫長子，道光十七年丁酉科黃維岳榜廩生，優貢生。道光廿六年中舉人，咸豐十年卒（卒年四十五歲）。
劉星槎 (藜光)	不詳	年齡不詳 但仍健在	年齡不詳 當時健在	一名希尙字藜光。廩生，取進年代不詳，北郭園詩鈔裡，有星槎題贈北郭園，用錫回答他的和詩
鄭士超	不詳	不詳	不詳	淡水廳志只載其為進士及第，中式年代及家世不詳，唯據鄭氏族譜名士傳載：士超係乾隆間進士，少家貧，為人牧牛、勤讀，常不知牛之逸去，官至監察御使。（是否此人不得而知）

　　我們仔細對照看看，便發現有破綻；首先就是咸豐元年，北郭園落成時，用錫已是六四之齡，七子之一的郭成金已經去世了十五年。社盟未結，七子已去其一。鄭用鈺爲用錫之弟，係道光廿四年恩貢生。《新竹縣志‧節孝表》記載：「用鈺之妻翁氏金娘，廿四歲即守寡。」可見用鈺英年早逝，其妻才會年輕就守寡，卒年四十有七（一八四七），故北郭園落成，用鈺已去世四年，早已經不在人世。因此，「竹塹七子」，可能是斯盛社的七吟侶，這一句話，實在是確有問題的。

　　《北郭園詩鈔》裡有關「斯盛社」的詩有三首[7]，今錄其二如下：

＜贈斯盛社同人＞　　　　　　　　　　鄭用錫

　　磊落英姿正少年，諸君結社各翩翩。留松開徑邀三益，種竹成陰得七賢。壯志好登瀛海島，文光齊射斗牛纏。積薪望汝能居上，聯臂相期尺五天。（同社七人）

＜再贈斯盛社＞　　　　　　　　　　鄭用錫

　　蕭森竹木映窗紗，聚首論文日未斜。牛耳登壇慚我執，龍頭奪錦許誰誇。心苗好種文章福，腹禾能使氣象華。得失全憑三寸管，榜中花即筆中花。

　　我們再仔細推敲這兩首的詩意，尤其首句：「磊落英姿正少年，諸君結社各翩翩。」的口氣，斯盛社的成員，應該是年輕後輩；如果是針對當時已年逾花甲的用鑑、士超等人，寫這樣的詩豈不肉麻怪哉？其次「留松開徑邀三益，種竹成陰得七賢（同社七人）。」句，下面的註解，清楚的告

<hr />

7　見《新竹縣志‧藝文志》截錄後二首

訴我們，社員的人數是七人。可能也就是因為此句，使人誤以為斯盛社成員便是竹塹七子?故「牛耳登壇慚我執，龍頭奪錦許誰誇。」句，正是告訴我們，斯盛社是由鄭用錫執盟主的牛耳。這兩首詩的結句：「積薪望汝能居上，聯臂相期尺五天。」和「得失全憑三寸管，榜中花即筆中花。」的口氣，顯然是老前輩希望年輕人能後來居上，大家聯臂平步青雲。同時勉勵他們種好心苗，始能得福而文章大進，功名得失全憑三寸長的筆桿，如果文章好，亦即榜上題名有望。可見它是以求取功名為目標的切磋詩藝的組織。

《北郭園詩鈔》中七古篇又有一首與斯盛社有關的詩。七年七月七日，景孫祀奎星，招七友為斯盛社。書此勗之。

> 七月七日占星斗，勝友七人盛文酒。心香一瓣拜奎星，
> 天上文衡主持久。相朝雲漢踏金鰲，山盤十五戴其首。
> 願爾努力各飛騰，上應列星同攜手。神如首肯來默相，
> 報賽年年薦蘩韭。

由題目所標出的意思，知道時間是在咸豐七年七月七日。景孫（用錫的長孫鄭景南號少坡），祭祀奎星（俗訛稱為魁星），邀約勝友七人，締結斯盛社。因此用錫作詩鼓勵他們。

鄭景南是舉人如松之子，用錫的長孫，十五歲進學，十七歲補廩生；用錫對景南的期許很大，也非常疼愛他，並時時賦詩勉勵他。在《北郭園詩鈔》二七九首詩裡，賦詩提到景孫的就有六首之多。魁星是北斗七星之第一星，古天文學家認為是掌世間文運之神。景南選擇於咸豐七年七月七日招七友祭星斗，有其選吉時，討吉利的意義。

「斯盛社」的盟主是鄭用錫。當事者的詩及說明，是最

好的考據資料。從用錫這幾首詩，我們可以整理出下列幾點結論：

（一）「斯盛社」的締結時間是：咸豐七年七月七日。

（二）「斯盛社」的吟侶是鄭景南邀約的勝友七人，而不是竹塹七子。

（三）「斯盛社」的盟主是鄭用錫進士；也可以說是指導者。

（四）「斯盛社」是七位青年學子，為科舉切磋詩藝的組織。與一般吟風弄月之會、社是不同的。

我們再從當時竹塹兩大名園的主人，鄭用錫和林占梅的詩集裡去翻查，即可尋得到一些蛛絲馬跡。根據《北郭園全集》的編輯－楊浚（字雪滄）於咸豐九年所寫的序文說：「昔高達夫五十始學詩。祉亭先生亦歸田後，所作為多也。」由此推知：用錫早歲專心於制藝、試帖，志在科舉。晚年回鄉後閒下來，才開始從事吟詠自娛。《北郭園詩鈔》的作品，時間大約在道光十七年以後，至咸豐八年，用錫去世為止。其中有唱和詩，如：陳迂谷、劉黎光、許蔭庭三人題贈北郭園詩，家居生活、紀事詩及雜詠等。其中詠物詩的＜秋湛＞、＜秋鐘＞、＜秋履＞、＜秋笛＞、＜對菊＞、＜詠柳＞等作品，都有著濃厚的擊缽聯吟的味道。吟侶也由唱和詩中的人物依稀可尋。

鄭用錫去世於咸豐八年，享壽七十有一。離斯盛社的成立（咸豐七年）僅差一年，時間太短了。那麼告老還鄉後，到去世前一年約廿年歲月裡，尤其是北郭園落成後（咸豐元年），冠蓋雲集，文人墨客，接踵而至，豈無雅集聯吟之舉。只是我們無法確定，「是臨時性的詩會」還是「定期性的結社」而已。不過我們懷疑「斯盛社」並非竹塹詩社的濫

觴，卻是有許多佐證的。茲列舉幾點：

(一) 林占梅的《潛園琴餘草》是依年段編輯的。自少時至
辛亥（咸豐元年）篇，有七律一首題目爲＜邀曾藟雲
先生（即曾驤）偕同人涵鏡軒納涼，烹茶賞荷，分韻
得「嬌字」＞云：

半畝淪漣趣已饒，芙蓉更喜綻今朝。如臨寶鏡凝妝靚，
似浴溫泉山水嬌。玉柄風生含麝馥，翠盤露滴愛珠搖。
熱塵即此銷除盡，暑氣何緣到綺寮。

我們仔細推敲題目的敘述即可以瞭解，占梅邀集
曾藟雲偕同人（即詩社同人）在涵鏡軒賞荷吟詩。時
間在咸豐元年或元年以前。雖是潛園的詩會，但當時
的社名爲何？無考。然而比「斯盛社」還要早，是無
庸置疑的。

(二) 類似前述的雅集記錄，出現於詩題的，在《潛園琴餘
草》裡有很多。茲抄錄如下：

1. 咸豐三年(癸丑)，夏初以來，四境不靖，園中花事
就蕪，屆殘臘，始報安堵。爰修小園，招諸韻士雅
集，各有佳作：予忝主位，乃強顏續成五排一首。

鼕鼓聲才歇，園林興欲顛。百憂寬此日，三揖進群賢。
圃晚猶存菊，池空已謝蓮。老梅爭臘放，弱柳待春眠。
詩社供金佛，花瓢養水仙。堂虛陳古器，几淨列瓊筵。
綠釀葡萄熟，紅色橘柚鮮。曠罍嘗異果，激灩挹流泉。
茶沸銅瓶火，香浮寶鼎烟。音清琴互撫，景好韻同聯。
劇飲應中聖，幽思定入神。囊收昌谷句，墨灑薛濤箋。
東閣吟堪繼，西園宴並傳。芝蘭常契合，歲月任催遷。
豪氣欣長夜，高談達曉天。酒闌燈炧後，餘趣尙悠然。

2. 咸豐五年（乙卯），＜友人詢潛園近景作此答
　 之＞，詩裡面有一句，「吟社新盟結，歌場艷曲
　 翻」。很清楚的說出，他們已經結了新詩盟。

＜友人詢潛園近景作此答之＞

自笑身如蠖，潛居稱此園。在山消遠志，近市隔塵喧。
寫興詩千首，開懷酒一樽。茶甘留舌本，香妙淨聞根。
鼓鍛懷嵇寵，圍棋慕謝墩。撫琴欣有趣，讀書悟無言。
水活泉通沼，城低堞當垣。亭台開月榭，樓閣接雲軒。
梅繞東西院，花迷左右村。槿籬圍藥圃，竹徑隱柴門。
吟社新結盟，歌場艷曲翻。愛才頻說項，賭醉每留髡。
笠屐身猶健，林泉樂弗諼。吾生知足甚，名利不須論。
不官如栗里，此地即桃源。入世嗤牛馬，歸山約鶴猿。

3. 咸豐十年除夕，占梅的《琴餘草》編成。諸吟友集
　 於梅花書屋祭詩。占梅賦詩答謝。詩中有一句：
　 「一曲蛙聲參樂部，十年牛耳負騷壇。」表示他們
　 在咸豐元年（十年前）就從事雅集吟詠。

＜社中諸君子知拙集編次已成除夕夜各具酒脯
集於梅花書屋為祭詩之會作此愧謝＞

投囊不解嘔心肝，酒脯相酬覺未安。一曲蛙聲參樂部，
十年牛耳負騷壇。搜枯豈有精神費，抱愧須知醉飽難。
多謝諸君珍重意，苦吟此後勉加餐。

　　以上幾首詩，都是咸豐七年以前發生的事。可見北郭、
潛園兩大名園在咸豐七年以前已有詩社。《北郭園詩鈔》是
同治九年，用錫的次男，鄭如梁託付《淡水廳志》的編者楊

浚編輯。於同治十二年付梓刊行。因爲它是依據五言、七言
等詩的類別而編，較難推算出作詩的年代。對文獻資料，時
間的考據，幫助較少。斯盛社結社之前，竹塹詩壇，已有雅
集聯吟之舉。但是他們結社的社名爲何?目前卻無確實資料
可以爲證。下面蒐集各家所提出的社名，謹以供參考。

社　名	年　代	記載於何書	作　者	說　　明
斯盛社	咸豐七年	北郭園詩鈔	鄭用錫	七年七月七日景孫祭奎星招七友爲斯盛社。
	1851年以後	新竹縣志	黃旺成	用錫晚年退休，建北郭園從事吟詠締結斯盛社。
	咸豐初年	風城故事	黃瀛豹	咸豐初年用錫與詩友數人組織斯盛社。七賢是竹塹七子，但這不是正式記錄，因爲人事有變遷，人數永遠不會固定。
竹　社	咸豐八年以後	新竹縣志	黃旺成	用錫建北郭園，海內外名人時相過從，詩酒酬唱乃成立竹社，參加者多爲得意科場之人。
	同治二年（1863）	竹社沿革誌	范根燦	
	咸豐元年至咸豐十一年(1851-1861)	台灣詩史	廖雪蘭	
梅　社	咸豐八年以後	新竹縣志	黃旺成	占梅建潛園，結交海內外名人，成立梅社，參加者多爲未成名之童生。
	咸豐元年至咸豐十一年(1851-1861)	台灣詩史	廖雪蘭	
北郭園吟　社	不詳1885年以前	友竹詩文集（偏遠堂吟草跋）	王松	友竹自述，弱冠參加北郭園吟，受香谷如蘭青睞。
潛　園吟　社	同治元年（1862）	台灣詩史（台灣詩社繫年）	廖雪蘭	戴萬生亂平，占梅詩酒琴歌於園，舉人林豪、閩縣林亦圖，乃創潛園吟社。

二、潛園探梅

　　道光廿九年，竹塹巨室林占梅（西元1821年－1868年）營築潛園，建爽吟閣。廣邀海內外名士以吟詠爲樂。茂才曾驤、林亦圖、葉松譚、舉人林豪，貢生查少白等先後客寓潛園成爲吟侶。主人更著《潛園琴餘草》八卷傳世。雅集之初，雖然有聯吟之實，但是似乎沒有結盟的社名，後來林亦圖編《潛園唱和集》，後人推想可能有「潛園吟社」之名，但是迄今仍無法查證確切的名稱與時間。

　　潛園築成後，各地騷人墨客聞風踵至，詩酒爭逐，熱鬧非凡；不少文人客寓潛園，受到主人的禮遇。雖然未及孟嘗君食客三千，但也是賓客如雲，座無虛席。林園美景使人流連忘返；眾賓客與主人論詩唱和，共度愜意的日子；而詩社的雛型也就水到渠成了。

　　潛園位於竹塹城西挹爽門內，樓閣玲瓏，迴廊曲折，池台水榭，各盡其妙。園中水渠環迴，由隧道穿通池塘，可供彩鷁周遊。有「爽吟閣」供覽勝吟詠，「留客處」接待賓客，尚有涵鏡軒、梅花書屋、廿六宜諸勝。占地計廣二甲餘。

　　主人作＜潛園適興六十韻＞[8]，除描述風景幽美外，還提到賓客尋涼在樹下鋪著竹席避暑，仕女嬉戲，在園中追逐，釵竿落地；詩童提著錦囊，婢女捧著筆硯跟隨在旁侍候。他們烹茶品茗，共嘗雀舌甘味。焚香淨室，共扇龍涎薰風。琴劍隨身，通興而彈。遊則嘯，懶則眠。共攤箋，樂揮毫，償吟債，苦尋思。床頭、枕上，詩書堆疊，分題吟詠，步韻唱酬。賓主泛舟尋涼，扣絃高歌。傾杯暢飲助吟，猜拳酒令引興，賞景豁盡吟眸，遊倦樂而忘返。

8　見《林占梅資料彙編》中之《潛園琴餘草》新竹市立文化中心1994.6出版。

　　潛園主人－林占梅（雪村）的故事，坊間流傳甚廣。《台灣通史》及新竹的地方諸誌，甚至民間史話都曾提到他。這些誌載，大都記錄林園巨宅構築之美，及主人風流倜儻，慷慨好客，急公好義的一面，而潛園吟侶及唱酬情形則較少觸及。

　　《潛園琴餘草》是林占梅從事吟詠的遺著。生前曾於咸豐四年及八年，先後請當時的台澎道－徐宗幹、海東書院山長－黃紹芳、茂才－曾醴等為其作序。咸豐十年，吟友葉松潭慫恿他付梓，因此委託茂才林薇臣（亦圖）到省（福建）鐫版。當時占梅還吟成三絕句記錄此事。

> 觀天井底夜郎誇，荒陋無聞在海涯；今日反災梨與棗，瓵瓶難免覆蒙沙。

> 學吟詩句類塗鴉，高閣頻年束亂麻。寸鋩不持臨敵去，恐終貽累似濤斜。

> 吟詠聊當喚奈何，半生村野俗言多，刪詩雜取看宣聖，敢比滄浪孺子歌。

　　咸豐十年除夕，《潛園琴餘草》編次完成。詩社諸吟友集合於梅花書屋，開祭詩之會，占梅曾賦詩答謝：

> 投囊不解嘔心肝，酒脯相酬覺未安。一曲蛙聲參樂部，十年牛耳負騷壇。搜枯豈有精神費，抱愧須知醉飽難。
> 多謝諸君珍重意，苦吟此後勉加餐

　　占梅這首詩的用詞都非常謙遜，沒有絲毫的驕矜之氣。詩集的編印，即將宣告功德圓滿。不料當時太平天國作亂，杭州淪陷，姑蘇失守。翌年台灣戴萬生（潮春）滋事，彰、淡地方人心惶惶。接二連三，諸事耽擱，至同治七年，占梅

含冤身歿，遺稿猶未付梓。甲午戰後，讓台議成，哲嗣達夫避居廈門。將詩集攜往大陸。光緒廿三年仲冬，桂嶺黃維漢再加一篇序文記述此事。日治時期，稿本輾轉傳錄，收藏於省立台北圖書館。光復後，經台灣銀行經濟研究室選錄簡編印行。

　　占梅的＜潛園適興六十韻＞記述生活概況。頭一句就寫，「不作封侯想，潛蹤已十年。屢因圖畫興，軏起眺遊緣。………。」無意仕途，愛慕林和靖的隱士生活，喜愛攜琴遊山玩水，到處吟詠。連這林園巨宅的門匾也取義「潛龍在田」，門曰「潛園」。可見他的思想。但是他年紀輕輕便遭遇骨肉喪亡（六歲喪父，九歲祖父離世），偌大的家業，集於一身，雜務纏身，口不暇給。又所委會計侵盜公款，偏逢時亂年荒，無法靜下心來好好享受。

　　不過占梅自幼聰明伶俐，甚得進士黃鑲雲（雨生）的賞識。十歲即置門牆，親自課讀，並以女許配給他。十六歲時，鑲雲攜帶占梅前往北京。交遊文人名士，暢覽名山大川。所以早已熟悉人情世故，「其抱雅尚而多才思」、「慷慨任俠，有東漢八廚風[9]」。這些評論，是知他最深的三老之一，茂才曾鑲（蕭雲）於＜琴餘草序文＞所寫的一段話。

　　潛園的吟侶中，首推廣東鎮平人曾鑲；據曾鑲自述：「余年四十，即棄諸生而客於臺。雖舉業盡廢，然詩歌、文史，結習未忘。………一日詣其齋（指潛園），流連茶話，偶及風騷，雪村色飛眉舞，若即欲趨青蓮、浣花之室者。從

9　東漢士大夫共相標榜，指天下名士為稱號，「上曰三君，次曰八俊，次曰八顧，次曰八及，次曰八廚。」以竇武、陳蕃等為三君，「君」指受世人共同崇敬。以李膺、王暢等為八俊，「俊」指人中英雄。以郭泰、范滂等為八顧，「顧」指品德高尚而及於人。以張儉、劉表為八及，「及」指能引導人迫行受崇者。以度尚、張邈等為八廚；廚者：言能以財救人也。

此喜與余作玉屑談。遂延余為老馬………。」占梅的＜潛園
適興＞有一句：「南皮從葉後，北面事曾先。」意思是說：
詩社跟隨葉松潭廣文之後加入，並且北面師事曾薾雲先生。
可見他們的關係之密切。

　　《潛園琴餘草》內有好幾首詩，提到與薾雲分題拈韻及
唱和。吟侶當中以他出現約次數為最多。薾雲不但在潛園出
入，也與鄭用錫有唱和詩的往來。《北郭園詩鈔草》中就有
＜和曾薾雲的贈詩＞共五首。當中有一首是「送薾雲歸里應
秋試」的詩。抄錄如下：

　　　　莫磋鬢影幾成霜，籬菊當秋老更香。誰贈綈袍憐范叔，
　　　　曾燒丹鼎學淮王。枯桐爨下終知遇，寶劍匣中寧久藏。
　　　　且暫籠樊依野鶩，沖霄看汝好飛揚。

　　可見曾薾雲雖然來台謀生，與兩名園的主人都有來往，
口說灰心仕途，卻未全棄舉業。可惜秋闈不第，卻傳來噩
耗。同治二年薾雲去逝，享年大約六十。身後蕭條。占梅有
＜哭曾薾雲先生＞弔詩一首如下：

　　　　＜哭曾薾雲先生＞
　　　　命宮磨竭因儒冠，入地應知瞑目難。弟子招魂悲宋玉，
　　　　才人落第痛方干。一生潦倒愁拚酒，兩字清高定蓋棺。
　　　　海內知音今有幾，傷心不忍抱琴彈。

　　　　＜又　（少有腳疾）＞
　　　　襟懷卓犖步蹁躚，文酒相陪二十年。下筆千言詞亹亹，
　　　　撐腸萬卷腹便便。交情韓孟能居左，才藻何劉肯讓先。
　　　　為撿遺珠壽梨棗，九泉如覺料怡然。

依照弔詩第二首的結句看，藹雲的詩也將付梓。可惜現在已經失傳了。

徐宗幹字樹人，號伯楨，江蘇通川人。嘉慶庚辰年進士，歷任臺澎兵備道兼提督學政，欽加按察使銜。後擢福建巡撫。爲官清正而有政聲。道光中葉鴉片戰爭爆發，英艦侵擾沿海。占梅捐出巨款協防，受恩賞貢生加道銜。後來漳泉械鬥，占梅募勇防止械鬥蔓延，維護治安有功，又賞戴花翎。咸豐初年，占梅協助當時任台澎道的宗幹，辦理全島團練，剿平海寇，捐輸津米等著有功勞。宗幹深知占梅才堪大用，獎賞有加。

同治元年，戴潮春（八卦會）起事，全台俱擾。彰化城陷入亂黨之手。大甲溪以北各地，人人自危。當時正好宗幹擢升福建巡撫，採納占梅建議，派丁曰健爲台澎道，並授占梅布政使銜，頒給「總辦台北軍務鈐記」以便協助軍防。占梅果然不負重託，收復彰化城，建立大功。宗幹與占梅，宛如伯樂之識千里馬。

《潛園琴餘草》編成。宗幹不但爲其寫序，且多加稱許。平日也有詩文的往來。占梅在詩集中稱他爲師。而宗幹對占梅的青睞與愛護之情，及占梅景仰之心，在詩中都表露無遺。茲選錄如下：

<呈臺澎道徐樹人廉訪（宗幹）>四首錄一
價留鸞掖有文章，此日旄旅鎮海疆。眾望巍巍崇魯殿，
輿情歷歷數甘棠。培才不惜金針度，選士頻操玉尺量。
喜看公門桃李樹，秋來並作桂花香。

<送徐樹人師內渡>
甫許春風坐，誰知遽別離。識韓空有願，御李悵無期。
豸服威名著，鱣堂教化施。受恩嗟未報，有淚灑臨歧。

占梅復在其＜奉答樹人師復用送別＞詩，另撰有序曰：

甲寅[10]之夏，余因公晉郡，並送樹人師內渡，謁見之
際，情辭溫渥，繼以詩學受知，益蒙契重，錄置門
牆。暇時晤對，談及家常，知先母晝荻維勞，含飴莫
待，矧年逾而立，蘭夢無徵，不勝嘆惋！隨以育麟方見
貽，復錫教言、法帖諸珍，拜領之下，感愧交深。因
賦七律二章，用表微誠，並鳴謝悃。

＜奉答樹人師復用送別＞（有序）兩首錄一
平生遭際話辛酸，感遇如公意一寬。不孝原知無後大，
厚施惟愧報恩難。育麟方妙青囊貯，舞鳳書珍墨寶看。
最是關情同骨肉，此行洵不負瞻韓。

這是記錄宗幹憐憫占梅無後，贈他育麟妙方，關心他的
家事，如同親人長輩。難怪藹雲論及占梅交友時說：「有人
譏笑占梅慷慨，濫交朋友。其實他對我說：知我者，黃公雨
生（占梅的岳父）、徐公樹人及余數人而已。」可見他對宗
幹的尊敬。自認是他的門生。

在潛園寓居最久的，要算林豪、查少白與林維丞三
人[11]。因為一來是林家同姓，二來三人詩文俱佳，受主人器
重，延為西賓。三人除林豪臨老回鄉外，都在新竹終老，堪
稱半個新竹人。《新竹縣志》也將此三人列為名流，並予立
傳。

10　甲寅年之夏即咸豐四年（1854年）
11　見《新竹市志‧人物志》1997.12新竹市政府編印出版。

　　林豪字卓人，泉州府同安縣金門人，與占梅同鄉。咸豐間中式舉人。善文章，具史眼，是一位博學之士。同治初，曾參贊占梅平戴潮春之亂。同知嚴金清聘修《淡水廳志》，稿成尚未付刊而嚴卻離任。陳培桂接任同知，另聘楊浚修志。浚雖文士，但缺乏史識，任意竄改豪稿後付印。林豪看了非常氣憤，著《淡水廳志訂謬》，糾正許多錯誤。尤其對占梅平定戴亂後，受人攀誣而涉訟，厭世身歿一事，楊浚不但不為其平反，且將占梅列為志餘，而感到憤憤不平。連雅堂著《台灣通史》，對林豪論史之嚴正，及占梅之冤屈，頗有公正的評論。占梅的《潛園琴餘草》有一首＜與家卓人孝廉論詩＞，可以瞭解占梅眼中的林豪：

> 生平趣向正無偏，使典驅墳出自然。遣興不分唐宋格，
> 耽吟常見性靈篇。嘔肝莫漫追長吉，得手何須託惠連。
> 脫去浮詞醫盡俗，紅塵關過始成仙。

　　查元鼎字少白，浙江海寧人，貢生出身。道光末年來台，為潛園幕賓。為人耿介，不事敷衍。戴潮春起事之翌年，元鼎隨軍巡視後龍，為戴黨所俘，旋獲援救，倖免於難。寄寓潛園，與占梅詩酒論交，詞句鏗鏘，擲地有聲。臨財不苟，窮而益堅。著有《草草堂吟草》四卷，惜未刊行。以八十三歲卒於客寓。元鼎的遺詩＜五十初度＞及＜歲暮書懷＞被收錄於《新竹縣志·藝文志》，有「功名誤盡文章賤，富貴交貽妻妾羞。」，「欲報劬勞因負米，誰憐辛苦引群雛？」等感人之句。

　　林維丞字奕圖，又字薇臣，閩縣人，新竹縣附生，父祖二世皆以詩名。維丞嗜酒工詩，來台為潛園幕賓，經十數

年，爲占梅《琴餘草詩稿》編次，處理潛園詩社社務。常隨
占梅及曾蘭雲、葉松潭、陳性初、林若村、鄭貞甫等諸韻士
聯袂遊歷各地，覽勝抒懷，吟詩唱酬。

　　從廖雪蘭教授著，《台灣詩史》的記載，我們可以得知
潛園的吟侶，除上述幾人外，尚有淡水廳幕府許廷用、吳春
樵，同知秋日覲及郭襄錦、姜紹祖、鄭用鑑、鄭如蘭等四十
餘人。因爲《潛園唱和集》末梓，無法詳查。奕圖著有《潛
園寓草》。香奩亦佳，惜已失傳。所詠＜潛園紀勝十二韻＞
抄錄如下：

＜潛園紀勝十二韻＞

此間小住即神仙，
景物撩人別樣妍。
使酒連番開笑口，
尋詩竟日聳吟肩。
靜編籬落栽紅蓳，
斜倚闌干釣綠軒。（釣魚橋）
涵鏡軒迷楊柳岸，（觀音亭）
鬧春樓醉杏花天。
愛廬雅癖懷陶令（陶愛草廬）
拜石閒情慕米癲。（香石山房）
棲風碧梧堂爽朗，（碧棲堂）
盤螺幽境路迴旋。（小螺墩）
臺凌書舫通香榭，（嘯望台、鄰花書舫、掬月弄香之榭)
閣接蘭汀繫畫船。（爽吟閣、蘭汀橋、吟周舫）
菡萏池環三徑曲，（浣霞池）
芭蕉牆護一亭圓。（宿景圓亭）

窗中梅影庭中月，（廿六宜、梅花書屋）

檻外風光閘外泉。（留香閘）

留客竹鳴新雨後，（留客處）

迎風萍約彩虹前。（雙虹橋）

源添水活饒情處，（清溝橋，

垣借篁圍結淨緣。

差喜消遙林下樂，（逍遙館、林下橋）

潛園勝跡許流傳。

　　又台灣史學家林衡道教授曾言：「潛園為台灣數一數二的名園。構築出自北京名匠之手。」可惜因日據時期都市計劃，拆毀殆盡，僅留爽吟閣及觀音亭倖存片瓦，和一對石獅成為市議會前的擺設。追懷往昔，榮枯似夢，令人喟嘆。

　　《潛園琴餘草》詩集，並無特別描寫潛園全景的詩。由各種記載拼湊得知：園中樓台水郭，應有盡有。它的百樣花窗，更是全台獨步，園中種梅一百多株。有白梅、紅梅、綠萼梅等、鐵幹冰枝、疏影橫斜，真是引人入勝。故「潛園深梅」為竹塹八景之一。可惜現在只能唸唸奕圖的紀勝詩，想像當時的盛景罷了。

　　甲午戰後馬關條約，日軍入台，竹塹城破，居民四散。日軍司令入城下塌爽吟閣；因戰火瀰漫，潛園主人舉家內渡避難。那時，占梅及汝梅均已離世，人丁單薄，潛園也已荒廢。亂後回台的王松，遊至潛園有所感觸曾賦詩如下：

　　　　＜亂後遊潛園＞　　　　　　　　　王　松

　　醉過西州更愴神，潛園無復舊時春。忍看石筍鐫為柱，

　　況說梅花斫作薪。臨水高樓餘瓦礫，藏山絕業化灰塵。

　　傷心來去堂前燕，悲語如尋舊主人。

　　大約再過十年，秋涵鄭虛一（鄭用鑑之孫）由外地回竹，路經潛園故址也留詩感嘆。

<經潛園故址> 　　　　　　　　　　　　　鄭虛一

　　一代勳名載口碑，亭台池館已無遺。繁華自古多銷歇，舉目蕭條異昔時。

　　我們由詩中的描述，可以瞭解，那時的潛園已由燦爛歸於平淡了。

　　從咸豐八年用錫病逝，斯盛社也逐漸被人淡忘。按《新竹縣志》記載：同治二年「竹社」、「梅社」先後成立。「竹社」集曾得意科舉者，以北郭園為雅集之地；而「梅社」成員多半為未成名之童生，以潛園為聚會場所。這兩大詩社有意無意中，形成分庭抗禮之勢[12]。而詩風之盛，吟客之數，也不分上下。

　　光緒十二年（西元1886年），苑裡茂才蔡啓運移居新竹，由於他為人豪爽，愛好風雅，頗得人緣。啓運眼見竹塹詩壇濟濟多士，亟待重振騷風，於是邀陳濬芝、陳朝龍、劉廷璧、鄭鵬雲等諸名士發起，多方撮合將「竹社」與「梅社」合併為「竹梅吟社」重振旗鼓。每次詩會，百家齊鳴、佳作連篇。如此江山樓主－詩人王友竹曾在鄭如蘭的《偏遠堂吟草》跋文中提到他「弱冠時（光緒十二年）從諸先達後入北郭園吟社」。由此敘述，我們可以瞭解當時除了「竹社」、「梅社」之外，還有「北郭園吟社」的存在。

　　光緒廿年中日甲午之戰，清廷兵敗議和，訂定馬關條約割地賠款。台灣遂為日本的殖民地。乙未之役，蔡啓運隱跡

12　時人有謂「內公館（潛園）、外公館（北郭園），詩文那拼餚」

林下。後來移中部參加櫟社。鄭家珍、鄭鵬雲、陳濬芝、陳朝龍等多人移居大陸後，或終老斯地；其他如王友竹、葉文樞、張純甫、張息六等人則內渡避亂，亂平回台。因此竹梅吟社的吟詩活動便告曲終人散了。

第三節　書房、詩社概況

　　日本治台的文教政策與台灣傳統詩社的發展，實有著密不可分的臍帶關係。本來書房與詩社，即是延續漢學命脈的兩個關鍵部門；書房乃是前清遺留下來的教育機構，以啟蒙為主；詩社則為平日宿儒雅士、讀書人以文會友的組織，可謂是成人漢文教育書房的延伸。兩者的組成分子雖屬不同，其組織運作的功能意義亦有所別，但從其延續漢文化命脈的使命，卻是一脈相承的。這種共通的使命引起日本總督府的顧忌，於是便採取雙向統治策略，一則高壓限制書房的發展[13]，一則懷柔獎勵詩社的設立，遂造成書房因公學校興盛，致無法生存而沒落，與詩社林立的兩種截然不同的命運。我們可以下列簡表可見一斑[14]：

公元年代	書　　房		公　學　校		詩社（累計）	
	書房數	學生數	校數	學生數	數量	增
1897	1127	17066			4	
1898	1707	29941	74	7838	5	
1899	1421	25215	96	9817		
1900	1473	26186	117	12363		
1901	1554	28064	121	16315		
1902	1822	33625	139	18845		
1903	1365	25710	146	21406		
1904	1080	21661	153	23178		
1905	1055	19225	165	27464	7	

13　日本總督府於明治31年（1898）年發佈「書房義塾規程」將書房納入管理。
14　見《新竹市志·文教志》＜教育設施篇＞書房義塾之設施

1906	914	19915	180	31823	8	
1907	873	18612	192	34382		
1908	630	14782	203	35989		
1909	655	17101	214	38974	9	
1910	567	15811	223	41400		
1911	548	15759	236	44670	12	
1912	541	16302	248	49554	16	
1913	576	17284	260	54712		
1914	638	19257	270	60404	20	
1915	599	18000	284	66078	23	
1916	584	19320	305	75545	24	
1917	533	17641	327	88099	27	
1918	385	13314	394	107659	29	
1919	302	10936	410	125135	32	
1920	225	7639	495	15109	38	
1921	197	6962	531	173702	49	
1922	94	3664	592	200608	60	
1923	122	5283	715	215108	69	
1924	126	5165	725	220540	78	
1925	129	5173	728	220120	83	
1926	136	5507	735	216467	90	
1927	137	5376	744	218051	98	
1928	139	5597	749	223679	103	
1929	160	5700	754	231999	111	
1930	164	6002	758	246893	120	
1931	157	5383	761	265788	133	
1932	142	4722	762	283976	140	
1933	129	4491	769	309768	151	
1934	110	3524	775	335318	166	
1935	89	3176	781	365073	172	
1936	62	2458	785	398983	186	
1937	28	1469	788	445396	197	
1938	23(19)	1459	796	500271	199	
1939	18(17)	1008	810	548498	204	
1940	17	996	825	621450	209	
1941			852	678429	217	
1942			811	739052	222	
1943			882	797728	226	

　　台灣在清朝年代的詩社，以光緒年間最為興盛，特別是從光緒元年至光緒二十年（西元1875年～1894年）而到了乙未割台日治時代開始，則以西元1919年之後，才有著顯著的增加，我們究其原因，此實以日本總督府在台實施的教育政策有著密切的關係。日本治台前後五十年，其教育政策的變遷大約可分為三個時期：

第一個時期－此為日本治台的教育試驗期自西元1895至1919年，這時日本政府正致力於殖民政權的建立，教育方針尚未確立，事事均採因事、因地、因人的隨機處理方式。

第二個時期－台灣教育令公佈之後，自西元1919年至1943年，日本政府則全力實施殖民地同化政策。台灣教育令第二條：「教育基於教育勅語之旨趣，以育成『忠良國民』為本義。」第五條又云：「普通教育以注意身體之發達，施行德育，侍授普通知識技能，涵養『國民之性格』，普及國民語文（日語）為目的。」台灣總督府諭告第一號云：「要之，台灣之教育，在於觀察現時世界人文發達之程度，啓發島民之智能，涵養德性，普及國語（日語），使之具備帝國臣民應有之資質與本性。」此一時期乃在積極消滅漢文化從而同化皇民化台民，以為帝日侵略之效命。

第三個時期－台灣教育令修改之後，自西元1943年至1945年，時為第二次世界大戰未期，日本在中國大陸戰場及太平洋戰區，正處不利，節節敗退；局勢不穩，乃積極懷柔台民，廢除教育差異，

以期台民繼續效忠日本天皇；然實表裡不一，
其特權與差別待遇仍存在於各級教育當中。

是以日治時期，依照《台灣教育沿革誌》、《台灣通志稿》的統計，當時的台灣私塾（書房）約有1707所，傳統漢文亦端賴此得以保存；但自西元1919年（大正八年)，「台灣教育令」公佈之後，地方政府便積極從事私塾（書房）教育之監督與取締，私塾逐次第關閉，時竹塹「讀我書吟社」導師泉州茂才葉文樞為此憂憤成疾，險至於不起，其＜病痛中雜感＞十二首，正表現出當時讀書人（漢文塾師）萬般的無奈：

＜病痛中雜感＞

去年欲返竟停蹤，回首家山路萬重。倘使者番真不起，妻孥一見永無從。

不煩藥煮與茶烹，侍疾空勞到五更。萬一宵深呼吸絕，時間詎必記分明。

年來實驗重歐西，愧我生平古枉稽。四十八時長絕粒，試將枯餓學夷齊。

一死原來萬事休，蓋棺何必更名留。叢殘舊稿刊難就，只合從人水火投。

賺得盈囊慰問詩，吟從病榻藉開眉。絕勝身後空哀輓，泉下茫茫未得知。

忽忽年華六十三，異能奇技未曾諳。只餘一癖渾難矯，志向書中似惹蟬。

呱呱血跡記猶真，飄泊歸來暫託身。除卻朋儕宗戚外，多疑我是異鄉人。

除夕爐憐不共圍，老妻念我淚應揮。心灰轉向燈前詛，苦戀何人久未歸。

三男三女盡成丁，悔未家居教一經。卻幸毫無遺產累，
免教涉訟到公庭。
報得雙孫喜不支，阿翁謀面定何時。太平歸去能言語，
合問新來客是誰。
奚分螻蟻與鳥鳶，腹葬江魚也任天。卻笑病魔纏逐去，
談詩問字又紛然。
年來日夜只吟詩，外事紛紜總不知。吟到如今應絕律，
老天偏許復延期。

　　由葉文樞秀才的病中吟＜病痛中雜感＞十二首，我們可
以深刻的體會到他那種鬱卒的心情與萬般的無奈；因爲從中
日戰爭正式發生後（民國26年），在台的漢文私塾已被層層
限制[15]，文樞貧病交迫，又無法買棹回家（福建），狼狽不
堪；他本是新竹北門出生的旺族，卻成爲台地的華僑[16]，生
於戰爭、亂世、四處奔波，遭逢一家四散的悲哀與無奈，處
境實在令人鼻酸。

　　詩社乃書房之延伸，所謂書房，多系本省人士所辦之
私塾，而書房之設立，多由各教師自行辦理，或地方士紳舉
辦之。大凡募集學生二、三十人，即可在教師自宅，或假廟
堂等地開校授課，修業年限則按學生家庭狀況而定，貧者約
三、四年，小康者六、七年，富者可達十餘年。其學科可分
三級，高級者以經史文章、詩詞爲爲主；中級者以書註、作
對爲主；初級者以白話文背誦及習字爲主。其他如珠算、記
帳、行儀作法、灑掃應對等均有之，除詩書字之外，並及於

15　見《新竹市志·文教志》＜教育設施篇＞書房義塾之設施。
16　依馬關條約第五條規定，兩年之內，台人可自由遷往內地規定，秀才葉文樞並未取得
　　日籍。

道德人倫之陶冶[17]。

　　日治初期，由於戰亂，全省書房數銳減，以新竹一地為例，光緒二十二年（西元1896年）以前，書房數為261所，學生4346人，日軍入台後，書房只剩下145所，學生2231人[18]，降幅相當大，翌年戰亂漸趨平定，加以傳統讀書人科舉之受阻，乃紛紛開設書房謀生，教授漢文，並作為民族精神寄託所在。因此在光緒28年（西元1902年）時，全省書房數激增至1822所，此時日本總督府，見於書房數激增，反呈蓬勃發展之勢，無法實施新式教育，乃採漸禁政策予以斧底抽薪，遂於光緒24年（日明治31年、西元1898年）發佈『書房義塾規程』[19]，將書房納入管理，欲漸次改良，並利用之輔助僻遠地區公學校的不足，規程中規定，書房設立需經過申請及許可，且歸日本官府辦務署長監督；在課程中加設「日語」、「算術」兩科；對書房教師舉辦講習會及檢定考試[20]。施行細則亦以公學校規則（總督府令第78號）為依據，完全視書房為代用公學校。並指定下列書籍為書房參考書：

一、《大日本史略》全二冊：光緒24年（明治31年）出版

二、《教育敕語述義》全一冊：漢文譯本於光緒25年（明治32年）出版

三、《天變地異》一冊：日本小幡篤四郎編，漢文譯本於光緒26年（明治33年）出版

四、《訓蒙窮理圖解》全乙冊：日本福澤諭吉編，漢文譯本於光緒26年（明治33年）出版

17　同註《新竹市志·文教志》＜教育設施篇＞。
18　同註11。
19　同註11。
20　同註11。

　　由於書房多不依規定辦學，日本總督府甚至授予公學校長權力，強迫書房教師，率領學生至公學校就學，午後再回書房就讀，形成『公私並學』的怪異景象[21]。光緒31年（日明治38年，名元1905年）以後，公學校已呈穩定成長之勢，台灣總督府更於民國11年（日本大正11年，西元1922年），以書房影響公學校兒童就學，及教授漢文係破壞日台融合爲理由，將書房併歸私立學校規則下加強管理，並漸次禁止[22]。而另一方面，書房本身也存在一些問題，像是教師素質參差不齊，因經費不足而學費高於公學校，教材、教法不合時宜，管教嚴厲；又科舉已廢，考試之途已絕，已不具時代的需要性。因此，在日本總督府的刻意干擾下，書房乃漸趨沒落，及至民國32年（日本昭和18年，西元1943年），台灣總督府便頒佈『廢止私塾令』，書房遂完全停辦。

　　日治時期，竹塹地區的書房、義塾相當普遍，以光緒23年（日明治30年，西元1897年）爲例，新竹支廳書房更冠於全省，茲錄當時全省書房資料如下以供參考：

一、書房數資料來源[23]：

　　（一）1897－1898年(臺灣教育沿革誌)，頁九八一、九八四。

　　（二）1899－I901年(臺灣總督府學事年報)。

　　（三）1902年(臺灣慣習記事)，第貳卷下，第五號，1902年10月，頁一九〇。

　　（四）1903－1937年(臺灣總督府學事年報)。

　　（五）1908－1940年(臺灣學事一覽)。

21　同註11。

22　詳見《新竹市志·文教志》＜教育設施篇＞。

23　詳見《新竹市志·文教志》＜教育設施篇＞。

二、公學校校數資料來源：

　　（一）1898一1937年(臺灣總督府學事年報)

　　（二）1938~1942年(臺灣總督府統計書)。

　　（三）1943年(臺灣學事一覽)。

西元1897年當時全省書房資料

管轄廳舍		臺 北 廳	淡水支廳	基隆支廳
書 房 數		93	23	32
學 生 數		2,142	455	508
一年中束脩之最高額	學費	5,148,000圓	1,187,500圓	1,427,500圓
	米油		米　69石1斗	米　71石9斗
	薪炭			炭　　7100斤
	茶鹽			
	金錢	791,000圓	錢　64,400文	240,500圓
管轄廳名		新竹支廳	宜蘭支廳	台 中 縣
書 房 數		151	40	111
學 生 數		2,341	629	1,562
一年中束脩之最高額	學費	8,225,580圓	1,238,200圓	5,871,800圓
	米油		米　90石2斗　油　1,094斤	米　206石2斗　油　1,134斤
	薪炭		炭　6,100斤	薪　4,340斤
	茶鹽			
	金錢	2,424,090圓		61,380圓

管轄廳名		彰化支廳	苗栗支廳	雲林支廳
書 房 數		134	39	25
學 生 數		2,276	644	436
一年中束脩之最高額	學費	6,446,020圓	1,409,000圓	1,596,000囤
	米油	米 228石6斗 油 2,272斤	米 98石1斗 油 640斤	米 30石
	薪炭	炭 4,440斤		
	茶鹽	茶 32斤		
	金錢	34,800圓	128,210圃	331,000圓

管轄廳名		埔里社支廳	臺 南 縣	嘉義支廳
書 房 數		3	138	73
學 生 數		48	1,828	1,043
一年中束脩之最高額	學費	174,000圓	6,123,000圓	3,453,000囤
	米油	米 10石 油 80斤	米 149石I斗 油 347斤	米 134石9斗 油 351斤
	薪灰	薪 120擔	薪 46擔 炭 100斤	薪 8,600斤 炭 1,550斤
	茶鹽			
	金錢		金 13圓 錢 569,100文	

管轄廳名		鳳山支廳	恆春支廳	臺東支廳
書　房　數		160	23	1
學　生　數		1,940	283	22
一年中束脩之最高額	學費	7,777,000圓	1,053,000圓	80,000圓
	米油	米　74石6斗 油　　126斤	米　118石7斗 油　　811斤	米　3石 油　2斤
	薪炭	炭　　760斤	炭　21,200斤	
	茶鹽	鹽　　12斤		
	金錢	7,500圓		

管轄廳名		澎湖島廳	合　　計
書　房　數		81	1,127
學　生　數		919	17,066
一年中束脩之最高額	學費	1,838,000圓	53,047,600圓
	米油		米　1,284石4斗 油　6,857斤
	薪炭		薪　29,540斤 炭　41,350斤
	茶鹽		茶　　32斤 鹽　　12斤
	金錢		金　4,032圓三九錢 錢　633,500文

資料來源：《臺灣省通誌稿》卷五，教育施設篇，一八五至一八六頁。

　　新竹市因居竹塹地區中心、文風鼎盛，故書房、私塾設立亦遍於各里巷間。根據資料顯示，當時本市書房大抵可分為依規正式報設與非正式報設兩大類，前者計有8所，後者有資料可尋者則高達62所，可見其蓬勃發展之勢。

（一）正式報設之書房（附表於後）

　　1. 靜課軒書房

　　　　報設時間：民國十三年(日大正十三年，西元1924
　　　　　　　　　年)

　　　　位　　置：新竹市南門外二二九

　　　　設 立 者：李謙一

　　　　修業年限：三年

　　　　教授科目：修身、國語(日語)、算術、漢文

　　2. 育英書房

　　　　報設時間：民國十三年(日大正十三年，西元1924
　　　　　　　　　年)

　　　　位　　置：新竹市南門外三四八

　　　　設 立 者：謝華英

　　　　修業年限：三年

　　　　教授科目：修身、國語(日語)、算術、漢文、體
　　　　　　　　　操、唱歌

　　3. 養蒙書房

　　　　報設時間：民國十三年(日大正十三年，西元1924
　　　　　　　　　年)

　　　　位　　置：新竹市南門外四九七

　　　　設 立 者：胡錦標

　　　　修業年限：三年

　　　　教授科目：修身、國語(日語)、算術、漢文、體操

4. 集益書房

報設時間：民國十三年(日大正十三年，西元1924
年)

位　　置：新竹市湳雅三八四

設 立 者：鄭銳

修業年限：二年

教授科目：修身、國語(日語)、算術、漢文

5. 漢文專修書房

報設時間：民國十三年(日大正十三年，西元1924
年)

位　　置：新竹市南門三一二

設 立 者：張麟書

修業年限：四年

教授科目：修身、國語(日語)、算術、漢文

6. 六也書房

報設時間：民國十三年(日大正十三年，西元1924
年)

位　　置：新竹市南門一七一

設 立 者：鄭得時

修業年限：三年

教授科目：修身、國語(日語)、算術、漢文

7. 學渠齋書房

報設時間：民國十三年(日大正十三年，西元1924
年)

位　　置：新竹市北門一四八

設 立 者：張壽

修業年限：三年

　　　　教授科目：修身、國語(日語)、算術、漢文、書
　　　　　　　　　方、體操
　　8. 新竹昭和義塾
　　　　報設時間：資料缺失
　　　　位　　置：新竹市南門一七一
　　　　設 立 者：佐久間尙孝
　　　　修業年限：資料缺失
　　　　教授科目：修身、國語(日語)、算術、漢文、體操
　　　　　　　　　、唱歌、體操

　　茲就以上所據＜新竹州教育統計一覽＞作成一簡表如下：

市　郡　別		新　　竹　　市			
名　　稱		靜課軒書房	育英書房	養蒙書房	集益堂書房
所 在 地		新竹市南門外229	新竹市南門348	新竹市西門497	新竹市湳雅84
修業年限		3年	3年	3年	2年
學　　級		2	1	1	1
教學科目		漢文、修身、國語算術	修身、語國、算術、漢文、體操、唱歌	修身、算術、漢文體操	漢文
教 師 數		1	2	3	1
生徒數	男	52	35	50	10
	女	4	5	4	
	計	56	40	54	10
卒業者總數(昭和六年)		31	30	20	52
設立者		李 謙 一	謝 華 英	胡 綿 標	鄭 銳

市　郡　別	新　　竹　　市			
名　　稱	漢文專修書房	六　也書　房	學渠齋書　房	新竹昭和義　塾
所　在　地	新竹市南門312	新竹市南門32	新竹市北門148	新竹市南門171
修業年限	4年	3年	3年	不詳
學　　級	1	2	3	2
教學科目	漢文	修身、國語、算術、漢文	修身、算術、漢文體操	漢文、國語、修身算術、唱歌、體操
教　師　數	1	2	2	5
生徒數	男	15	55	43	63
	女	5	7	6	
	計	20	62	49	63
卒業者總數(昭和六年)	20	130	38	
設立者	張　麟　書	鄭　得　時	張　　壽	佐久間尙孝

資料來源：1.《新竹州教育統計一覽》，昭和四年度；昭和六年度。
　　　　　2.《臺灣省新竹縣誌》卷七，教育志，一一九頁。

（二）非正式報設之書房（附表於後）

　　本市非正式報設之書房爲數甚多，且多爲私人設置，故多無明確之名稱，且設置時間亦多不詳，無法詳載。茲據《臺灣省新竹縣誌》所載，列表於下：

日治時期新竹市非正式報設之書房概覽

地區別	所　　在	塾師姓名	書房名	學生	年　代	備　註
新竹街	北門前街	魏篤生	啓英軒		約六十年前十年	儒士，設塾垂十數年
同上	西門外五甲	童尙義			同上	儒士
同上	北門北郭園	連文逸	浣花居		同上	儒士
同上	北門北郭園	戴珠光			同上	庠生
同上	崙仔吳欽榮宅	王石鵬	養正軒		同上	儒士
同上	南門關帝廟	吳逢沅			同上	廩生
同上	大南勢郭宅	汪式金			同上	儒士
新竹街	大南勢郭宅	莊清河			約六十年前	儒士
同上	東門暗街仔	高華袞			同上	
同上	南門	沈江梅	靜遠書屋		同上	
同上	南門義倉邊	鄭旭東			同上	庠生
同上	北門街	張迪吉			同上	庠生
同上	後車路	黃子清			同上	
同上	北門街	周國珍			同上	
同上	西門外	周莊霖			同上	
同上	北門李陵茂	李子瑜	敬軒		同上	
同上	南門街	黃潛淵			約四十年前	
同上	北門前街	李錫如			同上	

地區別	所　在	塾師姓名	書房名	學生數	年代	備註
同上	巡司埔	蔡道元			同　上	
新竹街	北門街	蔡明心			約四十年前	
同上	水田街	吳蔭培			同　上	
同上	水田街	鄭濟卿			同　上	
同上	北門崙仔	黃世元			同　上	
同上	南門街	陳金龍			約二十年前	
同上	北門街	葉文樞	讀我書齋		約四十年前	庠生(秀才)
同上	水田吳宅	鄭家珍	耕心齋		同　上	舉人
同上	北門後車路	張純甫	堅白書屋		約三十年前	
同上	西門石坊腳	洪文波			約四十年前	
新竹街	青仔行	陳春源			約四十年前	
同上	石坊腳童厝	童甘微			同　上	
同上	西門外客雅	張順仁			同　上	
同上	西門外客雅	莊鼎洲			同　上	
同上	西門外小南勢	楊省三			同　上	
同上	南門	莊景南			同　上	
同上	南門	沈秋澄			同　上	
同上	北門後車站	許闊			同　上	
同上	南門	何文筆			同　上	
同上	暗街仔	何道中			同　上	
同上	東勢	鄭芸詩			同　上	
同上	東勢	張星川			同　上	
同上	城隍廟後	吳逢清			同　上	
同上	南門	范耀庚			同　上	

地區別	所　　在	塾師姓名	書房名	學生數	年代	備註
同上	南門隆王祠	查鴻章			同上	
同上	南門育嬰堂	林在榮			同上	
同上	南門公館埕	許謙六			同上	
同上	南門	張鏡濤			同上	
同上	南門	梁定			同上	
同上	南門	梁蒼年			同上	
同上	南門	陳富春			同上	
同上	北門	謝晴皋			同上	
同上	北門	陳信齋			同上	
同上	北門	鄭盧一			同上	
同上	北門後街	李倬章			同上	
同上	北門金德美	張金聲			同上	
新竹街	北門	楊禮			約四十年前	
同上	北門外	高世仁			同上	
同上	北門外	張鏡村			同上	
同上	沙崙	陳寶炬			同上	
同上	水田	高福慶			約二十五年前	
同上	西門	鄭培基	樹德書房		約四十年前	
同上	魚寮	沈江楓	龍淵書屋		約四十年前	
同上	南門關帝廟	曾秋濤			約二十年前	

資料來源：《臺灣省新竹縣誌》，卷七，教育志，一二一至二五頁。

　　上述兩類書房，隨著總督府的漸次禁止，數量亦逐年減少；至民國22年（日昭和8年，西元1933年）統計資料顯示，報設書房只剩5所；而全市之書房至民國24年（日昭和10年，西元1935年）時，也只餘21所。民國32年（日昭和16年，西元1943年）竹市書房在『廢止私塾令』的公布下，全告廢止。

　　雖然全台書房逐漸廢棄，但考察日本據台五十年間，能教授漢文，並維護傳統教育於不墜的最大功臣，實以漢文書房居功厥偉。而在竹塹地區的眾多塾師中，又以耕心齋→「耕心吟社」的鄭家珍舉人，讀我書齋→「讀我書吟社」的葉文樞秀才，及堅白書屋→「柏社」的張純甫先生他們三位，對塹城地區的漢文教育，影響最大，也因他們無怨無悔的教授而桃李眾多，發展於各行各業，開花結果，使得沒落的漢文能延續至今 (新竹)；我們將於第三、四章再敘。

　　詩人雅集自古即有，而台灣詩社之盛，亦為歷代中國之冠；清康熙24年（西元1685年），明末遺老沈光文等人在諸羅（今嘉義），創立了「東吟社」，此為台灣有史以來的第一個詩社，且台灣地處中國大陸的東南方，雖山高谷深，鮮有詩文，此亦有憑弔故國山河之意。這時科舉仍在，文人全力博取功名，因此，自康熙24年到道光六年（西元1826年），台灣便未再有詩社，期間竟達141年之久。但其間遊宦詩人不少，雖有許多個人作品的詩集付梓，然多屬自吟自賞；或享之同好、或藏之名山，或登高狂嘯，或斗室沈吟，並沒有結社聯吟的活動。清道光六年，彰化的「鐘毓詩社」成立（1826年）是為台灣第二個詩社；直到甲午之後，乙未割台，日治時代開始，長達七十年間，台灣亦僅有十

所詩社[24]而已。即是「竹社」（1851年新竹，鄭用錫創），
②「梅社」（1851年，新竹林占梅），「潛園吟社」（1862
年，林占梅），「崇正社」（1878年，台南，許南英），
「竹梅吟社」（1886，新竹，蔡啟運），「斐亭吟社」
（1889年，台南，唐景崧），「荔譜吟社」（1890年，彰
化，蔡德輝），「牡丹詩社」（1891年，台北，唐景崧），
「浪吟詩社」（1891年，台南，許南英），「海東詩社」
（1894年，台北，林景南）以上十所詩社中，新竹地區即占
有十分之四，可見到光緒年間新竹文風之盛。

　　光緒21年（1895年）馬關條約後，日本據台，科舉廢
除，士人功名路斷，文人傷古弔今之餘，乃籍詩酒澆愁，這
時台灣詩社急速成長。大正13年（西元1924年）全台詩社已
有66所，到昭和11年（西元1936年）則已達178所，而實際
的數目已超過300社以上，這在台灣文學史上，或是中國文
學史上，是從未有的現象。我們考其原因，實乃台民不甘異
族統治，有刻意延申漢民族文化之故，是以當時的漢文書房
亦曾達到1707所；甚至老一輩的台灣人，禁止弟子入公學。
另外基於士大夫的觀念，詩人寫詩除了自娛之外，亦可藉此
應酬交際，以提高其社會地位，不過主要還是日本政府對於
詩社未加禁止，並藉此一方面可籠絡這些地方上有影響力的
文人，另一方面也可營造出台灣昇平的氣象。

　　竹塹地區在日本治台期間，亦不落全台各詩社之後，陸
續出現了十五個詩社，（另不知名的詩社也有不少）如下，
與竹塹地區的書房相互輝映，成就了漢文化的命脈延續。

24　見廖雪蘭《臺灣詩史·臺灣詩社繫年》，1989年8月武陵出版社。

日治期間新竹地區詩社一覽表：（大約之數）

公元	日本年	民國	詩社名	主持人（或創立者）	備　　註
1923	大正12年	12	耕心吟社	鄭家珍　　（新竹市）	集門弟子創立。
1925	大正14年	14	青蓮吟社	鄭香圃、鄭玉因、江尚文、黃植三等。	集同好創立。
1929	昭和4年	18	讀我書吟社後亦稱「讀我書社」	葉文樞　　（新竹市）	集門人創立每月集會兩次。
1931	昭和6年	20	竹林吟社	謝森鴻等七人（新竹市）	效竹林七賢而名。
1932	昭和7年	21	御寮（魚寮）吟社	戴還浦　　　（竹北）	邀集地方人士創立。
1932	昭和7年	21	來儀吟社	曾秋濤　　（鳳崗）	集門人創立。
1933	昭和8年	22	南瀛吟社	羅南溪　　（關西）	邀集地方人士創立。
1934	昭和9年	23	大新吟社	藍華峰　　（新埔）	邀集地方人士創立。
1935	昭和10年	24	柏社	張純甫　　（新竹市）	社員多半門人。
1937	昭和12年	26	聚星詩學研究會	徐錫玄　　（新竹市）	邀集地方人士創立。
1937	昭和12年	26	鋤社	曾東農　　（鳳崗）	來儀吟社改組。
1940	昭和15年	29	柏社同意吟會	洪曉峰	邀集地方人士創立社員多半為柏社社員。
1942	昭和17年	31	竹風吟社	高華袞	邀集地方人士創立。
1942	昭和17年	31	新竹朔望吟會	新竹各詩社合組	
			敦風吟會	不詳	

第二章　日治時期塹城地區之詩文活動

第一節　日治初期籠絡文人、仕紳的懷柔政策

　　在西元六百多年以前，中國的文明已東傳到日本，特別是在隋唐時代，日本來華朝貢學習的使節、學問僧與留學生人數更是達到顛峰。此後數百年間，日本的華化運動並未間斷；明末清初更是加大仿效中國。直到一八六七年（清同治六年）明治維新之前，中國文化始終皆為日本取法之泉源。是以漢學之發展對日本文化與其近代文明而言，實有鉅大的影響。其所謂的知識分子，均能博通中國的經史詩詞，漢文名家更是成為日本社會的上流階層。一八九四年（歲次甲午）中日戰爭爆發，清廷戰敗，簽訂了「馬關條約」其中將台灣割讓予日本。如此滿足了日本政府自明治維新以來，積極擴張國力、領土的野心；更使得台灣成為日本經濟資源的來源地，同時也成為日本南侵策略的根據地。

　　割台之初，台人不服，倉促成立的台灣民主國，不久就抗爭失敗，民主國瓦解。隔年春天，台灣人民再組成游擊隊，與日本統治者繼續抗爭七年才被扼止[25]。而後台灣各地方又陸續爆發許多反抗事件，第一次發生於一九〇七年由蔡清琳聯合原住民發動「北埔事件」，接著一九〇八年台南廳下丁鵬二十八宿會隱謀，又一九一二年林圯埔的竹林農民，因不滿日本統治者強行霸佔其耕作地而群起反抗的「林圯埔事件」[26]，此後幾年內台灣各地持續發動武裝抗爭

25　見《台灣武裝抗日史研究》作者　翁佳音1985年台大歷史研究所碩士論文。
　　見《三年小叛五年大亂－臺灣社會變遷》作者 王詩琅2003.4 台北市 海峽學術出版社出版。
26　同註1。

事件，最後一次也是最慘烈的一次的事件，乃是一九一五年由余清芳、江定等人發動的「西來庵事件」[27]，當時日本警署，擒捉主導者並將之槍斃或活埋；因傷亡過於慘重，終於遏止了台人的武力抗爭行動。從一八九五年日本統治之初，至一九一五年的「西來庵事件」為止，台灣民眾對日本政權抱持著強烈排斥的態度，且並不惜以性命反抗日本的殖民統治，遂才發生一連串的流血事件，此即所謂的「武裝抗日時期」。在這個時期，不僅台灣民眾死傷無數，即使是在台的日本人亦有相同的慘重傷亡，這種兩敗俱傷的局面，促使日本統治者，不得不適時調整統治方針，轉而在開發殖民經濟及部署殖民統治機構的同時，亦努力去安撫民心、籠絡士紳，以期統治順利。是以日本總督府佔領臺灣的五十年當中，其統治方針常因應時局的轉變而調整，而其政策方向大致也可分為三個時期[28]：

第一期：「綏撫時期」，自一八九五年至一九一八年，對於台灣原有風俗習慣採寬容態度，一切強硬制度適時調整，盡量不激起民憤

第二期：「內地延長主義時期」，自一九一九至一九三七年，此時世界民主自由及民族思想高漲，加上台人接受新教育的啟迪後，日人為籠絡台人而提出「同化政策」。

第三期：「皇民化時期」，自一九三八年至一九四五年，第二次大戰期間，日本為了要求台人與之站在同一陣線，更進一步推動同化政策，積極消滅台灣人的漢民族意識。

27　同註1。

28　同註1。

　　但是不論那一時期，以經濟利益的掠奪為終極目標的日本統治者，始終都有著消滅漢文化，而以日本文化取而代之的企圖。由於最初台灣人民的武力反抗相當激烈，故而在文教政策上，日本統治者欲以漸進方式，逐步地消解漢文化的存在。然而為了要徹底根除漢民族意識，日本統治者，面對富涵漢學素養且較具民族自覺能力的上層知識階層，因恐以高壓統治而激起民怨，遂行籠絡安撫策略；又面對下層百姓或年輕一輩的知識份子，則施以同化教育，由減少漢文教育課程開始，以從根本的文化認同上改造台灣人，因此，台灣人漢民族意識就在日本執政者雙向政策之間，面臨著極大的考驗。

　　日本據臺的第二年（西元一八九六年）九月，第二任總督桂太郎便擬定對臺人頒給紳章的計畫並發出『諭告』[29]周知，並舉出發佈紳章制度的理由，他說：

> 「本島人民今日之境遇，不論賢愚良否，既未享得相當之待遇，甚至具有一定之見識，或資望者，尚且需與愚夫愚民為伍，實不忍睹，如斯，實不獨非待良民之道，復於島民之撫育上關係不尠。因此，茲特創設優遇具有學識資望者之途，俾能均霑皇化，惟此乃最必要之事也」[30]

　　接著第四任總督兒玉源太郎（任期西元一八九八年至一九○六年）與其最大的助手民政長官後藤新平，眼看著臺省各地的抗日事件不斷發生，深具傳統漢文化的臺民不願臣服，於是便以一手拿著武士刀，另一手拿著糖飴的政策來交

29　見《王詩琅全集》1979高雄　德馨室出版社。

30　同註5。

互運用。日本統治者為順應台人的尊賢敬老的傳統觀念，遂藉舉辦頒發紳章、饗老典、揚文會，及鼓勵詩會活動，積極的來與台灣地方的長老、仕紳、知識分子等階層搏感情，以建立良好情誼，拉近日台雙方的距離。

一、授與紳章榮譽提昇社經地位：一八九六年第二任總督桂太郎，提出「紳章制」作為安撫台人的手段。紳章制度乃考核個人之學識（指學力程度及經歷）及資望（指資產之多寡與地方名望），通過考核者將頒發紳章予以佩帶，作為人民之典範。當時台灣社會中符合考核標準而得以佩帶紳章者，多為社會上層的領導階級與知識分子，一般平民百姓不易符合其要求，可見此制度乃係針對社會士紳而訂定的。「馬關條約」第五款中決定割台之初予台灣人民以二年的時間考慮去留，竹塹秀才葉文樞即是因此變成臺僑，當時內渡者富商大賈不過一二，而貴族及仕紳之家則約半數，這些未離台的紳商大戶，實有在台的家產及社會地位上的考量，以致未前往大陸。日本統治者了解台灣紳商為顧慮家產及社會地位而未內渡大陸的心理，乃乘勢提出「紳章制度」，此制度正是日本統治者為順應台灣紳商的趨利心理，模擬了與清代科舉功名相近的名銜，發予紳商「功牌」的制度，證示紳商在台的社會地位，達到日本統治者為迎合上層士紳階層的目的。

日本統治者為了籠絡台灣紳商而授與紳章，部分台灣士紳為了保障前清遺留下來的身家財產，及鞏固原有的社會地位，則接受紳章表揚，官紳間遂在各取所需的利益均霑原則下，維持表面上的友好關係。這種制度本來就是一種政策的運用，無足輕重，但日本總督府卻又故意表示鄭重其事，

有評審、有頒發、有徹（收）回；依據資料顯示以後紳章的頒發逐年都有增加，到了西元一九〇六年（日明治卅九年）頒發約有五六九人，當然因死亡繳還的或因事被收回的其數也在不少[31]。這種制度初期，臺人懾於日本當局的淫威，受頒之人間也有依規配用，可是後來臺人逐漸不加理睬這種制度，不但配用者漸少，甚至也無人願意配用，而成為一種虛有其名的空殼，西元一九廿六年（日大正十五年）以後就沒有新頒發，這一制度也就無疾而終了。

二、**舉辦饗老典以彰顯傳統的敬老尊賢美德**：日本當局掌握台灣人素來有敬老尊賢的民情，故欲借著「老者」及「尊者」在地方上影響力，達到收服民心之效，以期能順利統治台灣人。因此，第四任台灣總督兒玉源太郎與民政長官後藤新平到任不久，即於一八九九年七月十七日邀集台北縣內八十歲以上的台籍男女，在總督府舉辦第一次饗老典，以示其能接承漢民族道德教化的傳統。兒玉源太郎總督在開幕的祝詞上說：「夫人生之至幸至福，莫如長壽，然長壽縱求之也不可得，其能保之者，必在素行之表旌，是以事忠，奉親孝，加以德行須行堅貞，其有至幸至福之應報，豈非偶然哉？余敬此德行，欣此幸福，爰舉薄儀，聊表敬意。」[32]當時，所有的參加人員都聚集於台灣總督府內的舞樂堂，會場上全是長椅凳覆蓋紅白布，在正門口則交叉豎立著日本國旗，四周則以繡著「壽世壽民」、「教忠教孝」等金絲字樣的紅布幕圍繞，而且還懸掛幾十個彩燈，顯現出隆重氣氛，隨後開饗宴，演新劇，奏洋樂，並贈送出席者一對

---

31 見《王詩琅全集》，＜日據初期的籠絡政策＞。
32 見《王詩琅全集》，＜日據初期的籠絡政策＞。

紀念扇，若百歲以上的老者出席，則贈與鳩杖一枝，此外還聘請臺籍醫師駐場，以備萬一，並選派熟識本地情事的國語學校學生二十人，協助接待對參加的老人服務。其後又分別於彰化文廟、台南兩廣會館、鳳山辦務署舉辦饗老典，均由總督親臨主持。

由於第一次饗老典盛會，舉辦得甚爲成功，隔年四月（一九○○年）兒玉源太郎總督又在彰化文廟主持第二次饗老典，參與人士多達三百多人。同年十一月則南下台南在當地的兩廣會館主持第三次饗老典，邀集的翁媼約二百餘人；是時台南地方著名的詩人蔡國琳、胡殿鵬、趙鍾麒、林馨蘭、連城璧、連橫皆有呈上頌德詩[33]：

　　　＜歡迎兒玉督憲南巡＞　　　　　　　　蔡國琳
元戎開府鎮蓬瀛，滄海橫流一柱擎。豈有酖人羊叔子，
直躋良將李西平[34]。煙澄鳳岫氛消蜃，日暖雞籠浪息鯨。
猛似濟寬寬濟猛，版圖新闢費經營。

　　　＜歡迎兒玉督憲南巡＞　　　　　　　　胡殿鵬
蜺旌一簇指南天，萬里扶輪旭日懸。騎竹杖鳩齊爽道，
官儀猶說漢當年。彩旂爭擁玉花驄，翠幄高張紫陌紅，
半月樓頭臨榮戟，秋風笳鼓漢門東。

　　　＜慶饗老典＞　　　　　　　　　　　　趙鍾麒
昇平人瑞來蓬島，浩蕩君恩遍海疆，泥古書生開眼界，
莫須高話到羲皇。

33　見《慶響老典錄》1901年10月版，影印本，台南市立圖書館典藏。
34　〈李晟傳〉，《新校本舊唐書》，列傳 卷一百三十三 列傳第八十三，第3661頁

<歡迎兒玉督憲南巡>　　　　　　　　　連城璧
赤嵌城外旭旂飄，紫氣東來戰氣銷。細柳春搖邊塞壘，
落花紅漲海門潮。虎符遠遞三千里，鷺堠遙傳十二朝。
一路鐃歌天不夜，郊坰欣見霍嫖姚。

<歡迎兒玉督憲南巡>　　　　　　　　　林馨蘭
山勢似排衙，襜帷駐法華。旭旂輕颺處，圓影煥明霞。
召虎此旬宣，鳴騶鎧甲鮮。擁迎冠蓋盛，威振小南天。
夾道淨無塵，旗懸旭日新。群黎爭負弩，援溺望王臣。
饗老待開筵，桃華滿八千。施仁先尚齒，張樂奏鈞天。

<歡迎兒玉督憲南巡>　　　　　　　　　連橫
將進酒公飲否，聽我一言爲啓牖。台疆屹立大海中，東
南銷鑰宜堅守。干戈疫癘繼凶年，天降災殃無奇偶。揚
文會開集英才，策上治安相奔走。王事鞅掌已靡遑，又
舉南巡施高厚，福星光照赤崁城，冠蓋趨蹌扶童叟。俯
察輿情布仁風，饗老筵張隆壽者，尤祈恩澤遍閭閻，保
我黎民無災咎。善教得民心，善政歌民口。勳猷炳烈銘
旂常，立德立功立言，三者同不朽。

　　此後又在鳳山辦務署正廳舉辦第四次饗老典，其儀式
與宴饗大致與首次在台北舉行的相同。依據記載，饗老典先
後共舉辦了四次，在饗宴的過程中，顯見日本總督府希望以
此彰顯其對長者的尊敬，來達到以盛典宣傳統治者之「德
政」。然而依據日方的紀錄和資料顯示，日本當局在此之
後，似乎就未再舉辦這種活動，其理由何在？我們雖然無從
得知，但顯而易見的是這種策略，老百姓終究是會看穿的。

因此他們覺得這是吃力不討好的，是否就此打住而不再舉辦，我們便不得而知了。

三、**舉行揚文會吸引知識分子**：兒玉源太郎總督與其民政長官後藤新平上任不久，即覺得清代的士大夫、遺老還很多，如何把他們籠絡起來善加利用，以消弭政策上的障礙，並藉此收攬人心，遂於一九○○（明治卅三年）年三月十五日，在台北淡水會館舉行揚文會；邀集前清時代曾中進士、舉人、貢生、廩生、秀才之科舉者參加，藉以緩和人心，消弭抗日意識。當日出席者台北縣有二十六人、台中縣有十五人、台南縣有二十人、宜蘭廳有十一人，共七十二人。由於此次聚會對象爲傳統文人，爲表示日本統治者對聚會的重視，會場擺設如同舉辦饗老典活動一樣甚爲講究，會場正面懸掛大書「揚文」兩字匾額，圍以布幔，懸上聯對，桌上插有鮮花點綴，當日所有出席人員在會場整列，隨後兒玉總督在爆竹聲中進入會場，並致開會祝詞：「夫揚文之會，望能搜羅文人學士，共會一堂，斿優待之典，隆敦風勵學之儀，展其所長，以同贊文明之化。」[35]。會中日本統治者以期勉文士各展抱負，申述己志，以振興文教爲名目，徵其平日抒發懷抱之文章，以爲治台之參考資料，故而出席之文人依總督出題之策問作出三篇策議文章，其議題包括〈修保廟宇議〉、〈旌表節孝議〉及〈救濟賑恤議〉三類[36]。此次揚文會中，與會人士曾開會協議此後仍將繼續舉辦，公推李春生爲座長、蔡國琳爲副，每年舉行小會一次，每三年開大會一次；此外，各縣廳

---

35 見《王詩琅全集》與《慶饗老典錄》
36 同註10。

成立支會，各支會役員爲會長、幹事、委員、書記等，當時台南支會役員爲：支會長蔡國琳、幹事羅秀惠、王藍玉、委員盧德祥、張元榮、許廷光、蘇雲梯、黃修甫、書記蔡夢蘭、楊鵬搏。

在日本據臺的文獻當中，經常可見懷柔省內遺老的主張，例如中村櫻溪在上兒玉總督乞留籾山衣洲書云：

「漢土自古尊崇文辭，台灣人士素襲其餘習，故文辭之不美，不足以服其心。竊惟台灣日日新報館員籾山逸也，蒙閣下之知遇，在台疆六閱年，握毫摻簡，立論記事，贊襄政化，頌揚德政者，不一而足。嘗陪南行之轅，參揚文之會，爲台疆人士所推服，其冥功陰績，非尋常百執事之倫也………閣下若處之一閑地，委以翻譯編輯之事，其及有賓客饗宴之時，則使筆詩助歡，詩賦唱酬，則內以和鄉紳巨室之心，而外使鄰邦人稅服，於閣下政教，未必無所禆益。」

揚文會於一九〇〇年的第一次聚會之後，翌年各地方也曾開會，然而之後即未再舉辦任何相關活動，也就和饗老典盛會一樣，遂日漸沈寂的消失了。顯而易見的是，這種活動策略，士大夫、文人他們又何嘗不知道日方的居心呢？

第二節　漢唐文化的仰慕者與雅懷詩興擊鉢吟

日本據臺之初，寓臺日人多能詩文，與本省詩人能並駕相匹者亦大有其人：如土居香國、櫻井兒山、崗本韋庵、石川柳城、木下大東、館森袖海、祝起雲、尾崎白水、加藤雪窗、內藤湖南、後藤棲霞、鈴木豹軒、水野大路、中村櫻溪、結城蓄堂、宮崎來城、籾山衣洲、小泉盜泉、伊藤暘谷、池田健助、崗村巴城、伊藤天民、長谷川泰、岸邊半

佛、白井如海、澤谷星、柳原松塢、湯目北水、中瀨溫獄、
草場金台、山口東軒、關口隆正、橫澤陶城、藤井葦城、加
藤曉齋、八田霞山、滿井嚴海、田原天南、佐佐木有齋、橫
窟鐵妍、金子芥舟、磯貝蜃城、村上淡堂、寺崎秋蘋、大內
隈川、日下峰蓮、石井化石、神田由道、豬口安喜、九保香
夢、吉川田鶴、山行雲林、德田多喜丸、隱內四郎、村上
先、牟田翠煙、石田成治、丹野廣川等，均爲明治末年到大
正初年來臺的錚錚者，誠爲濟濟多士也。光緒廿四年（明治
卅一年）加藤雪窗自日來臺卜居台北與「台北民政局長」水
野大路、「陸軍郵政局長」土居香國、伊藤天民、白井如海
等創立「玉山吟社」；其後磯貝蜃城、中村櫻溪等人與部分
臺籍人士李石樵、陳淑程、黃植亭暨當時來臺應「台灣日日
新報」聘爲論說記者的國學大師章太炎等三十餘人，相繼入
社[37]。每月會集擊缽敲詩，此爲日人來臺後設有詩社之始。
中村櫻溪尙有＜玉山社會宴記＞一文記其源由，其後館森袖
海、小泉盜泉又與省籍人士另立「淡社」，吟詠不輟。茲簡
錄當時諸家作品如後：

　　＜歸任偶感＞　　　　　　　　　　　土居香國
　野馬塵揚戰血痕，版圖美麗賴誰存。武夫白骨邦基礎，
　俗吏黃金世禍根。潮去潮來魚冷熱，花開花落鳥朝昏。
　仰頭欲問盈虧事，明月天心皎不言。

　　＜罷官＞　　　　　　　　　　　　　土居香國
　朝衣換此守魚蓑，偏喜江湖知己多。笑出府門天地闊，
　男兒本領是煙波。

〈竹林啼鶯〉　　　　　　　　　　　　加藤雪窗
春寒料峭透簾帷，煙竹深深欲曉遲。殘月半窗人未起，帶將宿夢聽黃鸝。　　　　　·

〈重陽與桃園諸紳士賦〉　　　　　　　加藤雪窗
冷雨荒煙滯異鄉，一年佳節又重陽。白頭未作歸田計，孤負東籬晚節香。

〈入台灣〉　　　　　　　　　　　　　籾山衣洲
臥聽風潮超巨溟，台隆曙色亂山青。銅標萬里新王土，水竹千村舊短亭。塵漫古城非毒霧，日斜淡水又揚鯷。如何去國易裘葛，卻算遊程未沃葇。

〈秋夜書感〉　　　　　　　　　　　　木下大東
秋來灝氣滿蘭幃，雁影參差入翠微。南國已看濃露下，北疆翻想肅霜飛。黑龍江上悲歌動，長白山頭健馬肥。璧月當空明似畫，誰家碪杵搗征衣。

〈下基隆溪〉　　　　　　　　　　　　木下大東
煙淡風清水一灣，釣磯無客夕陽還。長堤十里浮新綠，白鷺斜飛雨後山。

〈雲林即事〉　　　　　　　　　　　　白井如海
此地冤誰告，嫗啼淚滿巾。葉紅燒後樹，骨白夢中人。屋破多無主，田荒少有民。幸生猶願死，乞食又遭瞋。

　　　　＜巡台書感＞　　　　　　　　　　白井如海
江山腥戰後，父老語猶悲。有屋他人住，共錢何國移。
田園憂歲旱，雞犬畏兵窺。誤被身投獄，冤情泣告誰。

　　　　＜鵝鑾鼻＞　　　　　　　　　　尾崎白水
絕南一角屹燈台，落日登臨海色開。奇勝如斯今始見，
激濤高蹴九天來。

　　　　＜阿里山＞　　　　　　　　　　尾崎白水
千山萬壑望難分，古木森森白日曛。鳥道盤空行欲盡，
猿聲冷徹萬峰雲。

　　　　＜平頂彩霞＞　　　　　　　　　館森袖海
萬家紅樹帶江流，斷雨斜陽一片秋。平頂雲晴山似染，
落霞孤鶩水明樓。

　　　　＜關渡遠帆＞　　　　　　　　　湯目北水
宿雨初收淡遠巒，斜陽十里荻蘆灘。鳥歸人去漁村靜，
關渡煙波帆影殘。

　　由於台灣上層士紳階級多受過傳統詩文的訓練，因此，
文人雅集吟詩酬唱，幾乎是他們的生活中不可或缺的一部
分。此一現象，反倒為日本統治政權乘勢利用，順應前清遺
儒的心意，舉辦詩人聯吟大會，並獎勵各地設立詩社，其目
的則在於使士儒耽溺於詩酒之中，麻醉其反日意識，同時也
方便監控其思想行動。統治者所建立的社會制度，乃以保護
及鞏固其自身的特權地位為目的，雖然其附屬團體不願服

從，卻因為缺乏資源而無法從事有效的反抗。也因為如此，即使台灣總督府對台灣士紳階級採取籠絡策略，以減少日台雙方衝突，期能順利統治的目的已昭然若揭，而台灣士紳就在未必誠心信服日本政權，但又不得不與統治者虛與委蛇的情況下，與統治者形成一種相當微妙的互動關係。

　　台灣詩社之所以能於日治中期以後，呈現蓬勃發展的現象，甚至皇民化時期，詩社活動仍持續運作不受阻礙，實因受著日本官方的刻意鼓勵，甚至到了日治時代末期，第二次世界大戰期間，日方雖積極推行『皇民化運動』，但基隆張朝瑞，所發行之《詩報》在全面禁絕使用漢文之際，仍能按期出刊，刊載各地詩社之擊缽吟稿；可見日本統治者對詩社發展，並未予以壓制。日治時期臺灣地方詩社組織盛行，除了上述所言之外，還有可能是與日本人對漢唐文化的崇慕心態有關。

　　遠在西元六四六年，日本國內所施行的「大化革新」，即是效法唐代文化生活，當時的日本，大量吸納了唐詩、書法、茶藝及禪宗等漢唐文化因子，注入在大和民族的文化當中；日本人心中也常以能作漢詩為榮，這期間歷經千年的洗煉與沈澱，這些漢文化早已融入日本人的生活當中，自然而然地，日人對漢詩懷有景仰之情，甚至以漢詩訓勉青年的志氣及操守。因此，當日人駐進台灣，盡其所能地壓抑漢文化的同時，緣於其傾心漢文化的根深蒂固觀念，使得漢詩在殖民強權統治時代裡，得以持續發展。日本治台之初，寓臺日人多能詩文，且其歷任總督中，如乃木希典、兒玉原太郎、佐久間佐馬太、田建次郎、內田嘉吉、上山滿之進，及多位民政長官如後藤新平等，皆能詩文，所謂上行下效，此其一

也。＜台灣詩社大會記＞[38]曾引述內田嘉吉總督之言云：

> 「曩者，余宦台灣，亦曾與本島詩人相唱和，今茲重
> 來，更望列位提倡風雅，並有補於本島之統治。聞昨
> 日聯合吟會，適爲昨年皇太子殿下巡草山賞覽八角蓮
> 之辰而吟會特以八角蓮爲題，各抒其志，以資潤色，
> 實可喜也。所望列位更體殿下下賜令旨，有和衷協同
> 之語，而有所副焉。」

　　日本治台時的初來官吏，頗多能詩，彼輩偵聞各地士紳
詩名，均另眼垂青，時與唱酬，以圖溝通彼此情感。如台南
縣知事磯貝靜藏，常邀蔡國琳等，酬唱於台南四春園。新竹
縣知事櫻井勉，常與鄭毓臣、王友竹、王瑤京、王箴盤等，
分韻敲詩，角逐於潛園。台北縣知事村上義雄，常柬邀李秉
鈞、陳洛、粘漱音等，至其別業江瀨軒，詩酒微逐。《櫟社
沿革志略》[39]載台日詩人，歡聚一堂，交相唱和之事云：

> 「中華民國三年，東都名士籾山衣洲（逸也），工
> 漢詩，向曾主台灣日日新報漢文筆政，去台數年矣，
> 者番來遊，四月二十七日（古曆四月初三）集社友會
> 之，癡仙、南強、滄玉、聯玉、魂庭、少筋、伊若、
> 惠如、卿淇、蘊白、子材、灌園、鶴亭等十有四人於
> 台中新莊仔蔡君蓮舫別邸，開會歡迎之，正賓外，有
> 枝台中廳長，佐佐木庶務課長兩陪賓。詩有贈衣洲、
> 送春諸作。」

38　＜台灣詩社大會記＞作者：連橫
39　《櫟社沿革志略》台灣文獻叢刊第一七○種，台灣銀行經濟研究室編，1963.2月版。

又瀛社創立六十週年紀念集云：「民國十年辛酉十月廿三日，瀛社邀請全台詩人集會台已，日人之能詩者亦與焉。」歷任總督對臺地內的詩社，多所寬容，甚或獎勵有加，兒玉源太郎、田健治郎、內田嘉吉、上山滿之進等四任，尤擅風騷，且常於全省各地召開詩人聯吟大會。例如：第四任總督兒源太郎（光緒二十四年二月上任，三十二年四月卸任），於光緒二十五年六月，其別墅南菜園落成時，邀請全台詩人開吟會於園內，席上自賦一絕：

> 古亭莊外結茅廬，畢竟情疏景亦疏。雨讀晴耕如野客，三畦蔬菜一床書。

得和詩八十七首，由籾山衣洲編成乙冊，題曰《南菜園唱和集》。第八任總督田健治郎（民國八年十月上任，十二年九月卸任），曾於大正十年（西元1921年）十月二十四日邀集全台詩社之吟友會於官邸，席上自賦七絕乙首：

> 我愛南瀛景物妍，竹風蘭雨入詩篇。堪欣座上皆君子，大雅之音更蔚然。

與會者一一唱和，由鷹取田一郎編為乙冊，題曰《大雅唱和集》。第九任總督內田嘉吉（民國十二年九月上任，十三年九月卸任），於民國十三年元月和日本天皇勅題＜新年言志＞七絕乙首，詩云：

> 東閣官梅旭影新，未成何事又迎春。微臣畢竟無他願，惟為天朝深愛民。

全台詩人和之，由鷹取田一郎編為乙冊，題曰《新年言志》。又同年四月二十五日，台北瀛社邀請全台詩社之吟侶，開聯吟大會於江山樓，翌日，內田總督席上賦詩乙首云：

> 薰風鈴閣捲窗紗，曉著輕衫掬翠霞。我愛詩人忠厚意，林園此日供清茶。

眾人接讀，次韻奉和，時微雨稍霽，萬綠空濛，乃於園中攝影紀念，已而開宴。第十一任總督上山滿之進（民國十五年七月上任，十七年六月卸任），曾邀請日本詩界名家國分青厓、勝島仙坡二人遊台，民國十五年十一月二十八日開歡迎會於官邸，並邀全台詩家名流作陪，總督於席上自賦七律乙首云：

> 有客南遊駕大鵬，三台秋氣正澄青。超群風格陶元亮，憂國文章杜少凌。杖覆連旬探勝概，壺觴一日會吟朋。最欣賢俊如星聚，酬唱同挑五夜燈。

眾人依次唱和，由豬口安喜編為乙冊，題曰《東閣唱和集》。

光緒二十二年四月一日，日本政府公佈「六三法」，其第一條云：「台灣總督於管轄區域內，得公佈有法律效力之命令。」治台總督集行政、軍事、立法、司法大權於一身，台民之生殺予奪，任意為之，以其獨裁之尊而禮賢下士，提倡吟詠，與布衣詩人交驩酬唱，其用意雖善，然「司馬昭之心，路人皆知」，最終目的乃在於籠絡順民，以遂其巧奪豪

取之殖民統治。起初隨軍政大員來台之騷人墨客，深知欲佐政教，貴在懷柔，又見台灣之詩社，南北競起，乃紛紛參與聯吟，藉以綏撫省內文士，因此日人亦有詩社之創立。

台灣日日新報漢文主筆籾山衣洲，於光緒二十五年，復以南菜園爲中心，創立「穆如吟社」，兒玉藤園、後藤棲霞、內藤湖南、鈴木豹軒、結城蓄堂、宮城來城、小泉盜泉、尾崎秀眞爲其社員。館森袖海、中村櫻溪雖爲玉山吟社社員，然亦屢屢涉足其間。該社詩人，官紳居多，其黨亦以此自負，故不多招攬。主持者籾山衣洲，才高藝精，其詩幽婉高雅，世人譽爲明治三十年代台灣日人文學之代表。光緒三十年，加藤雪窗病歿於台北，籾山衣洲失意歸日，日僑二詩社之主持人，一死一去，從此騷壇爲之不振。又＜玉山吟社會宴記＞[40]云：

> 「郁陳酒至，二校書周旋於其間，獻酬交錯，談笑互發，乃晏酣興旺，杯盤狼藉，謳吟琅鏘，或爲僊僊之舞，或成玉山之傾，善謔不爲謔，善飲不伐德，彼我相忘，新舊不間，人人既醉，不復知爲天涯千里之客矣；而斯士人亦忘其爲新版圖之氓也………若夫徒飲食醉飽，而貪一互之娛樂而已，則雖春華爛熳，秋草離披，與培塿煙霧俱崩而俱消矣，，恐非所以設吟社之意也。」

民國十九年，久保天隨來台，執教於台北帝國大學即今「國立台灣大學前身」。久保工漢詩，乃糾集同好，創立「南雅詩社」，二十年一月十六日首次開吟會於梅本亭，社

40　＜玉山吟社會宴記＞作者爲入台日本詩人中村櫻溪。

友十四人，台籍唯魏德清[41]一人而已。此爲日僑最後且最堅實之詩社，月會一次，席上先聯句後課詩。該社創立週年，刊行《南雅集》，魏德清有序記其旨趣。明治時代的日本人大多有漢學素養，所以日治初期來台的日本官員中會作漢詩者不乏其人，就前述所言如：一九二四年（民國十三年，大正十三年）在台北江山樓召開的全台聯吟大會，當時內田嘉吉總督率先於席上賦作：

> 薰風鈴閣捲窗紗，曉著輕衫掬翠霞。我愛詩人忠厚意，
> 林園此日供清茶。

又第十一任總督上山滿之進，一九二六年（民國十五年，大正十五年）十一月二十八日曾邀日本名家來台，盛開詩宴於官邸，當時上山總督亦親自賦作七律一首表達歡悅之情：

> 有客南遊駕大鵬，三台秋氣正澄清。超群風格陶元亮，
> 憂國文章杜少陵。杖履連句探勝概，壺觴一日會吟朋。
> 最欣賢俊如星聚，酬唱同挑五夜燈。

其他的幕僚官員也有具備漢詩素養的人，這類官員來台後，常與台灣傳統文人吟詠唱和的事例不勝枚舉。

這些駐台官員爲助長詩興，甚至邀集同好籌組詩社，王文顏先生的〈連雅堂先生的詩社活動〉就曾提及：「許多漢學根柢深厚的日本文士，或駐台官員，他們也熱衷於吟詠詩歌，甚至還糾集同好，自行籌組詩社，吟詠無間，例如玉

41　即魏潤庵，新竹邑庠生，性誠樸敦孝友，壯年移居台北曾執筆《台日新報》爲瀛社第三任社長。

山吟社、淡社、穆如吟社、南雅詩社等，就是以日本人為骨幹而成立的詩社。」在台日人近似於台灣傳統文人以組織詩社，表現才華，抒發情志，並且借此以文會友，與台灣人建立良好情誼。（附歷任總督、民政長官表於下頁）

歷任臺灣總督表（附民政長官）

任　別	總　　督	任　　期	民政長官	任　　期
第一任	樺山資紀	1895、5、10~1896、6、2	水野　遵	1895、5、21~1897、7、20
第二任	桂　太郎	1896、6、2~1896、10、14		
第三任	乃木希典	1896、10、14~1898、2、26	曾根靜夫	1897、7、20~1898、3、2
第四任	兒玉源太郎	1898、2、26~1906、4、11	後藤新平	1898、3、2~1906、11、13
第五任	佐久間左馬太	1906、4、11~1915、5、1	祝　辰巳	1906、11、13~1908、5、22
			大島久滿次	1908、5、30~1910、7、27
			宮尾舜治（代理）	1910、7、27~1910、8、22
			內田嘉吉	1910、8、22~1915、10、20
第六任	安東貞美	1915、5、1~1918、6、6	下村　宏	1915、10、20~1921、7、11
第七任	明石元二郎	1918、6、6~1919、10、26		
第八任	田健治郎	1919、10、26~1923、9、2	賀來佐賀太郎	1921、7、11~1926、9、19
第九任	內田嘉吉	1923、9、2~1924、9、1		
第十任	依澤多嘉男	1924、9、1~1926、7、16		
第十一任	上川滿之進	1926、7、16~1928、6、16	後藤文夫	1926、9、22~1928、6、26
第十二任	川村竹治	1928、6、16~1929、7、30	河原田稼吉	1928、6、26~1929、8、3
第十三任	石塚英藏	1929、7、30~1931、1、16	人見次郎	1929、8、3~1931、1、16
第十四任	太田政弘	1931、1、16~1932、3、2	高橋守雄	1931、1、17~1931、4、14
			木下　信	1931、4、15~1932、1、12
			平塚廣義	1932、1、13~1936、9、2
第十五任	南　弘	1932、3、2~1932、5、26		
第十六任	中川健藏	1932、5、26~1936、9、2		
第十七任	小林躋造	1936、9、2~1940、11、27	森岡二郎	1936、9、2~1940、11、26
第十八任	長谷川清	1940、11、27~1944、12、30	齋藤樹	1940、11、27~1945、1、5
第十九任	安藤利吉	1944、12、30~1945、8	成田一郎	1945、1、6~1945、8

第三節 文化傳承為己任【耕心吟社、讀我書吟社、柏社】

乙未割台日治初期科舉考試已然廢除，傳統文人面對功名路斷，前程茫茫的命運，悵然若失，往昔所習詩詞歌賦已成無用之物，人生至此，窮途末路，遂轉而流連詩酒，林幼春[42]曾云：「世變以來，山澤臞儒，計無復之，遂相率遊乎酒人，逃於蓮社，有一倡者，眾輒和之；迄於今，島之中社之有聞者以十數。」台灣之詩社，所以盛於日治時代者，實為時勢使然也。當仕途無望，促使前清宿儒相率組織詩社，借詩遣懷，一時之間詩社成為宿儒安頓心靈的最佳處所，遂帶動日治時期台灣詩社的發展。前清遺儒既然無法改變日本統治的事實，與其武力反抗以卵擊石的傷亡慘重，不若因勢利導利用日本統治策略，順應統治者的招攬，組識詩社，一方面可以虛應統治者的要求，另一方面可與志同道合者凝聚聲氣，共謀漢文化的出路。這類的文人懷著漢文化的使命感及被異族同化的危機意識，欲以統治者所允許的詩社代替書房，繼續散播漢文化的種子。所以臺灣在日治中晚期時詩社大盛，眾多詩社的成立動機，則是有見於日本政府禁絕傳統的書房教育，乃藉詩社作為傳習漢文的場所。為了在異族同化政策中，爭取一個真正屬於台灣人傳統文化的生存空間。

此外，亦有部分文人是欲藉著參與詩會活動，趨附日本執政者，以為晉升仕途的階梯。同時，日本統治者也為了穩定與傳統文人的關係，經常舉行詩會供文人雅士參與，如由官方公開舉辦的「全台詩人聯吟大會」，或如官紳之間二三吟友烹茗酬酢，僅管詩會規模大小有別，但皆可見日本官方

---

42 林幼春名資修，字南強，晚號老秋，台中霧峰人，與其叔林朝崧相差五歲，情同手足，同為台中櫟社健將，1880年生，卒於1931年。有《南強詩集》。

極欲拉攏台人的企圖。面對統治者的懷柔動作頻仍，少部分傳統文人的態度是或見風轉舵、或百般曲從，以謀取個人榮華富貴，認賊作父；傳統文人的氣節傲骨已然不再，取而代之的是，爲個人私利而向日本官方靠攏的低姿態，有人呼應統治者籠絡政策附庸風雅，有人籌組詩社以取悅之、亦有人吟作頌德詩迎合之。諸如此類的行動，果然獲得日本總督府的鼓勵與肯定，遂產生日治中晚期台灣詩社林立的現象。

　　由於漢文詩學具有比興諷喻傳統的文學的特質，有利於規避日人的監視，使詩社活動多一層保護色。從表面上看來，詩社的蓬勃似乎意味著漢詩在日本統治的文壇裡「得天獨厚」，能蒙受政治糖衣的保護，不受到政治迫害，使其文學生命綿延不絕。但事實上，漢詩是否眞有政治免責權，能免除於政治力的干預？其實不然，因爲在日治時期的台灣文學界裡，漢詩通常較不若其他文體容易觸犯當局的禁忌。理由是除了部分詩作刻意以歌功頌德的內容，迎合統治者而得到保障之外，另一原因則在於漢詩是一種，具有比、興、諷、喻傳統的文學作品，通常在短短數十字中，常可寄寓作者心中豐富的意涵，再加上傳統漢詩寫作技巧常有以此寓彼的特色，使得詩中意涵隱晦難明，如此一來，漢詩反倒成爲台灣文士規避日人高壓監控的利器。所以在日治時代，漢詩反而能借著此等保護色彩，來表達傳統文人心中的眞正情志。

　　日本治臺初期，一方面爲綏撫仕紳文人，而允許詩社活動，又另一方面統治者爲消除漢民族意識，乃逐步進行同化教育，迫使有識之士欲借詩社的力量來保護漢文化，故而在日治時代的中晚期，台灣文學界才會產生詩社蓬勃發展的特殊景象。然而，此現象在後世的歷史評價中，往往是貶過於

褒，主要是有些文人，對日本統治者的利益引誘趨之若驚，因此被稱之爲「御用文士」，原因是他們將吟詠詩歌視爲官場應酬的利器，將擊缽吟僅視爲趨炎附勢的工具，漢詩寫作對他們而言，並非是爲了抒發內在的眞實情感與思想，而爲了獲取名利，是以這類功利取向的作品，自是難以呈現文學的自由心靈，也因此後人對傳統詩社的批評及責難甚於讚美及肯定。

但是我們必須瞭解，當時詩社成立動機不一，素質高下自亦相去甚遠，而各詩社之基本性格亦未可一概而論。所以就其正面的意義而言，當時舊詩社對保存氣節、傳遞漢文化種子確實有其貢獻，這是絕對不容抹煞的。 但詩社之種種歪風，乃至詩人人格之扭曲，甚至喪失民族立場，也是不容諱言的事實。當傳統文人懷抱著傳承漢文化的使命感，以及被異族同化的危機意識時，遂只有以統治者所允許的詩社代替書房，繼續其傳承漢文化的重責大任。

日本政府從一八九五年佔領台灣之後，便一直以改造、同化台灣本島人爲終極目標，是以其表現在教育政策上的就是普及國語（日語）。從登陸台灣的那一年開始，就設立的所謂的「芝山巖學堂」算起，到後來的「國語傳習所」，乃至專收台灣人子弟的「公學校」，都是以傳授日語爲第一目的。在公學校設立之前的教育機構，都只是臨時而且未制度化的學校，尚未負起台灣人學童教育的全般任務，而是由分布在全島各地近2000所的書房[43]擔負起幼童的教學工作。當一八九八年（明治卅一年）「公學校令」公佈同時，總督府於台灣全島開設了55間公學校後，才算有了日本人主導的初等教育機構。

---

43 見《新竹市志·文教志》。

　　本來書房皆由台人經營，自然都是以台灣話（含閩南語、客家話）教授、閱讀和書寫漢文，並且傳授中國舊有的傳統禮教，亦即灌輸幼童中華思想文化。如此的教育方針，自然不見容於日治時期的台灣總督府，而積極的欲予廢除。惟初期因預算不足，無法在全台各地設立足以收容所有學齡兒童的公學校，故只能容忍，任由民間書房繼續存在，直到1941年才完全廢除[44]。

　　在允許書房繼續經營的同時，由於教育精神不符日本政府的政策，日本總督府，對書房的授課內容進行了大改造。除了要求加授國語課程之外，原有的漢文課必須使用公家頒發的《大日本史略》、《教育敕語》、《天變地異》、《訓蒙窮理圖解》等漢譯本為參考書。更出版了以日本為本位的《台灣教科用書——漢文讀本》六卷給公學校教學，並下令民間書房也必須使用，企圖藉此斷絕台人繼續接受漢民族文化的薰陶。從以上這些史實來看，日治時期的漢文教育絕非單純的只是授業解惑的課程，因為有統治者與被殖民者的關係存在，致使漢文教育的背後隱藏著一場無形的戰爭。

　　我們必須瞭解日治時代所謂的「漢文」與今日所謂的「漢文」是完全不同的。在今天，可能所有的人都會認定「漢文」一詞指的是傳統八股的文言文。但是在日治時代的異族統治下，台灣人意識裡的「漢文」可並不如此單純。一九二七年的《台灣民報》第174號曾有一段這樣的論評：

　　　「台灣人因為公學校不能滿足地教授漢文，所以不得不
　　　給子弟往舊式的台灣書房讀書，舊式書房的教授法，唯
　　　有形式的講解和強制的背誦的兩個法子而已，教材多是
　　　從四書、五經、諸子、古文的中間選取的，若是中國的

44　見《新竹市志‧文教志》。

新式教科書，形式內容都是現代的，舊式書房的教師有
些難懂，而當局也禁止不給教的。」
又說：
「漢文教授的目的若是在做思想的工具，一定要選擇現
代的教材才行。什是現代的教材？漢文專用的（祖家中
國）自胡適提倡文學革命以來，全中國差不多普遍的用
著白話文，就是學校的教科書，除去國粹學以外，大概
都用白話文，因爲白話文容易學，又容易可以寫出自己
的思想。所以台灣人要學漢文，一定要從白話文中選擇
教材，才能夠合用」。

從這些記錄可以看出，當時台灣人所認定的「漢文」，
並不全都是古典的文言文，連受到大陸白話文運動影響而產
生的現代文也屬於漢文的範疇。因此，若以今天的語詞來解
釋日治時代的「漢文」一詞，最適切的解釋應該就是當時中
國大陸所使用的書面語，或是把範圍再擴大一些，認定爲包
括各種方言在內的漢語亦可。因爲，當時的台灣人堅持想學
習的絕對不是「北京話」，而是屬漢語系統中的「閩南話」
或「客家話」的正統中原雅韻，即古雅的中原話。換句話
說，在戰前相對於統治階層的國語（日語），當時台灣人對
中國的語文文化還有戀慕之情，不管如此戀慕之情，是眞正
因爲憧憬傳統的漢文化而來，或是只爲藉學習漢文化來表達
對統治者的不滿情緒。

由於有政治敵對的複雜感情介於台日人民之間，當時台
灣人只要是代表中國的東西，不管它是北京話、泉州話、漳
州話、廈門話、客家話、福州話，也不管它是文言文、白話
文、詩詞歌賦等的文體，都一律視爲「漢文」。然而日本總
督府爲了早日完成對臺灣人民的同化政策，也不惜以各種方

式無所不用其極，例如：台灣總督府整個教育政策的終極目的，只在於推行國語，以行其同化政策，而非眞心的教化台灣人的子弟成爲日本國民。所謂的「漢文課」，也只是爲了吸引台灣人家長，將其子女送往公學校就讀的一個誘餌。

　　此外台灣總督府除了對書房的漢文教育一再地限制和取締，以壓縮書房的生存空間外，對公學校的漢文課也毫不留情，多次縮減漢文課的授課時間，最後終於廢掉了漢文課；其步驟如下表：

時　間	頒　　布	
1897.10.31	國語傳習所規則	規定國語傳習所乙科課程中增設漢文課
1898.08.16	公學校規則	將漢文併於讀書課中，每週十二小時。
1904.03.11	公學校規則改正府令發佈	將作文、讀書、習字等各教科一併納入國語課；漢文課獨立爲一科。每週漢文課改爲五小時。
1907.02.26	公學校規則中改正發佈	五、六學年的漢文課授課時數，縮短爲每週四小時。
1912.11.28	公學校規則中改正發佈。	三、四學年的漢文課授課時數，也由每週五小時縮短爲四小時。
1918.03.31	公學校規則中改正發佈。	漢文課的時間，一律縮短爲每週二小時。
1922.04.01	台灣公立公學校規則發佈	爲因應「台灣教育令」之「日台共學」的新措施，將所有漢文課改爲每週二小時的「隨意科」（即選修），並得視地方情勢，廢除漢文課。
1937.04.01		公學校漢文課程完全廢止

　　從上述年表就可以看出，總督府以漸進的方式，花了數十年的時間，終於在治臺末期軍部權力高漲，皇民化運動如火如荼地展開時，強制地廢除了所有的漢文教育。

　　台灣傳統文人創設詩社，非但能振興地方文風，亦能在日本統治者壓制台人之際，發揚傳統漢文化。日本治台之後，斐亭鐘絕，騷壇知音難覓，統治者不能尊重被統治者的權益及文化，使有識之士憂懷漢文將絕之危機感，並且深切地體認到組織詩社維續漢文之迫切性，於是，傳統詩社的詩人們便寄望在詩社裡，定期舉行擊鉢吟哦，於字字推敲之中，宣洩胸中抑鬱不平之氣，同時，也能在風雨飄搖之際，持續漢詩文的寫作，以接續民族文化命脈。連橫＜城東雜詩＞云：

> 滄海歸來已夕暉，夢中五嶽尚依稀。書生未與興亡責，
> 除卻看山百事非。

　　正因為台灣文人懷著山河興亡的責任感，遂積極鼓勵組織詩社，並網羅漢學文獻，持續不斷的舉行擊鉢聯吟，將傳統詩歌代代傳遞，此乃日治時代全台詩社社員的共同心聲與使命。日本治臺廢止科舉，辦理日式學校教育，壓迫台胞學習日語文，並控制思想。有識之士認為：為了維繫祖國文化，必須設法使漢文不致被消滅；所以文人相率結成詩社。而文人相濡以沫的「同理心」，亦為促使傳統詩人組織詩社的主要原因；文人雅集，詩酒交會，以聲氣相投的風氣，自古即在知識階層流傳著。尤其是濟濟多才的開臺進士的故鄉，此風氣幾乎成為地方傳統，因此，竹塹地區的傳統文人，組織詩社非但是為了存續漢文命脈，亦可能是營造一

個地方士紳文人附庸風雅的場合。又籍詩社活動鼓勵青年學子學習漢文，擊鉢吟可以說是一種帶有趣味性的文化活動，因此詩社便如雨後春筍相繼成立。日人治台五十年，大肆推行「皇民化」運動，卻終未能得逞，詩社的林立與詩風的普及，對維繫漢學命脈實功不可沒。

民國八年（大正八年，西元1919年），舉人鄭家珍由泉州回台寓居新竹八載，因爲地方人士仰慕其才學，請求他設帳授徒。民國十二在北門吳厝講授詩學，並與其門人締結「耕心吟社」。那時全台詩風正盛，台灣文化協會在同年秋天舉辦文化講習會。翌年春天，連雅堂創刊並主編《台灣詩薈》。更促使詩社活動蓬勃展開。新竹各地以塾師主盟的詩社尚有葉文樞的「讀我書吟社」，黃潛淵的「切磋吟社」，張純甫的「柏社」，曾秋濤的「來儀吟社」，戴還浦的「漁寮吟社」等，陸續成立。地方人士受此影響也成立了鄭香圃的「青蓮吟社」及「大同吟社」、謝森鴻等的「竹林吟社」，徐錫玄等的「聚星詩學研究會」，以及「朔望吟會」，「敦風吟會」、「竹風吟會」、「柏社同意吟會」等，有百餘年歷史的竹塹詩壇，在短短約二十年之間，如曇花一現，突然產生了十數所新的詩社。到處詩聲郎朗朗吟誦不輟；「竹梅吟社」則於光緒廿三年以後恢復稱爲「竹社」。

在這些詩社書房中，又以舉人**鄭家珍**的「**耕心吟社**」、**葉文樞**的「**讀我書吟社**」、**張純甫**的「**柏社**」，對竹塹地區後來的地方漢文教育，乃至光復後鄉土文學的傳承，有著功不可沒的影響，可惜的是他們無怨無悔的付出，卻黯然於現實歷史的洪流之中。

第三章 耕心吟社與鄭家珍

第一節 鄭舉人家珍－耕心吟社的導師

　　鄭家珍先生（西元1868年至1928年），字伯璵，號雪汀，原籍福建泉州。曾祖舉砂公，贈文林郎。祖父賢濕公東渡來台，居淡水廳城外東勢莊，務農為生。父爾質公繼承之。曾祖母王氏、祖母陳氏俱贈孺人，母林氏誥封孺人。清同治七年（西元1868年）家珍出生於竹塹城外東勢莊。自幼聰明好學，天性純樸；早年就學於竹塹通儒陳世昌（錫茲）門下時，已顯崢嶸、受人器重，與張麟書、陳如椽、杜家修、黃平三等「憶從問字共師承，引領群材每服膺。章甫立身何坦蕩，曲江風度自端凝。驚才絕豔黃山谷，賦性多情杜少陵。三載聯床同話雨，盎然書味五更燈」[45]，因而結為異姓金蘭莫逆之交，並互許將來同步青雲。家珍勤儉成性，每日上學途中，均赤腳攜鞋至城內書房井邊，洗足而後穿之。光緒十二年（西元1886年）先生友人蔡啓運因客居竹塹，見咸豐年間先後成立之竹、梅兩社群龍無首，乃從中奔走，合併兩社改組為「竹梅吟社」，社員均為當地名流，除先生外尚有舉人陳濬之、歲貢林鵬霄、黃如許、李組訓、吳逢清、鄭兆璜、陳叔寶、劉廷璧、陳朝龍、鄭鵬雲、林亦圖、陳世昌、鄭如蘭、曾逢辰、蔡啓運、陳編、張貞、戴珠光、鄭養齋、王松等詩人、學者。家珍因早有才名，光緒十三年時年二十歲（西元1887年）即應鄉里要求，設帳於東勢，開館授徒，啓迪後學；並與寓居竹塹北郭園的名詩人王松交往頻繁切磋學藝。且仍遊學於陳錫茲先生門下，此亦見其尊師力學

45　見《雪蕉山館詩集》1983年中華民國傳統詩學會出版。

之爲人。

　　青年時期的鄭家珍，內心充滿著無比的熱情與抱負；爲報效家國一展青雲之志，於授館之餘（以微薄束修維持家計）即積極準備參加科考，並全力投入試帖等應舉課業。光緒十四年他考取新竹縣學[46]，十五年歲考，補爲廩生。至光緒廿年（西元1894年）二十七歲之年，以臺籍人士取中甲午科舉人，年少登科聲名大噪。此時的鄭家珍對未來充滿著希望，也正籌畫著下次會試的盤纏。

　　孰料次年的馬關條約（西元1895年），清廷將臺灣割讓給日本，臺灣士子們的希望已然破滅，國仇家恨一湧而至；五月日軍攻陷新竹，鄭家珍遂以「受據台日軍之侮，等於伕役。清掃街路馬糞，因不勝其辱，忿而挈眷內渡」，返回原籍泉州府城，並以開館授徒，作育英才爲志。家珍挈眷內渡後，居住於泉州府城，其原在臺門人黃玉成之父亦挈家內渡，乃租屋同住，玉成仍從先生受業。於時風景既殊，山河易色，臺地親友天涯邈隔，先生與玉成旅次相依，滄海餘生惆悵相憐惜，而尤以避地之後，得於乾淨土地，畢此生於昇平世界私相慰藉焉。當時泉州南安陳、鄭兩姓經常械鬥不已；家珍原在台時，即與友人陳澤粟相交甚深，回泉州後與澤粟仍相晤交遊，交相勸化，陳鄭兩姓，受其感召，終不復動干戈，爭鬥遂止。

　　一八九八年，家珍被保送專科，錄取爲福建全省算術第一名，會考二等，籤分鹽運大使，任豐州學堂正教習，兼勸學所長。一九〇五年（光緒卅一年）先生友人王松所撰《台陽詩話》刊行，「此書一出，風靡全島」[47]。其書上卷有兩

46　見張麟書〈鄭雪汀先生弔文〉。

47　據廖漢臣〈臺灣文學年表〉。

則關於先生的記事云：「鄭伯璵孝廉（家珍），吾竹鉅子也，自少好讀近世譯本，精於術數之學。乙未，避地入閩，從學者眾，皆游泮而歸；譜弟箴盤亦出其門。在泉有年，造就良多。當道推其算術為八閩第一。有英儒某氏聞其名，欲往試之，互相運算，竟被所屈。由是名益噪，遐邇莫不知其人者。其詩余不多見，僅記其感臺事末二聯云：『虎旗強迫元戎拜，雞嶼終看故壘空。不及月樓身一死（謂張月樓戰死雞籠），猶噴熱血灑秋風。』」及：「臺屬稱師，嘗曰『某先』，講禮法者恒深鄙之，謂近世輕薄子之所為；不知古人已有用之者，如漢梅福曰：『叔孫先非不忠也』；顏師古註云：『先猶言先生。』俗例稱呼，或本於此。余記鄭伯璵孝廉寓泉州，其徒張某訪於客邸，問主人曰：『伯璵先有在否？』孝廉聞之，惡其無禮；越日答以詩，有『運蹇文章難入彀，途窮弟子亦呼名。』之句。噫！孝廉通貫古今，竟亦忘此典實。又孔子之門人，如子思所謂『仲尼祖述堯舜』、子貢所謂『仲尼日月也』之類，亦可為呼名進一解。」[48]

　　辛亥鼎革，國內地方不靖，一九一九年鄭舉人復避地來台，同時亦應北門鄭擎甫先生之邀來為鄭家（鄭如蘭）勘定祖墳[49]，地方人士對其學問之淵博深為敬慕，請求其在新竹設帳講學，鄭舉人遂允所請；首先設帳於鄭擎甫先生家中，至一九二一年（民國十年）講授於鄭秋涵家中。，鄭舉人秉性純孝，雖寓居新竹八載，每年歲末必返鄉省親。

　　一九二二年鄭舉人返泉州，一九二三年再度返台，在水田吳厝教學。當時日人嚴禁台人講授「漢文」，唯獨特許鄭舉人教學，日人聲稱鄭舉人教的是文學，與政治無關。民國

48　見王松《臺陽詩話》上卷於1905年刊行。臺灣省文獻委員會歷史文獻叢刊，1994年。

49　鄭家珍善勘輿，見其墓誌銘。

十四年鄭舉人移帳北門進士第鄭邦焯先生處講學半年，下半年即改在紫霞堂授課（寄齋）[50]，鄭舉人在紫霞堂的教學一直延續到一九二七年（民國十六年，昭和二年）返回故鄉福建泉州為止。下表為鄭舉人乙未之後，寓臺八年簡記：

鄭舉人乙未之後寓臺八年簡記

西　元	民　國	日　本	鄭舉人往返臺省與閩地
1919年	8年	大正8年	辛亥鼎革，國內地方不靖，鄭舉人復避地來台，同時亦應北門鄭擎甫先生之邀來為鄭家（鄭如蘭）勘定祖墳，地方人士對其學問之淵博深為敬慕，請求其在新竹設帳講學，鄭舉人遂允所請；首先設帳於鄭擎甫先生家中，，鄭舉人秉性純孝，雖寓居新竹八載，每年歲末必返鄉省親。
1920年	9年	大正9年	設帳於鄭擎甫先生家中。
1921年	10年	大正10年	元月（農曆臘月）回泉州過年，農曆過年後返臺授課講授於鄭秋涵家中。
1922年	11年	大正11年	元月（農曆臘月）回泉州過年，農曆過年後返臺授課
1923年	12年	大正12年	二月（農曆臘月）先生夫人為其生兩男，三月（農曆過年後）返臺，四月設帳於水田吳家耕心齋；與其門人締結「耕心吟社」。
1924年	13年	大正13年	元月（農曆臘月）回泉州過年，農曆過年後返臺授課
1925年	14年	大正14年	元月（農曆臘月）回泉州過年，農曆過年後返臺授課；本次攜眷渡臺，同作客於水田紫霞齋堂。
1926年	15年	大正15年 昭和 元年	設帳於新竹水田紫霞齋堂。
1927年	16年	昭和2年	元月（農曆臘月）回泉州過年，四月返臺，本次歸臺較歷年為晚係春雨之故。十二月廿四日即返泉州，緣老病思鄉，較往年為早。
1928年	17年	昭和3年	四月先生捐館返道山，享年六十一歲。

50　位水田吳厝。

　　鄭舉人寓竹期間，亦曾受北門鄭肇基禮聘爲西席，不久即辭退。此後陸續教讀於水田吳氏耕心齋等地，與竹塹詩人王松、葉文樞、葉文猷、鄭樹南（拱辰）、鄭以庠（養齋）、鄭秋涵（虛一）等酬唱甚密，並指導新竹公學校同仁組成之「亂彈會」習作詩文，對後起學子組成之「大同吟社」，「青蓮吟社」等亦多加獎掖提許，並集合門下弟子組「耕心吟社」，宏揚詩教。當時日人極力阻止台民學習漢學，多方刁難取締，唯獨以家珍所授有益修身勵志，純爲進學，不加禁制。

　　先生教學時，嚴肅認眞，準備週詳，教材吟誦熟練，不需翻閱書本，時時以「學然後知不足，教然後知困」自勉。除古文辭外，天文、地理、曆法、算術、星象、卜筮等，無不精專，且皆能窮探奧妙。嘗自言「平日無一日不觀書，無一歲不授徒，至若分外事，分外財，則漠然不屑也」。一九二八年春，病逝南安祖厝享年六十一歲。遺著有《倚劍樓詩文存》泉州古華閣書局刊行，皆器局恢宏，旨深意正，台灣鮮見傳本，《師友風義錄》[51]中頗多收錄，又有《雪蕉山館詩集》於一九八三年經門下弟子整理後，由中華民國傳統詩學會出版，書中除收錄各體詩外，並將聯語、詩鐘、詞文、歌曲一併收入。鄭舉人生前作育英才無數，可謂桃李滿天下，他的學生與他之間的感情，也幾乎是亦師亦友；其墓誌銘即是由黃玉成先生所撰，其文如下：

　　　＜雪汀鄭家珍先生墓誌銘＞
　　　余師雪汀先生，捐館數日，其弟伯齡告余曰。吾兄之喪，將以今年四月二十六日，葬於淺寮山不可以

51　《師友風義錄》：鄭鵬雲輯。

不銘，銘之莫如子宜，嗚呼，吾師所交皆當世鉅人長德，及門弟子，亦遍海內外，其品學足以銘吾師者何限，乃不請於彼，而獨命余，豈非以余受業於師最久，知師最悉。又同避地內渡，可哀之事，皆宜見於余文者，所以獨命余乎！余與師臺產也。師以臺籍，登光緒甲午賢書時年二十七，余年始十二耳，越乙未歲，先君子命余受業師門方是時，師年少登科，才名籍甚，論文親友，日相過從，余上學時，輒見戶外履恆滿，是歲清廷割臺，臺地鼎沸先君子挈家內渡，師亦移籍歸泉，於郡城傤屋同居，余復從受業，風景既殊，山河亦異，臺地親友，邈隔天涯，惟余與師相依旅次，滄海餘生，惆悵相憐惜也。然猶有一事，以私相慰藉者，為避地後，得在乾淨土，畢此生於昇平世界耳，迨辛亥鼎革，地方多故，己未春，師復避地渡臺，就臺人詩社之聘，嗣是寓臺八載。惟每歲一歸省親，余亦流離轉徙，與師日疏，丁卯冬師由臺抱病歸，至春更不起，於是而歎前後同一遭亂，欲再如曩時相依相保，亦不可得，嗚呼，可哀也已，吾師世系，贈文林郎，諱舉砂曾祖也。諱賢濕皇祖也。諱爾質皇考也。曾祖妣氏、王祖妣氏陳、俱贈孺人，母夫人林，誥封孺人，配蘇孺人前卒，繼配王，師博覽群籍詩古文辭外，凡天文地理，曆法算術，星命卜筮，無不窮探奧妙，著有成書，詩尤工，所著《雪蕉山館詩草》藏於家，由廩生中光緒甲午科舉人，戊申保送專科，取錄全省算術第一名，會考二等，籤分鹽大使，任豐州學堂正教習，兼勸學所長，民國戊辰三月初十日，辰時卒於家，距生同治七年，戊辰七月十六

日午時，享年六十有一，男四，長榮俊，豐州學堂畢
業生，次榮水榮璇榮機俱幼，女四，三者名慰，特聰
慧，十歲即能詩，尚待字，餘適人，孫男二，登洲登
峰，榮俊出，師天性孝友，卒前三日，尚往慰其母，
詭言己身無恙，遇諸弟尤有恩，三弟婦早寡，恤之惟
恐不至，待人接物，一出至誠，古貌古心，一望而知
爲長者，生平無一日不觀書，無一歲不授徒，分外事
分外財，則漠然不屑也。甫五旬，即頭白齒脫，余固
已哀其早衰，而遂至於此，豈重遭喪亂，精神暗耗於
奔走憂患中耶，師諱家珍，字伯璵，號雪汀，世居南
安崎口鄉，其祖遷居臺之新竹，乙未移籍歸，仍爲南
安人，銘曰，吁嗟夫子，身際桑滄，其學則富，其遇
則窮，雖飄然世外，終愴然寸衷，錦繡心腸，水悶幽
宮，發爲書帶，墓草叢叢。

與鄭舉人情同手足的同窗好友張麟書，在其將行安厝之
禮，葬于淺寮山時，亦曾撰＜鄭雪汀先生弔文＞以慰之：

維戊辰古曆四月二十有六日，亡友鄭君雪汀將於
本日寮山，行安厝之禮，謹繫詞以哀之曰：
嗚呼！鄭君往矣已矣，惟是前塵影事縈余懷思，輾轉
寤寐而不能已也。君年弱冠，與余同遊陳錫茲夫子之
門，塾中習舉子業者二十餘，而君爲天馬，驌驦文
場，辟易萬夫，師國器目之。時有陳夢花、杜有輝、
黃雲階三君子，同契金蘭，共相磋琢。戊子試童軍，
君以府案第一人入泮。己丑歲試，君食廩餼。甲午鄉
闈，君賦鹿鳴。黃君先一年卒，無何鯤洋羹沸，君避
地溫凌，勞燕東西，忽忽十九載。陳、杜二君亦先

後赴召修文，同學知交，凋零過半。君於甲寅夏五，東渡省墳，面晤黃弟戒三，喜曰：『平三有弟矣！』平三者，雲階之字也，乃從舊雨聯爲新盟，作歲寒三友圖。君有句云：『自古占梅曾數五，於今對月恰成三。』作東渡行一篇，蒼涼沈古，情事宛然。嗣後梧松鳳鶴，暫爲新竹寓公，而攜眷重來，安硯北郭，賴以凌霄一指，撐斯文於不墜。滿城桃李羅致公門，可爲莘莘學子幸，亦爲君之避難慰！去秋九月，過訪蕭齋，促膝談心，自傷年華纔花甲，老病日侵，蒲柳光衰，爾我能得幾回相見？雖然自其變者觀之，古今曾不能以一瞬；自其不變者觀之，則彭殤可齊、死生可一，而又何悲乎？惟八旬慈母、六歲孿兒仰事俯畜，中途捐棄，甚可哀也。余聽其言，回思戒三，年未五十，養生不善，追隨乃兄於泉臺；君今精神無復曩時煥發，余則菖氣蒼然，生意將盡；後顧茫茫，伊於捐底！不禁相與之感慨，欷歔泣數行下。冬臘南歸，河梁握別，曾約今春二月，仍渡婆娑洋，重與吾徒聚首。諸同人遙望文旌，眼爲之穿。村人讕言：傳君病劇，余戚戚然憂。旋見朵雲飛下，云在本鄉長通德學校，兼主別校講席；予欣欣然嘉。不圖噩耗傳來，君於三月十日遽赴道山，遺下衰親稚子。捐天不恤，而降此鞠凶耶？豈所生有自來，甚有所爲耶？抑有石上夙因，將談牧豎以了之耶？此理不可解，而命不可知矣。嗚呼！鄭君往矣已矣，流波絃絕，元伯魂歸。國事之傷，子猷之感情之所鐘（鍾），正在吾輩，余獨何心，能不悲哉？」

鄭舉人摯友吳蔭培亦作有＜輓雪汀先生＞七律一首[52]：

> 千古斯文賴謹持，七年為友更為師；別君頻洗哀時淚，
> 寄我曾傳遣興詩。向願未酬憐弱息，萊身邊殞痛慈幃，
> 八閩算學推惟一，乍奈回天力不支。

秀才葉文樞亦有＜吊鄭伯璵孝廉＞七律一首[53]：

> 平生抱負鬱難伸，多藝多才莫療貧；占巧傳疑歸日者，
> 算精名合附疇人。吟懷高淡宗元亮，數法精微悟景惇，
> 至竟蓋棺公論定，千秋絕學仰精神。

　　一九三二（昭和七年）二月，先生門人曾秋濤、許炯軒至適園走訪李濟臣，語曰：「先師雪汀夫子，松楸已拱，遺稿無存，今者收拾叢殘，將付剞劂，庶不朽其人。子與吾師善，其序之毋辭。」濟臣許諾之，一九三三年（昭和八年）三月十日，李濟臣撰成＜雪蕉山館詩集序＞，文末云：「言笑如昨，而孝廉歸道山已五年許矣。一序之微，經年負諾，非關疏懶，亦以交最親且久如張先生（麟書）者病未暇作，因之逡巡。今雖張先生往矣，曾（秋濤）、許（炯軒）二君於時為詩人，力足以得能詩者序其集，顧屬於韜晦之人，似其意別有在者。沘筆弁言，蓋有不勝惘惘矣！孝廉少勤劬，凡天文、地輿、曆數之學，皆汎其涯，詩文特緒餘耳，而所詣絢爛博奧，世有定評；然不自愛惜，隨亦散去，故零篇賸墨亦僅留此區區，余胡能無感耶？」[54]就在這一年鄭舉人的同窗好友張麟書先生也駕返道山了，享年七十七歲。

52　見《新竹叢誌·竹塹拾遺》
53　同上
54　見《雪蕉山館詩集》1983年中華民國傳統詩學會出版。

　　一九八三年即中華民國七十二年，鄭舉人去世的五十五年後，其門下諸生痛感教澤情深，師恩罔極，決將遺稿儘速付印傳世，恐或謄錄有誤，乃由鄭舉人的表姪女（亦爲其高足）鄭蘂珠女史，將餘集分類整，就正於中華民國傳統詩學會理事長林錫牙，錫牙慨諾爲題簽並出版；而詩人莊幼岳、周植夫、黃錠明等共爲編訂，遂順利付梓刊行。鄭舉人門生林麗生爲《雪蕉山館詩集》撰「跋」文云：

　　瀛海泱泱，師嶺蒼蒼，竹塹秀壯，絳帳流長。回憶立雪師門，得沾春風化雨，雖事隔數十寒暑，但緬懷往事，恍然如昨，寧不使人感慨系之！

　　雪汀吾師，生平著作多矣，門人欲集者亦久矣，乃吾師逝世多年，而集未成：不集之多而集之少，不集之早而集之遲，何耶？蓋吾師生性豁達，誠如李前輩所言：其不自愛惜，隨之散去，是以著作雖多而留存者少。吾師辭世後五載，我門人中曾許二同學有心將遺稿整理後付梓，奈彼等先後謝去，駒光過隙歲月如流，匆匆又逾半世紀矣！諸多同學亦各因事忙而遷延，致遲遲未竟心願，實亦難辭愆期之咎，傳道、解惑、執經問難，教澤情深師恩罔極，午夜夢回莫不百感交集。爲報師恩於萬一，決將遺稿儘速付印以傳世，吾師在天有知，或責其餘墨有失之眞乎！謄錄有傳之誤乎！癸亥孟夏由同學鄭蕊珠女士將餘集分類整理，並就正於中華民國傳統詩學會理事長林錫牙先生，蒙慨諾爲題簽並設計出版；又蒙名詩家莊幼岳、周植夫、黃錠明諸先生允爲編訂，使本集得以順利印刷。爰在此先致謝忱，暨願斯集能受文人墨士珍惜收

藏，得與河山同爲不朽則幸甚矣！」

中華民國七十二年歲次癸亥仲夏

受業林麗生謹誌

　　是年十月，鄭舉人遺著《雪蕉山館詩集》由中華民國傳統詩學會在臺北出版，依版權頁所列，編輯者爲編輯委員會，召集人爲林錫牙，委員爲莊幼岳、周植夫、黃錠明、施奕義，執行編輯爲幼岳與植夫，校稿者爲鄭藥珠，而印贈者則林麗生也。卷首有先生遺像，並有麗生所錄先生自撰：「雪偶印鴻，尋遊釣於童年，某山某水尚存泥爪；蕉曾覆鹿，悟塵勞之幻夢，浮名浮利俱化煙雲。」聯對。此書名爲詩集，除收各體詩作外，尚有聯對、詩鐘、詞、文、歌曲等，亦予收錄；而亦有未及收入者，如於《新竹叢誌》中所載的＜李君文樵廣文哀詞＞、＜蘇肯堂先生墓誌銘＞，及民國二十年陳秦纂輯《南安縣志》卷之二十五「忠節」所採呂伯宗傳，皆其例也。至其墓誌銘所云：「天文地理、曆法算術、星命卜筮，無不窮探奧妙，著有成書。」這些著作或毀於戰火，或湮沒於江湖山川，諸書之下落，已不可得之；實有待進一步之訪尋，我們期待有一天他會重現。

第二節　耕心吟社與耕心吟集

　　據《新竹市耆老訪談專輯》[55]鄭藥珠女士回憶記述：民國八年新竹出身的甲午科舉人鄭家珍字伯璵號雪汀，由泉州回台寓居新竹八載。他本來是應聘爲鄭家勘定祖墳，因地方人士仰慕其才學請求設帳授徒。起初在鄭擎甫家中，後來改在鄭秋涵家裏。民國十二年在水田吳厝講授詩學時，應學生的請求，組織耕心吟社，並利用每日夜間指導學生鑽研詩

55　新竹市政府八十二年六月出版。

作，吟社成員有詩作抄本結集，稱《耕心吟集》。

　　《耕心吟集》之能留存至今，實得力於編輯人伯梧先生，他細心的用小楷毛筆，以工整的歐體楷書抄錄裝訂成冊，其功力之深厚，眞令人歎爲觀止。全集詞宗十一名，社員四十五名，分詠四十四題，以五絕、五律及七絕吟成。其中大半以七絕出現。相較於當時已成集只有七絕詩的《台海擊鉢吟集》，在體裁方面，又有截然不同的進展。

　　《耕心吟集》與成集的《台海擊鉢吟集》[56]最大的不同之處，是除了體裁有進展之外，就是多了詞宗的評選與排列名次。這樣一來可讓生徒們瞭解那些詩是好的，那些詩較爲不受詞宗喜愛；二來可讓名列前茅的作者產生成就感，或受人肯定感而更加努力習作。

　　《耕心吟集》目錄裏所列的詞宗有十一名，都是當時的碩儒名師，堪稱陣容浩大。那時全台各社擊鉢聯吟成風，台灣文化協會在一九二三年秋天舉辦文化講習會，翌年春連雅堂創刊並主編《台灣詩薈》，更促使詩社活動蓬勃展開。各地詩社如雨後春筍般陸續成立。而這些詩社有很多是以塾師爲社長，生徒爲社員的半教學性組織。「耕心吟社」的詞宗，除了舉人鄭家珍是塾師兼主盟者外，鄭養齋是貢生，曾吉甫、葉文樞、鄭濟卿、黃潛淵、高華袞、林浴沂是秀才。林鐘英、張純甫、鄭盧一爲儒士。他們都是私塾的教師，也是熱心推廣詩學的前輩們，是一種以私塾爲單位設立的詩社。

　　廖雪蘭教授《台灣詩史》中的〈台灣詩社繫年〉，依詩壇記事年表的安排，「耕心吟社」是日治時期竹塹地區最先設立的詩社，其後則有葉文樞的「讀我書吟社」，黃潛淵的

56　西元1908年（光緒三十四年）蔡汝修編輯問世。

「切磋吟社」，戴還浦的「漁寮吟吐」，及曾秋濤的「來儀吟社」，張純甫的「柏社」等，這些詩社的成立，也造就了詩社間聯吟的全盛期。

　　耕心吟社的社員群，按《耕心吟集》所刊的詩作統計，共有社員四十五名，然均以末冠姓的雅號具名於詩作之後。因為事隔八十餘年，這些生徒後來在全省詩壇馳名的，如鄭香圃、謝森鴻、謝景雲、許焻軒、陳竹峯等均已去世。所以真實姓名無法稽考。根據業師竹社社長蘇子建先生，於前幾年訪問當時還在世的陳竹峯老前輩（早已移居花蓮多年87.5.27逝世享壽99歲）他也說為時已久，忘記了他們的姓名。是以據蘇老師的筆記，按圖索記（吟集裡雅號），查到耕心吟社的社員姓名羅列出如下：

植　三：黃植三。曾任公學校教師，黃珍香後裔黃鼎三之弟。

奇　烈：黃其烈，中醫師。前省立新竹醫院黃共榮副院長尊翁。

香　圃：鄭香圃<梅癡，醉白>鄉賢鄭用鑑之孫，詩書畫家。

瘦菊生：陳旺成，新竹縣文獻委員會主任委員，黃繼圖律師尊翁。

鐵　鏦：陳湖古，<鏡如鐵鏦>詩書畫家。

森　鴻：謝森鴻，<啓書>鴻安堂中藥房[57]店東，曾任竹社社長。

焻　軒：許光輝<焻軒>中醫師，前新竹客運公司副總經理許新民之尊翁。

景　雲：謝大目<景雲>土地代書、書法家、曾任竹社社長

郁　仙：鄭炳煌<郁仙、旭仙>塾師。

碧　秧：鄭江山<碧秧>。

57　位於今新竹市北門街上為知名的百年老中藥店。

占　梅：鄭經魁、貢生魏篤臣之後裔。

藥　珠：鄭卻<藥珠>齋教先天派紫霞堂堂主。

竹　峯：陳堅志<竹峯>曾任花蓮縣縣議員，蓮社社長。

瀛　槐：曾瀛槐曾任北區保正。

漢　德：鄭榮俊，係鄭雪汀舉人哲嗣。

榮　慰：鄭榮慰，係鄭雪汀舉人三女。

伯　梧：魏經綸先生。

其他尚無法考其姓名者如下：

　　杏農、省三、季雍、節侯、堃南、傑臣、扯堂、問渠、魁
　　俊、陋齋、聯璧、呈奇、水柳、劍雄、橫舟、子擎、士
　　錦、淑潛、雲山、泛舟、簧舟、斯得、雪奄、牽、步雲、
　　完真。

　　《耕心吟集》全集的題目大致與傳統的擊鉢吟集相同。只不過是詠物的詩比蔡汝修所輯的《台海擊鉢吟集》增加不少，而且題目的字數也較以往減少許多，一見就可以知道，此乃為師生切磋指導正在磨鍊階段的作品。其詩題如下：

題目一：種竹　　上平一東韻　　詞宗：鄭舉人家珍（雪汀）錄十七首

題目二：花影　　上平二冬韻　　詞宗：鄭舉人家珍（雪汀）錄十八首

題目三：綠意　　下平五歌韻　　詞宗：鄭舉人家珍（雪汀）錄十六首

題目四：粉蝶　　上平四支韻　　詞宗：鄭舉人家珍（雪汀）錄十五首

題目五：催詩雨　上平三江韻　　詞宗：鄭舉人家珍（雪汀）錄十二首

題目六：聞雷失箸上平十灰韻　　詞宗：鄭舉人家珍（雪汀）錄十一首

題目七：嫦娥奔　月下平十一尤韻 詞宗：鄭舉人家珍（雪汀）錄十五首

題目八：謹步和雪汀夫子留別瑤韻

　　　　　　　　上平十二文韻　　詞宗：鄭舉人家珍（雪汀）錄十七首

題目九：海水浴　上平十四寒韻　　詞宗：鄭舉人家珍（雪汀）錄十一首

題目十：採茶女　上平十一真韻　　詞宗：鄭舉人家珍（雪汀）　錄十首

題目十一：葛巾　　上平二冬韻　　詞宗：曾吉甫（逢辰）　　錄十首

題目十二：霜葉　　下平十一尤韻　　詞宗：鄭家珍、鄭養齋　　錄十四首

題目十三：瓶菊　　下平十一尤韻　　詞宗：鄭家珍、鄭養齋　　錄十八首

題目十四：鳥語　　上平六魚韻　　詞宗：鄭家珍、鄭養齋　　錄廿八首

題目十五：歸帆　　上平十五刪韻　　詞宗：鄭雪汀、葉文樞　　錄十八首

題目十六：秋月　　下平八庚韻　　詞宗：鄭養齋、葉文樞　　錄十八首

題目十七：鐘聲　　下平一先韻　　詞宗：鄭養齋、葉文樞　　錄十四首

題目十八：村行　　上平十灰韻　　詞宗：鄭養齋、葉文樞　　錄十一首

題目十九：寒梅　　上平十一眞韻　　詞宗：鄭養齋、林浴沂　　錄十九首

題目二十：雪夜　　下平一先韻　　詞宗：林浴沂、鄭濟卿　　錄十六首

題目廿一：裸體美人　上平十一眞韻　詞宗：林鐘英、林浴沂　　錄十三首

題目廿二：失戀　　上平七虞韻　　詞宗：鄭養齋、黃潛淵　　錄廿三首

題目廿三：荷錢　　上平一東韻　　詞宗：林豫川、高華袞　　錄十四首

題目廿四：磨刀　　上平十三元韻　　詞宗：張純甫、林豫川　　錄十五首

題目廿五：圓扇　　下平八庚韻　　詞宗：張純甫、林豫川　　錄十三首

題目廿六：鳴蟬　　下平十一尤韻　　詞宗：張純甫、林豫川　　錄十四首

題目廿七：月蝕　　上平四支韻　　詞宗：張純甫、林豫川　　錄十四首

題目廿八：雨傘　　上平一先韻　　詞宗：張純甫、林豫川　　錄十六首

題目廿九：妓女怨　　下平二蕭韻　　詞宗：鄭養齋、張純甫　　錄廿八首

題目三十：庸醫　　上平四支韻　　詞宗：張純甫、黃潛淵　　錄廿三首

題目卅一：落葉　　下平四豪韻　　詞宗：張純甫、林豫川　　錄廿一首

題目卅二：冬菊　　上平十四寒韻　　詞宗：張純甫、林豫川　　錄廿四首

題目卅三：螢火　　下平十一尤韻　　詞宗：張純甫、林豫川　　錄二十首

題目卅四：蛛絲　　上平十一眞韻　　詞宗：鄭養齋、張純甫　　錄廿一首

題目卅五：竹床　　下平七陽韻　　詞宗：鄭雪汀、鄭養齋　　錄十七首

題目卅六：賞雨　　下平一先韻　　詞宗：鄭養齋　　錄十五首

題目卅七：早菊　　下平七陽韻　　詞宗：曾吉甫　　錄二十首

題目卅八：五指山上平一東韻　　詞宗：鄭雪汀、鄭盧一　　錄十九首

題目卅九：雪觀音下平十二侵韻　　詞宗：鄭雪汀、鄭盧一　　錄 十 首

題目四十：隄柳　上平八齊韻　　詞宗：鄭養齋、葉文樞　　錄廿五首

題目四一：摩拖車　　下平八庚韻　詞宗：鄭養齋、黃潛淵　錄十六首

題目四二：陶淵明愛菊　下平七陽韻　詞宗：鄭養齋、黃潛淵　錄廿二首

題目四三：木魚　上平六魚韻　　詞宗：鄭養齋、林毓川　　錄十六首

題目四四：角黍　上平十二文韻　　詞宗：鄭養齋、張純甫　　錄十七首

詩 鐘 一：耕心（魁斗格）　　詞宗：鄭養齋　　　　　　錄 十 首

　　《台海擊鉢吟集》與《耕心吟集》均爲詩社同仁雅集聯吟結集而成。不過台海吟集係詩人以文會友聯吟的成果，但是耕心吟集則是塾師課徒辛苦的結晶；以現代人教育術語而言，他是一部老師教學成果的展覽集。

　　不過在當時日人統治下，漢學能有如此成就，已經是很難能可貴了。這些前輩們有著紮實的漢學基礎，算是耕心齋的高級班學生，才會沉浸於詩學。通常在私塾就讀，大都以實用性的商用尺牘，及指導爲人處世的四書、孝經等修身教材爲主。鄭舉人除漢學淵博外，也精通天文曆算、堪輿命學等術數。所以這些學問也可能在講課中傳授一些。如:他在《雪蕉山館詩集》就曾爲詩稱許他的女弟子鄭藥珠學習天文曆算的進境，可見一斑：

　　　　瓊枝立雪見精神，問字觥觥自率眞。丹篆夢中開夙慧，
　　　　白蓮香裡悟前因。掃眉才子通經士，束髮儒童幻相身。
　　　　我擁皋比爲講易，天根月窟有餘春。

　　藥珠女士曾在訪問錄表示，其師鄭舉人在教授學詩的

方法時一再提醒學生們：1.要懂平仄，要習對仗。2.須熟讀各書深知典故。3.須言之有物含意廣遠方稱佳構。近人吳濁流先生曾在其《濁流千草集》中評論擊鉢吟詩說：擊鉢吟所作之詩，注重擒題，許多詩句都繞著題目打轉。譬如以秋為題，他們就只注重秋字，只要一個秋字發揮充足，那管是今日之秋，或五百年前的秋；這樣表現謂之「擒題」，謂之佳作。以上述言談衡量題目的字數愈長愈難包含在詩句內，如果詩題字數少，詩句發揮的空間也較大，也不致文不對題。《耕心吟集》的第八題與擊鉢詩的題目較為不同；是一種惜別詩，以步韻或和韻的方式賽詩。題目是＜謹步和雪汀夫子留別瑤韻＞。時間在甲子年十二月十七日，耕心齋惜別會席上。家珍舉人的留別詩如下：

才盡江郎愧不文，有緣筆硯共諸君。蓼蓼臘鼓催人別，無限深情寄樹雲。

和韻詩，抄錄如下：

一　植三

杖履追隨愧不文，別離情滿雨紛紛。此行却為天倫樂，無限相思逐暮雲。

二　聯璧

自愧才疎憊不文，良師啓發勝嚴君。相催臘鼓歸鞍急，滿腹愁情寄暮雲。

三　呈奇

執經問字賴斯文，師弟情深未忍分。今日離筵孤館寂，敲殘臘鼓不堪聞。

四　省三

生花健筆振撕文，問字談心教更殷。師弟情深今欲別，聲聲折柳不堪聞。

五　杏農

教誨吾儕說聖文，而今惆悵別師君。默然無語離筵上，
惟有愁情寄暮雲。

六　伯梧

蓁蓁臘鼓思繽紛，折柳長亭不忍聞。夕照無情歸馬急，
離愁黯淡托寒雲。

七　植三

首蓿闌干對夕曛，一樽未飲淚紛紛。離情別有關心霧，
不盡相思托樹雲。

八　季雍

絳帳春風約我文，無才自愧負師君。年華底事催人急，
一曲驪駒悵暮雲。

九　省三

世風不古嘆斯文，山斗尊嚴共仰君。此日長亭歌別曲，
他時佇望停雲。

十　杏農

碌碌庸才愧不文，欣逢博古有韓君。而今欲向中原去，
留戀多情感暮雲。

十一　聯壁

博約慇慇我禮文，滿城桃李屬東君。驪歌一曲催人別，
萬斛離情託樹雲。

十二　省三

梅花初放正欣欣，折柳聲中未忍分。買掉省親歸思急，
何時樽酒再論文。

十三　伯梧

立雪程門勉學文，嚴師恩義等嚴君。無多聚首旋言別，
汽笛嗚嗚咽暮雲。

　　　　　　　　　　十四　　植三

降帳應推鄭廣文，甄陶有賴等嚴君。縱茲一別桐城去，
攜手臨岐淚黯紛。

　　　　　　　　　　十五　　杏農

皋比坐擁說經文，教誨吾儕意至慇。留戀鐘聲如惜別，
遲遲搖出晚山雲。

　　　　　　　　　　十六　　祇堂

小齋置酒祝殷勤，曲唱陽關不忍分。西望鷺江歸日近，
絳帷何日再論文。

　　　　　　　　　　十七　　鐵鏦

坐我春風博我文，有如百穀得霓雲。無多聚首旋分袂，
臘鼓聲中悵別群。

　　與會生徒共九名，每人作兩首，共十七首詩，其中也有
人只作一首的，由這些步韻詩的內容可以瞭解，鄭舉人是回
鄉過年與久別的家人共敘團欒之樂。像這樣，離別之前，作
詩互道珍重，是別開生面的作法，比起飲酒或送禮餞別更有
意義。

　　第十五題＜歸帆＞也是類似餞別之詩，由鄭雪汀與葉文
樞分任左右詞宗，共有十八首詩，左右兩位詞宗在不知情的
的狀況下[58]互選為元，一時傳為佳話（謂英雄所見略同）。
其詩如下：

　　　　　　　　　　左一右避　　文樞

順風飽受似弓彎，何幸封姨肯破慳。料得檣頭纏一卸，
行人便已到鄉關。

58　擊鉢詩作繳卷後，通常會由第三者（或工作人員）重新謄錄再交予詞宗評分（選）以
　　示公平。

右一左避　雪汀

遍舟睡穩听潺湲，計日星槎鷺嶼遠。檣影動搖風力飽，
夢魂先已到鄉關。

左二右四　季雍

孤蓬遠影逐波閒，桂滿秋風無恙還。欵乃一聲雲水裏，
高懸一幅到家山。

右二左避　雪汀

一帆風正去閒閒，千里江凌指顧間。願祝行人共無恙，
葉舟睡隱夢刀環。

左三右避　文樞

一幅高懸細雨間，乘風送我到鄉關。却欣也似人無恙，
報與知交好破顏。

右三左十一　季雍

中流一葉自閒閒，萬里關山指顧間。風正迢迢張遠影，
舟中人已唱刀環。

左四右避　文樞

隨湘助我返家山，風正高縣浩淼間。料早有人天際識，
遙看一幅喜刀環。

左五右避　文樞

春來有客唱刀環，一幅遙從海上還。最愛沼途風力飽，
高懸未幾到家山。

右五左避　雪汀

萬項江高夕照殷，碧空遠影有無間。沙頭風色何人候，
望見應知一破顏。

左六右十一　白梧

迢迢雲水自閒閒，千里江陵瞬息間。帶盡暮烟舟一葉，
秋風無恙望鄉關。

　　　　　　　　　　右六左避　　雪汀

去國漫云舟不繫，倦遊也似鳥知還。吳江有雨來應重，
偏讓春風早度關。

　　　　　　　　　　左七右九　　植三

一葉扁舟意自閒，趁時高掛故鄉還。此行無恙秋風便，
遙望前山即故山。

　　　　　　　　　　右七左避　　雪汀

輕舟擬趁暮潮還，八字分飛兩岸間。寄語石尤風莫打，
有人正上望夫山。

　　　　　　　　　　左八右十　　植三

布帆無恙碧波間，一陣吹來便不艱。未過打頭船易進，
秋風有意助人還。

　　　　　　　　　　右八左避　　雪汀

一篷烟雨夢刀環，檣影沉浮去等閒。爲報我風幸無恙，
行人安隱虎頭還。

　　　　　　　　　　左九右十二　　植三

羑里波清歸思刪，遠帆始覺往時艱。回頭多謝東風急，
千里江陵指日還。

　　　　　　　　　　左十　　季雍

掛畫秋風海上還，有人唱罷大刀環。迢迢一望家千里，
無恙逐波指故關。

　　　　　　　　　　左十一　　文樞

危檣高掛出前灣，細雨春從海上還。誰信車輪馬鞭外，
更憑幅布返家山。

　　由這幾首詩便可以充分瞭解，是祝一帆風順的送別詩。
那麼究竟是送誰呢？如果說得太白了，詞宗就可以猜出誰的

作品。這樣會影響評詩的公正性。不過下面的詩，隱約可以
嗅出歸鄉的人是此詩作者，他就是葉文樞秀才。「一幅高懸
細雨間，乘風送我到鄉關；却欣也似人無恙，報與知交好破
顏」。葉文樞秀才的百衲詩話[59]（四三）＜1933年6月1日
刊於詩報＞有鄭雪汀舉人的簡介。其見鄭舉人「春夢中忽成
一律」與其平時手筆不類，葉秀才覺得不是好預兆，正在疑
慮，不數日便傳來惡耗，鄭舉人駕返道山了。今錄其夢詩如
下：

> 偶現曇花詎久留，後因前果悟從頭。禍根未必胎情種，
> 多病非關積舊愁。畢竟刈蘭歸一夢，不勞采葛賦三秋。
> 他生莫卜今生已，天竺何人訪牧牛。

　　《新竹市耆老訪談輯》，載有鄭舉人的女弟子鄭藥珠
女士的一段回述。她說：「鄭夫子在命學方面的通徹，由其
去世前測字一事即足證明。在他返鄉前一年之事，當時他已
有病在身，有一日命我書一字以占吉凶，我書一『長』字，
心中祝禱其能長命百歲。不意舉人看此字後云辰不出尾，中
間一阻，大有可畏之象也自料活不過辰年，後果然於翌年
（1928）之戊辰年辰月辰時過世。」由上述兩人的回述，可
見舉人對自己別世之日似有預知。葉秀才與鄭舉人都出生於
新竹，別世於泉州，因乙未割台內渡，後又來台設帳授徒。
身世飄零，在台孑然一身，境遇相似。葉文樞秀才的輓詩如
下：

> 老向鄉關作寓公，歸舟三度許相同，新詩論辯毫芒析，
> 舊學商量蘊奧窮，破碎山河悲剖豆，飄零身世感飛蓬
> 從今永絕卬須望，浮海何人話寸衷。

59　《百衲詩話》爲葉文樞秀才定期發表於日據時代《詩報》上的散文作品。

平生抱負鬱難伸，多藝多才莫療貧，占巧傳疑歸日者，
算精名合附疇人，吟懷高淡宗元亮，葬法深微悟景淳，
至竟蓋棺公論定，千秋絕學仰精神。

　　鄭蘂珠回述鄭夫子學問如此淵博，却手不釋卷。爲人謙
虛，時常面帶笑容，然而天生威儀，不怒而人自敬畏。其課
子尤嚴。難怪對學生直呼其名會感不悅。學生中也有已當小
學老師的邱再傳或當祖父的高齡者曾秋濤等，遇有疑問，不
敢趨前請益，而須託其他同學代問，可見舉人平日課徒威儀
的一斑。葉文樞於丁卯（1927）年曾回鄉渡假，當年稍晚鄭
家珍也回歸鄉里，翌年病逝於泉州，享年六十有一。文樞則
繼續在台講學，輾轉於新竹、宜蘭（頭城）之間。又因抗戰
開始，一切歸舟開航均告遙遙無期，後來幸得宜蘭名人盧纘
祥[60]之助，始得如願，於乙酉（1944）年逝世，享壽六十九
歲。

　　「耕心吟社」主持人鄭家珍舉人去世後三年，其弟子
謝森鴻邀集志同道合的同學謝景雲、陳竹峯、許炯軒、鄭郁

---

60 盧纘祥，爲葉文樞秀才之高足，西元1903年生於臺北州烏山，祖籍福建省龍溪縣。6
　歲時，隨生父盧春發遷居宜蘭三星，復遷至頭城武營。春發東家盧廷翰乞纘祥爲螟蛉
　孫。纘祥乳名阿枝，過繼之後，廷翰延宿儒鄭騰輝爲之正名。祖母陳氏特設就正軒書
　院，廷聘吳祥輝、葉文樞、萬惠生等教授漢學詩文4年。大正15年（西元1926年），盧
　纘祥與鎮內有志之士組織登瀛吟社。大正9年（西元1920年），盧氏年18歲，即經營
　榮興商行，昭和2年（西元1927年）6月出任頭圍信用組合組合長，至昭和11年（西元
　1936年）。盧氏亦積極參與地方政治，昭和3年（西元1928年），被任命爲頭圍庄協議
　會員；昭和10年（西元1935年），當選民選庄協議會員，昭和14年（西元1939年），
　被選爲臺北州會議員。光復後，盧氏奉派爲首任頭城鄉鄉長，民國40年（西元1951
　年）4月，當選宜蘭縣首任民選縣長，任內大舉造林、推行土地改革、纂修宜蘭縣志，
　政績卓著。民國43年（西元1954年）6月任滿，獲聘爲省府委員，民國46年（西元1957
　年）5月26日，在省府預算會議上，因腦溢血而遽然去世，享年56歲。出殯之日，當時
　的副總統陳誠親臨致祭，曾題一聯曰：「三年名縣長，一代大詩人」；已示哀輓。

仙、王火土、郭仙丹七人組織「竹林吟社」⁶¹。將耕心齋的詩風發揚光大。時在辛未（1931）之年。雖然鄭舉人已經去世，但是詩社聯吟之風卻方興未艾。同年「漁寮吟社」、三年後的「柏社」、又三年後的「聚星詩學研究會」，及更後面的「竹風吟社」等等陸續成立，他們當然不甘寂寞，爲效法晉朝的竹林七賢，襲其名稱外，耽於吟詠，謙稱七痴。在公開場合也如此自稱。因此竹林七痴這個名稱便傳遍詩壇。這七位詩人堪稱鄭舉人的「衣鉢傳人」。和其他弟子，如曾秋濤、鄭藥珠、鄭香圃、陳湖古等，在新竹詩壇享有盛名。

第三節　耕心詩人鄭家珍行吟

　　西元一九〇七年的中秋，正是鄭舉人乙未赴大陸後的第十二年，雖然此刻的他，生活還算穩定，繼續其作育英才的生涯；然每逢佳節倍思親，對臺灣這塊曾生育他的地方，卻始終令其魂縈舊夢。就在八月十五日這天，先生與友人月下把酒談論時局，心中無限感慨遂作＜丁未中秋夜月下共酌感懷八首＞七絕八首⁶²。

> 一樽晚酌佐清吟，院落沈沈燭影深。月自團圓人自老，撫髀同此感時心。
>
> 酒綠燈紅興采高，倚歌羞唱鬱輪袍。中天明月無私照，秋色平分到我曹。
>
> 海國風多浪未平，癡雲還對月華生。與君把酒談時局，匣底颼颼劍欲鳴。
>
> 美人芳草猶縈夢，流水高山莫賞音。漁父不來老樵死，祇餘秋月是知心。

61　見廖雪蘭《台灣詩史˙台灣詩社繫年》1989.8武陵出版社，初版。

62　見《雪蕉山館詩集》首題。

稗史有人傳紅拂，扶餘無地著張髯。全輸此局渾閒事，
把酒問天月一簾。

椒山尚有蚺蛇膽，濠濮何無鼴鼠肝。酒罷唾壺狂擊碎，
月光睒睒劍光寒。

淮陰褲下謀尤險，燕市刀頭血尚腥。濁酒不澆胸壘塊，
試歌易水與君聽。

南州自此無冠冕，東道於今亦弁髦。尚有幼安皂帽在，
一竿遼海霜天高。

　　鄭舉人此刻雖已內渡蟄居十二年，但其昔日的壯志並未
消散，其內心依舊熱情澎湃，有著虯髯客、韓信、荊軻、辛
棄疾的萬丈豪情與熱切的愛國情操。

　　鄭舉人天性孝友，平日侍親至孝，曾有一回觀看目蓮救
母戲劇時，大受感動，隨即為賦＜戊申季春念日觀演目連救
母事＞[63]七絕四首

寶炬熒煌照綺筵，笙歌嘈雜眾喧闐。感人易入惟忠孝，
婦孺紛紛說目蓮。

不辭祝髮入空門，為報劬勞鞠育恩。今日現身來說法，
也應感泣九幽魂。

漫嗤作戲是逢場，觀劇猶令眾感傷。我有自家生菩薩，
莫辭頂禮爇心香。

血痕縷縷手中絲，哀感纏綿淚共垂。真佛原來真孝子，
心經何似蓼莪詩。

　　光緒三十四年十月三十日，先生過槺兜鄉門人呂蟠齋小
憩；獲讀呂宗健（字粹侯，號湘南）詠明鄭史詩＜哀王孫＞

63　見《雪蕉山館詩集》

一篇，爲之欷歔者良久；頗有同是天涯淪落人之感。後匆匆就道，俄抵水頭，在肩輿中口占七絕三首如下：

〈讀呂湘南哀王孫〉

偶過蟠齋促膝談，無雙才氣羨湘南。王孫一曲聲和淚，
舊事淒涼說不堪。

訪古更番到井江，傳聞強半屬言哤。得君大筆描忠憤，
五馬奔潮怒未降。

五里橋東捲暮濤，肩輿冒雨朔風高。偉人事業才人筆，
朗誦遺編興倍豪。

在黃旺成先生纂修之《臺灣省新竹縣志稿·卷十一藝文志》附有呂宗健[64]〈哀王孫〉這篇古風之內容，茲抄如下：

〈哀王孫〉

井江市上車紛紛，井江江上日欲曛；此間將相王侯地，行人聽我哀王孫。朱家王氣日蕭條，米脂阿闖太憨驕；烏騅氈笠射承天，大山煤山火已燒。世祖南下黃金臺，手挽天河淨垢埃；司馬家兒江左走，晉安特爲隆武開。臥榻豈容人鼾睡，況乃已登大寶位；蚍公往矣四鎮亡，幾行拭卻英雄淚；天心眷明未猶已，正統十六交鄭氏；爾時遍地亞童謠，唱出草雞而長耳；請纓終童[65]廿一齡，雄心欲作中流砥；卻將儒服換戎

---

64 呂宗健，〈哀王孫〉，《全臺詩》第肆冊(臺北市：遠流出版社，2004年)，頁225-227。

65 終軍，人名。(？～西元前112) 字子雲，西漢濟南人。博辯能文，十八歲被選爲博士弟子，上書評論國事，武帝任爲謁者給事中，累遷諫議大夫。後爲越相呂嘉所害，死時僅二十餘歲。或稱爲「終童」。

裝，長慟一聲辭孔子；天子召見拜明晃，咫尺天顏大
歡喜；惜朕無女可配卿，克用沙陀賜姓李。臣聞此語
心骨酸。立身往鎮至霞關；生憎太師糧不發，致使六
軍心膽寒。我武維揚赫斯怒，江南難唱公無渡[66]；鋌
而走險擇何能，且將金廈據兩島；涕泣募師閩廣間，
旗上罪臣大招討；將軍三尺六爺赴；桓桓直與施琅
伍；更傳一將壁甘輝，曾向敵國誅老虎；手提人頭即
虎頭，秤來其斤卅有五。此時兵勢大縱橫，舳艫啣尾
窮崇明；瓜步風搖旌旆影，金焦水振鼓鼙聲；光據南
京次北京，藩王指日望中興。天生對頭梁化鳳，掘城
驅兵格倥傯；本來藩主號知兵，此日直作華胥夢；苦
言不聽甘將軍，柱折將傾大廈棟；北來諸軍飛渡江，
聚而殲殊齊一慟。棄甲于思轍已覆，制府猶能斬總
督；已亡八府縣六三，大軍何處扶日轂；昭烈勢窮借
荊州，荷蘭何必非邦族？荷蘭立國海之東，玉山一片
與天通；將軍蓋從天上下，鬍思豬面走如風；鹿皮盡
屬漢家裝，磚子城頭日正紅。永華先生細料理，為闢
草萊誅荊棘；北至三貂南郎嬌，其間沃野幾千里；嶄
然一鎮好金湯，長與思明相角綺；虯髯暫作扶餘王，
烈士壯心殊不已。忽然五丈落大星，作作光芒馬樞
驚；鯤身港外怒潮來，共說金冠人騎鯨；歸東即逝前
定數，軍國長交世子經。世子承家僅守府，賴有國軒
神與武；折將義憤雪先王，搖脣鼓動三藩主；精忠既
降尚孔誅，難拾明家一塊土。可憐人事日推遷，從此
天心難問焉；僅知主少好欺負，不悟艱難貴立賢；說

66　郭茂倩《樂府詩集》相和元引箜篌引（古歌謠）公無渡河，公竟渡河；墮河而死，當
　　奈公何。《古今樂錄》謂「其聲哀切」。

到克臧橫死處，杜鵑啼血夕陽煙。天朝窺釁詔討逆，靖海鬚髯已如﹖；藍家招得好先鋒，不待姚公爲籌策；娘媽宮前殺氣橫，刁斗無聲江水碧。斯時之勢立不兩，義士談兵指其掌。傷心欲留髮幾莖，五百從田本崛彊；采石磯頭虞允文，二千亦可邀懋賞；師昌不死牛頭山，耿恭拜出甘泉湧；又高西北一聲雷，六月颶風靜不響；舟師直逼六衛門，平時潮頭六尺長。君臣相顧淚漣洏，生死由人知不知；啣璧唯思安樂公，洛陽青蓋所無期；車聲轔轔渡唐去，載將亡恨過江湄；故國山河回首望，水天一色空迷離；冀北天寒八月雪，淒涼長倚漢軍旗；朝回丹鳳門外立，猶望扶桑日出時；從此朱家王氣盡，了結輸贏一局棋。嗚呼！東瀛水，萬馬奔，五妃墓，日黃昏；行人莫說當年事，只恐痴兒也斷魂。庾信哀江南，儂成哀王孫；王孫儂有歌，子聽聞！諸葛扶炎漢，蜀中之井不長燻；安石出東山，典午不能長爲君；興亡事，何足論！且蠟阮孚屐幾輛，且開北海堂上樽。嗚呼！一眼覷破古今天，許多龍爭虎鬥，於我如浮雲。」

　　就在這一年（光緒三十四年），鄭舉人臺灣的好友蔡啓運，命其子蔡汝修所錄輯的《臺海擊缽吟集》問世，計得七絕四百餘首，此吟集一出，即轟動臺閩地區。也觸動了鄭舉人歸鄉的思潮。此較鄭舉人日後返臺在耕心齋教讀漢文，師徒間所創的作品《耕心吟集》早了十餘年。

　　先生元配蘇氏夫人，端莊賢淑善事長上，又和睦親族而持家有方，爲鄭舉人精神與生活上的支柱，夫婦鶼鰈情深，竟不幸於西元一九一○年（宣統二年）去世。先生哀痛欲絕

久久不能自已；每年清明掃墓，更是黯然神傷；曾有＜清明日上墳＞七絕四首：

其一

香塵埋玉已三年，佳節勳逢倍惘然；酹汝一杯和淚酒，夜臺千日佐長眠。

其二

環佩歸魂杳莫尋，淒涼短碣土花侵。迴風吹起墳頭紙，碧草無情夕照沉。

其三

休論紅粉半骷髏，千載賢愚共一坵。癡絕時師談地記，誤人到處索眠牛。

其四

生前如寄死如歸，魂夢依稀是與非。幣制無由通鬼市，北邙空見紙錢飛。

西元一九一一年（民國前一年）鄭舉人在臺灣的友人陳濬芝[67]、蔡啓運、鄭如蘭相繼謝世，其心情低落到了谷底，在其＜輓家香谷先生＞七律一首及＜輓家香谷先生＞聯中，得見其與如蘭間亦師亦友，亦父亦姪的感情：

＜輓家香谷先生＞七律

猶憶童年即識荊，轉於如水見交情。登門未求挾魚劍，介壽慚虛酌鳧觥。世以富仁崇令聞，我從風雅重先生。道山歸去悲何早，松徑秋荒月自明。

---

67 陳瑞陔，官章濬芝，光緒二十年甲午進士，掌教艋舺明志書院。

　　＜輓家香谷先生＞聯

　　七二日秋風容易 南來雁後 北嚮雁前 死別吞聲生別惻

　　十九年舊雨淒涼 于化鶴歸 君乘鶴去 傷心不見素心人

　　西元一九一三年（民國二年）鄭舉人離臺內渡已經十九年，此時他正在豐州學堂正教習任上，有一日他路過鄒魯亭舊設帳處，感慨萬千遂作感賦七絕

　　＜壬子十二月初九日重過鄒魯亭舊設帳處有感＞

　　十載星霜一剎那，重來此地感情多；宮牆如故荊花老，夫子泉清尚不波。

其後又作＜夜寓桐城塗山街井巷口偶成＞

　　又結桐城信素緣，殘燈悶對五更天。相思兩地情多少，長夜漫漫似小年。

　　那時鄭舉人，平日皆宿於校舍。曾作有＜十二月十一夜在豐州校舍枕上口占＞一詩。

　　又聽譙樓五躍更，熹微曙色半朣朧。蘧蘧一枕莊生蝶，留戀南柯不盡情。

＜夜寒微雨余在燈下觀書內子於燈前相對刺繡口占一律＞亦爲當時所作，鄭舉人伉儷情深亦可見其一斑：

　　蠟炬流輝照晚粧，墨香醞釀雜衣香。瑟琴在御音都雅，刺繡添紋漏正長。無限衷情憑意會，暗通眉語卻神藏。劇憐骨格梅花瘦，紙帳清虛不耐霜。

這一年年初（實舊曆壬子年歲末），鄭舉人曾病，可能是思鄉病引起，其作有＜臘月病中作＞二首，可見當時處境與心境。

其一

展眉時少蹙眉多，鎮日惘惘奈若何。無術送窮年又盡，病魔漸欲壓詩魔。

其二

生平不盡遠山眉，底事文園有渴時。自愧橫行才氣短，都亭無夢到螟蝛。

舊曆壬子年歲末（西元一九一三年二月月二日農曆十二月二十七日），鄭舉人感於臘鼓頻催作有＜除夕前三日偶成＞二首：

其一

橘綠橙黃又一年，蒸糕炊黍萬家煙。迎春競結添花綵，貼戶爭裁染絳牋。閨閣多情談卜鏡，兒童繞膝樂分錢。嗟余故我依然在，且倚南牎夢葛天。

其二

年來萬事等浮漚，芥蒂胸中不少留。那有閒情趨勢利，忍將佳日負春秋。諸天色相空中悟，大地風光眼底收。隨分隨緣隨意過，茫茫身世復何求。

鄭舉人復於隔日，又作＜度歲吟＞並於其下註臘月念八日作：

粉榆里社魚鱗屋，鴉柏半紅楓葉禿。蒸梨炊黍幾家忙，
綠螳新醅糕午熟。千門萬戶貼宜春，烈烈轟轟喧爆竹。
舊從何往新何來，送舊迎新競馳逐。嗟余故我尚依然，
虛度光陰四十六；半世功名一夢中，神州桑海幾沉陸。
春風久別長安花，秋雨頻依彭澤菊。階前太白未揚眉，
庭裏郗隆空曬腹。安仁無事且居閒，阮籍窮途何用哭。
居恆憂道不憂貧，詎羨高官與厚祿。課讀課耕味有餘，
渴飲黃花飢首蓿。衡門泌水自棲遲，獨寐寤歌賦槃谷。
吁嗟乎！人生行樂能幾時，利鎖名韁多僕僕。
青絲兩鬢半成霜，明鏡高堂羞寓目；且向自由空氣中，
得閒吟咏時往復。

次日鄭舉人又作＜祭詩＞亦於其下註十二月二十九夜
作：

香篆氤氳蠟炬紅，雙柑盞酒薦詩筒。人當老去才先盡，
文到窮時句莫工。獻賦有心悲杜子，請纓無志愧終童。
十年嘔出心頭血，多付吟風寫月中。

再次一日鄭舉人又賦有＜除夕即事＞之作，為七絕二
首：

其一
豚蹄操祝氾金卮，司命應多酩酊時。只恐綠章非奏夜，
醉中著筆有參差。

其二
面目模糊辨不清，燈前一片鬨堂聲。炎涼世態無真相，
多半兒童習慣成。

農曆癸丑正月初二日（西元一九一三年二月月七日），鄭舉人又作＜元月初二日偶成＞七絕四首：

其一
霧裏看花老眼忙，忍教虛負好時光。人生隨處堪行樂，休待桑榆傍夕陽。

其二
白日真如過隙駒，紛紛爭競一何愚。逍遙杖履春常在，不受名韁利鎖拘。

其三
卅五春光夢裏過，茫茫人世幾風波。我才畢竟歸無用，老去難揮返日戈。

其四
前宵送舊昨迎新，百八蒲牢又早晨。卯酒一杯香一炷，椒花續宴玉堂春。

到了二月二十日（是年元宵節），又賦作＜元夕微雨＞七絕二首：

其一
燈紅酒綠豔歌新，人影衣香逐輭塵。偏是癡雲來阻興，不教素女現全身。

其二
星斗無光細雨濛，姮娥偏有出塵風。廣寒故遣春雲閉，不鬪人間火樹紅。

是歲二月二十六日，鄭舉人欲往九都山前鄉，遇雨不果，遂作＜正月廿一日要往都山前鄉遇雨不果＞偶成四首。
其四云：

滑泥行不得，又聽鷓鴣鳴；孤燭樽前思，寒溪枕上聲。
故園雙蝶夢，舊雨七鯤情；莫種相思子，春芽怕再生。

此時，鄭舉人離臺內渡首尾已經十九年了，思鄉之情益加彌切。從其＜憶夢＞[68]與＜寄臺地故人＞等詩作，不難看出鄭舉人對臺灣這塊出生地的思念。

　　＜憶夢＞七絕一首
廿年不聽七鯤潮，水思雲情寄意遙；草草功名渾似夢，
休論金屋舊藏嬌。

　　＜寄臺地故人＞五律三首
　　其一
香海前緣在，東瞻幾斷腸。春寒防作雨，夜夢不離鄉。
衣帶年來緩，更籌老去長；青衫愧淪落，贏得鬢邊霜。

　　其二
故山何日返，一望海天蒼；廿載新城雨，千絲客鬢霜。
鄉心無久暫，世味幾炎涼；相見惟魂夢，重緘淚數行。

　　其三
下筆幾思量，春寒指欲僵；離情煙水闊，舊夢海天長。
樂國非南土，佳人想北方；江東一樽酒，何日話衷腸。

　　鄭舉人又在其餞別五妹夫張順仁歸臺詩中，有「羨君游倦回枌里，累我情深賦水湄」之句。其羨慕之情已不言而

68　見鄭舉人日記在本年日記二月十八號內。

喻。

　　到了是年七月三十一日（農曆六月二十八日），鄭舉人終於如願，將東渡遊臺，船行至廈門遇上阻風，忐忑的心情化爲＜癸丑六月念八日廈門阻風＞詩作：

　　　　黑風吹海浪掀天，又結思明信宿緣；南國梓桑縈客夢，
　　　　東邨遊釣憶童年。關心舊雨期多誤，攜手靈槎約屢愆。
　　　　莫問潯陽近消息，重勞司馬感哀絃。

　　到了了八月二日（農曆七月初一），鄭舉人船行至滬尾，再見臺山，重臨故土，其內心的悸動我們不難想像。由其＜七月一日舟至滬口見臺山有感＞七絕二首可見一斑：

　　　　其一
　　　　一別臺山近廿年，本來面目尚依然，者番相見多情甚，
　　　　不斷流青到眼前。
　　　　其二
　　　　城郭人民半已非，夾江樹色尚霏微；有緣化作令威鶴，
　　　　猶逐孤帆海上歸。

　　入臺北後，曾遊府前街，拜訪童年故舊，然所懷不遇感而賦詩，作七律一首以記之。

　　　　＜遊臺北府前街訪所懷不遇＞
　　　　金堂夜靜憶窺簾，兩小無猜不避嫌。我已青絲成鶴髮，
　　　　卿如紅拂別虯髯。桃花人面今何處，楊柳臺城恨更添。
　　　　惆悵多情遠相訪，屋樑膡有月痕纖。

　　大正二年八月三日鄭舉人返臺後的第二天，他懷著興奮忐忑的心情，重遊故地新竹，作＜孟秋二日重遊新竹書感＞七律二首以記之：

　　　其一
　　客裏驚心又早秋，金山磺水足勾留，雪痕渺渺前鴻爪。
　　雪氣依依古虎頭。廿載園林空夢蝶，半生落拓等閒鷗。
　　東邨桑梓重瞻拜，迴憶童年舊釣遊。
　　　其二
　　采蕭漫自賦三秋，逝水年華去不留。十載南豐沉劍氣，
　　五更東里夢刀頭。有緣重作歸來鶴，浪跡今成已倦鷗。
　　贏得星星絲兩鬢，樽前羞對舊交遊。

　　到了八月八日農曆的七夕，鄭舉人又作七絕二首：

　　　＜七月七日客中作＞
　　　其一
　　簾外新涼一葉風，星河耿耿亘秋空。多情廿載南州月，
　　猶自隨儂到海東。
　　　其二
　　鵲橋雲散露華清，夢對孤檠坐到明。兩地相思一泓水，
　　人天同感此時情。

　　隔了兩日，鄭舉人前往竹塹城的十八尖山，祭拜先塋祖墳，此刻登高望遠緬懷先人，往事歷歷昨是今非，不免悲從中來，感慨萬千，遂作七絕四首：

　　　＜孟秋九日登十八峰展拜先塋偶成＞
　　　其一
　　曉日瞳瞳十八峰，煙荒草蔓望無蹤；自披榛莽尋殘碣，

猶認當年馬鬣封。

其二

未拜先塋淚已流，女蘿風冷墓門秋。故鄉桑梓猶恭敬，
況見瀧岡草一坯。

其三

廿年浩劫換紅羊，春黍秋蔬祭久荒。芳草一坏留祖澤，
溥溥零露濕衣裳。

其四

瞥眼蓬蒿沒野田，山南山北草如煙。秋風重別鄉關去，
待醡椒觴又幾年。

這一年鄭舉人四十六歲，人生至此已過大半，乙未之後
遊居內地十九年，其青年時期的凌雲壯志，早已盡付於年年
的秋風，而今人事已非，夫復何言？在其生日的那一天他又
作了＜癸丑生日書懷＞來澆淋其心中的萬般無奈！

四六秋風一刹那，青衫司馬愧蹉跎。桑弧已負童年志，
金縷愁聞子夜歌。送酒有人知靖節，散花無意遇維摩。
白雲南國頻翹首，望裏思親感喟多。

八月二十三日，鄭舉人到金山寺相地[69]，作＜七月念二
日再到金山寺相地偶成一律＞。三十一日，他復遊新社莊，
觀盂蘭會，夜宿於其表兄家，作七律一首。是月又作＜癸丑
渡臺與諸同人讌集書此志感＞七律二首、＜秋夜登樓即事＞
五律一首、＜弔鄭貞女慧修（小名玉釵，鄭擎甫之女。有小
序附後）＞七絕二首、＜癸丑孟秋遊雙溪大崎晚宿鄉人阿榮
家枕上口占＞七絕二首。此易得見鄭舉人除雅好詩文外，復

---

69 鄭舉人不只工詩文，尚精通天文地理與勘輿，見黃玉成＜雪汀 鄭家珍先生墓誌銘＞及
新竹市政府八十二年六月出版之《新竹市耆老訪談專輯》。

工於詩文，以及其文人善感的性格流露無遺。

同年九月二日（農曆八月初二日），鄭舉人的諸多故
友，款宴他於鄭霽光齋[70]，並邀歌妓侑酒；作七律一首：

> 〈八月二日諸友人讌余於虛一齋並邀歌妓侑酒戲占
> 一律〉
> 繁弦急轉佐清謳，逸逸賓筵快舉酬。飽德多君爲地主，
> 銷魂累我作天遊。漫愁纓向樽前絕，可許髠從夜半留。
> 有分今宵聽仙樂，深情不讓白江州。

往後幾天，鄭舉人又繼續他的遊蹤，每到一地總是吟哦
不輟，以詩來記錄他對故地鄉土的感情。九月十六日（農曆
八月既望），鄭舉人與諸同人在新竹港載酒泛月，夜半言歸
時，就在車上口占七古一首如下：

> 〈八月既望與諸同人在新竹港載酒泛月夜半言歸車
> 上口占〉
> 人生有如波上舟，隨波來往秋江上。我身散作百東波，
> 何處秋江無我相。團圓良夜過三五，江水澄鮮月初吐。
> 年年泛月知幾人？此江歲月長終古。桐陰廿載夢香山，
> 一劍秋風海上還。仙侶同舟遊鄂渚，多君置我畫圖間。
> 晚涼相對一樽酒，明月在空杯在手。江天一望碧迢迢，
> 到此塵心更何有？白蘋風起海門秋，樂譜新翻水調頭。
> 柳老填詞工作態，周郎顧曲屢回眸。歌管聲停宵欲半，
> 復聽鳴箏寫哀怨。秋聲瑟瑟入冰絃，根觸離人心歷亂。
> 憶從判袂各江海，舊雨淒涼幾人在？風流子野雪盈頭，

十八尖山顏亦改。俯仰江山不盡情，紅毛港畔夜潮生。

繫船罷酒上輿去，轆轆雙輪輾月行。

這一年九月，鄭舉人的友人王松，持鄭如蘭《偏遠堂詩集》相示，先生睹物思人[71]因作＜讀偏遠堂詩集題詞（有序附後）＞七絕二首，以誌欽佩之忱。

其一

心遠有來地亦偏，柴桑風格想當年。詩人老去歸平淡，爛漫天眞自足傳。

其二

才名幾輩播磺溪，文采風流費品題。我似看花喜清淡，一生首爲老梅低。

讀偏遠堂詩集題詞有序

香谷先生家富能詩，每同人讌集，輒效石季倫金谷故事。歲乙未臺灣改隸，余避地渡泉，先生亦謝絕時事，以詩酒自娛。積之有年哀然成帙顏曰：偏遠堂集。蓋隱然以陶靖節自待也。癸丑余東渡，先生已歸道山三載矣。王君友竹持先生遺集相示，讀其詩想見其爲人，自愧不文一辭莫贊，勉成二絕，以誌藏寫之忱云。

鄭舉人寓新竹期間，復與附貢生李文樵剪燈話雨，暢談累日[72]。十月八日（農曆九月初九日），鄭舉人與鄭以庠、

---

71 時鄭如蘭已去世兩年。

72 據＜李君文樵廣文哀詞＞。

鄭安傑[73]、鄭世臣、鄭邦紀[74]及李鴈秋等五人，與女校書寶仙挈榼提壺往金山頂，效法古人風雅作重九。車出東門，柳風拂面，雜以微雨，一行人遊興益豪。頃之到達金山寺，隨喜後即借吳氏草廬憩午。黃昏時分回寓。歸途中口占七律一首。這一夜，竹塹城諸故友朋，宴請先生於俱樂部，復作七律二首。那時鄭舉人已擇期內渡，故有「計程掛席鷺門歸」、「聚首幾時旋判袂」、「惜別多情忘永夜」諸句。其後，新竹的詩社同好，復宴舉人於鄭霽光之守默窩，又成七律二首，其二云：

> 東歸一劍屬秋風，雪上泥痕偶印鴻；自笑狂奴仍故態，
> 敢爭險韻鬥群公。北園話舊樽浮白，南國相思豆寄紅；
> 漫向鯤濤揮別淚，廿年心血又翻空。

臨行依依，鄭舉人與友人於滬尾話別，並作七絕二首：

　　＜滬尾話別＞
　　其一

> 不計山程與水程，遠將千里故人情。也知杯酒終須勸，
> 猶冀陽關緩發聲。

　　其二

> 嗚嗚汽笛促分襟，倚櫂無言意轉深。落日滄江帆影盡，
> 遙山一髮認觀音。

此不忍卒別，行不得也，亦莫可奈何！鄭舉人此次返臺停留期間約四個月。

73　鄭安傑，一名以徵，字遜豪，號俊齋。軍功五品銜。以廩從第。

74　鄭邦紀，一名維經，字仲常。安傑侄。

一九一四年（民國三年，大正三年）一月三十日（農
曆正月初五日），鄭舉人作＜甲寅元月初五夜即事＞七絕
二首，那時他因事將再渡臺，故有「倚而無言別思深」、
「爲訂歸期好時節」之句。是年二月四日（農曆正月初十
日）晨，鄭舉人復乘舟抵滬尾港中，作七絕一首。九日（元
宵節），他到城隍廟觀燈，遂有七絕一首。十九日，在大崎
鄉[75]，又作七絕二首

> ＜正月念五日在大崎鄉即事＞
> 其一
> 雙溪草色綠如煙，瞥眼東風又一年；自笑客中重作客，
> 奇峰個宿亦奇緣。
>
> 其二
> 坐向苔磯濯冷泉，塵襟滌淨意陶然；山居有樂今方信，
> 買得清風不用錢。

是月竹塹城鄭家的如蘭先生出殯，鄭舉人親往執紼，暮
雨疏燈，得與故人老友王松續談未罄之積愫。猶於鄭舉人早
衰，時年未五十，而已「霜其鬢，花其眼，隕籜其齒牙」；
他看王松亦是「蒼然暮氣，非復曩時之水木清華」。兩人顧
影自憐，百感交集[76]。鄭舉人並代如蘭姻姪蔡占花撰＜祭香
谷先生文＞又＜擬公弔香谷先生祭文＞，又有＜輓家香谷先
生七律＞一首、＜代黃材凝輓香谷先生四首＞又登奇峰弔如
蘭墓，作七古一首。可見鄭舉人對竹塹大族大家長鄭如蘭的
感情深厚與感念。

75　今新竹縣新豐鄉。
76　據王松《如此江山樓詩存序》

　　一九一四年（大正三年）春天，鄭舉人好友人張麟書先生拿其乙未之後，杜門著書之所得文稿相示；本其生平所聞見梓里事，輯爲列傳、表、志，及各體論說若干卷，思補談水廳志之缺，而維持風化也。鄭舉人讀竟，撰序許爲：「其筆意胎息龍門，間有蒼老奇倔之氣，流露行表。頹波靡靡，古調獨彈，亦海外之廣陵散也。藏之名山歟？抑傳之其人歟？作者原無成見，後之君子有風化之責者，得是編以補苴罅漏、闡發幽潛，其有裨於世道人心豈淺尠哉！」[77]

　　鄭舉人曾於新竹公學校訪張麟書時，得獲識故友廩生黃平三之弟黃戒三，麟書告以戒三才名不亞乃兄，而雄辯交談則過之。鄭舉人深器其爲人，爰「從舊雨聯爲新盟」，邀之同往合影，爲歲寒三友圖，並作〈與張麟書黃戒三同寫眞愴懷舊事書此志感有序附後〉七古一首[78]：

> 嗚呼塵世事，有如花開落；浮生能幾何？古人不可作。
> 怒潮爭說去騎鯨，華表誰聞歸化鶴；我來訪舊城南隅，
> 莽莽車塵日色薄。傾蓋重逢管幼安，高談旋接王景略；
> 笠簦於昔來寒盟，意氣如今更聯絡。新雨聲菹舊雨通，
> 荊枝花向蘭枝著；憶從問字共師承，引領群材每服膺。
> 章甫立身何坦蕩，曲江風度自端凝。驚才絕艷黃山谷，
> 賦性多情杜少凌。三載聯床同話雨，盎然書味五更燈。
> 無端鯤海罡風冷，立雪寒梅散清影。伯勞東去燕西飛，
> 白首冬郎謝鄉井；嗟余媚世無長術，荏苒韶光四十七。
> 屬國銷魂出使年，延凌心愴歸吳日。人琴何處哭鍾期，
> 婦孺有誰識君實？落日青迷宿草墳，春波綠蘸生花筆。

77　見《雪蕉山館詩集》

78　見《雪蕉山館詩集》

撫今思昔不勝情，情緒如絲抽乙乙。楊柳臺城十里煙，
可憐張緒尚當年。百尺樓空黃鶴去，綠陰夢覺杜樊川。
因緣鴻雪原非偶，孟葭猶存裴仲友。古鏡照神疇往參，
鼎足而三圖不朽。我聞束皙補笙詩，華黍三章音未沒。
又聞考工續周禮，冬官一部義無缺。何況黃家有季騧，
才同叔夏名齊忽。等閒添寫歲寒圖，爛熳天眞同不汨。
吁嗟哉！人事有代謝，眾芳易消歇。相思一寸灰，莫競
春花發。諸天色相盡空虛，石火駒光恍兮惚；與君同作
鏡中人，隔千里兮共明月。

　　鄭舉人曾爲上年及本年之渡臺，撰就了長達一百六十二
句之七言古風一首即＜東渡長歌行＞，全詩如下：

余意欲東也久矣，決意東行從此始。破曉肩輿揭屬
行，疎煙一曲藍溪水。溥溥零露灑征衣，陰陰喬木映
行李。娘子山莊潦暑消，梅花磴道暗香擬。白雲古寺
月雙峰，落日安平橋五里。南金東石接思明，五馬奔
江帶怒聲。天外黑風吹海立，鷺門七日滯行旌。封姨
舞罷威猶壯，澎島雲開舟破浪。海水文心共不平，興
酣落筆尤豪放。汽笛鳴鳴警客心，大屯一髮認遙岑。
江天不改當年色，雞犬旋聞故國音。關吏臨江數行
客，細檢衣裝詢戶籍。法嚴令肅眾無譁，曉日曈曈滄
海碧。官廨聯班換證書，車場按刻馳星驛。雷聲隱隱
起江頭，過眼煙雲幾阡陌。一路看山抵稻江，市聲到
耳語音尨。館人情重輿迎道，舊雨談深燭照窗。翌日
駕言下新竹，廿載風光重寓目。故園回首不勝情，眼
界翻新亦幸福。郭門落日晚來秋，偏遠堂深憶舊遊。

綠螘一樽同入座，元龍百尺更登樓。東歸瀛嶠塵方
洗，西望星河火已流。腸斷一泓衣帶水，鵲橋無路渡
牽牛。紛紛戚友咸來集，話到離情群掩泣。訪舊驚聞
化鶴猿，尋盟幾見前車笠。已拚赤嵌歸無期，差幸黃
龍飲猶及。四十六年淪落人，江州司馬衫重濕。隙溪
墨水風山霞，東里南莊路匪賒。迴憶童年遊釣地，枌
榆里社半人家。野行采藚姻求舊，室入聞蘭言有臭。
總角論交半白頭，樽前淚眼雙紅豆。葭莩蔦施各關
情，蕭葛三秋百感生。有約登山攜阮屐，振衣千仞當
班荊。聳翠層巒峰十八，一望蓬蓬歌彼茁。自披宿草
拜先塋，沒髁榛荊愁末拔。爲谷爲陵幾變遷，佳城無
復似當年。不辭宅兆更番卜，出粟湖中別有天。青烏
隊裏慚苧澀，指掌砂明與水暗。北郭主人偏嗜痴，乃
父樂坵勞校堪。迢迢三隥與雙溪，得地何拘時久暫。
福壞天留庇福人，崎峰墓櫬已生春。滕公果獲牛眠
識，居室還須待吉辰。乘興南遊遇上蔡，程生途遇旋
傾盖。素車躬逐薤歌行，薦里淒風吹白旆。芥芥東西
兩大墩，青燐入夜泣羈魂。草深碣斷無尋處，半線秋
高日欲昏。雨聲敢攬重陽近，落木蕭蕭愁隱隱。秋心
一片逐雲飛，苦憶桐陰懷故郡。簾捲西風菊正黃，離
筵數次勸飛觴。臨行更訂看花約，淚灑鯤溟別恨長。
千里臺洋同尺咫，天臨海鏡流如砥。相隨琴鶴賦歸
來，魂夢猶縈峰五指。過隙駒光白日催，南枝先放隴
頭梅。連番風信花前度，有腳陽春柳上回。雙魚尺素
貽重疊，瀧草關心封馬鬣。柳絮難維鄂渚舟，桃根重
送秦淮楫。馬當風力席孤懸，太乙星精蓮一葉。圓嶠
青鸞爲探看，高樓黃鶴遙相接。兩度臺山入眼蒼，者

番如笑昔如粧。林容何解分生熟，畫意居然有見藏。
六街燈火黃昏候，草草勞人偏急就。下車未久又登
車，楊柳風疎衣袂透。冰輪碾月到城南，玉宇無塵漏
轉三。車客隔花迎劍佩，琴童傍輦遞筠籃。倒屣迎賓
下徐榻，白駒維繫離還合。登樓王粲故依劉，更向何
門朱履納。上元過後又花朝，霡霂連旬長藥苗。殼旦
于差筮初吉，天開爲放嫩陽驕。弔客墓門哭相向，一
坏香土詩魂奠。曼卿死後宰蓉城，淨理眞乘證無上。
窀穸功成我事完，觀機擬逐飛行團。歸來錦里仍烏
角，肯受檀河誚素餐。鷺嶼計程心愴惻，狐邱重展淚
汎瀾。可憐三島溶溶月，帶去南州竟夕看。走辭親舊
和姻婭，臨別贈言數行下。此去鯨同采石騎，何年鶴
再令威化。郊祁異姓更相親，三奎圖成共寫眞。橋梓
德門情亦摯，悽然掩袂拜車塵。記余留別詩成誦，就
中一語最傷神，送遠君心千尺水，相思儂夢再來人。
（一千一百三十四字。）

　　鄭舉人的＜東渡長歌行＞記錄了他的心境，句中娓娓
道來，其兩度返臺之前因後果，有杜少陵「訪舊半爲鬼」的
失落，亦有著白香山「同是天涯淪落人」與「江州司馬青衫
濕」的感慨。此詩情感豐富，功力深厚，直可與＜孔雀東南
飛＞、＜琵琶行＞媲美，實爲鄭舉人的代表作之一。此後鄭
舉人仍在泉地教讀，惟返臺的心緒，並未消去，依舊是時時
的魂牽夢縈。
　　一九一七年（民國六年、大正六年），鄭舉人已經五十
歲了，年華老去壯志難酬，這種無奈與無力，我們從這年春
天他所作的＜感懷二首＞與九月間所作的＜五十初度＞，即

可同理：

　　　　＜感懷＞
　　　　其一
閒來咄咄屢書空，話到傷心眼欲紅。年少風流多自誤，
家貧菽水懼難供。掃愁有帚奈瓶罄，避債無臺況路窮。
卻累慈親腸百結，夜深老淚灑雙瞳。
　　　　其二
喚起窗前報好音，遊仙猶自夢沉沉。進言莫苦商君口，
嘔血全無叔子心。已見虯髯輸一局，敢誇駿骨尚千金。
居閒讀罷安仁賦，惆悵霜華兩鬢侵。

　　　　＜五十初度＞
忽忽韶光感逝川，故園回首轉茫然。已逢伯玉知非日，
願假尼山學易年。蘭采隴南春似海，草生池北夢如煙。
娛親未敢躬稱老，猶著萊衣傍舞筵。

　　一九一八年（民國七年大正七年、）二月十日鄭舉人復
作＜歲暮感懷＞五絕七首，頗道貧病交逼之苦。
　　　　其一
逢春歲又新，思遠人維故；盈盈一水間，夢魂飛不渡。
　　　　其二
貌瘦神難旺，思多病恐加；南州風雪夜，獨自望梅花。
　　　　其三
送窮悲寡術，避債苦無臺；轉羨樑間燕，雙雙自去來。
　　　　其四
貧病交相逼，蹉跎欲補難；槍林彈雨裏，未許臥袁安。
　　　　其五
欲寫桃符字，持毫意轉慵；癡兒不解事，屢報墨磨濃。

　　　其六
歲巳逢除夕，身猶病未除；欲寬慈母意，且讀古人書。
　　　其七
畢竟思無益，如何念不平；攻心兵力薄，莫望破愁城。

　　就在這一年，鄭舉人的故交好友附貢生李文樵先生去世了。其心情可想而之；越明年臺地同人請囑鄭舉人為學界代表撰＜李君文樵廣文哀詞＞如下：

　　　＜李君文樵廣文哀詞＞
故附貢生李文樵先生，沒於戊午之十月，越明年其哲嗣，為卜兆於城西南，香山坑之麓，葬有日矣，諸同人先期臨吊，開追悼式，囑余為學界代表，敬至哀辭，余於二十年前，與先生為文字交，賞奇折疑，頗稱莫逆，嗣余以避地桐陰，不獲朝夕承教。而先生亦淡忘世味，拓三弓地作小園以自娛，六年前，余東渡省墳，復得與先生剪燈話雨，暢談積忱者累日，未幾又告別，私心竊冀，以為後會有期也。曾日月之幾何，余重返北郭，而先生已歸道山矣，悵舊雨之消聲，愴淒風之過耳，魂兮歸來，徒想像楓林以外，故人入夢，尚依稀梁月之間，控玉樓之鶴，長吉何之，騎采石之鯨，謫仙竟去，豈才人類多奇數，何一老不肯憖遣也，嗚呼！傷哉。爰繫辭以哀之曰：「世衰道微、冠裳倒置，瓦釜雷鳴，黃鍾毀棄。懿維先生，翹然獨異，一薰一蕕，羞與同器，樓築元龍，身閒傲吏，優哉游哉，海東衡泌，胡天不弔，厄及才人，亭亭玉樹，乃隕陽春，臨風洒淚，歌薤傷神，蓉城作

主，香國談因，遺世獨立，返樸歸眞。哲人已遠，明
月前身，惟公懋德，淑愼爾止，不忮不求，如臨如
履，惠溥鄉閭，潭周鄰里，繩武有孫，式穀有子，藹
藹吉人，峨峨髦士，聞望圭璋，公何曾死。」

一九一九年（民國八年、大正八年），中原內陸不
靜，戰事連連，生計益加不易，鄭舉人復避地渡臺，時年已
五十二歲，自此寓居新竹凡八載，以就當地詩社之聘，每年
歲末均會歸泉省親[79]，人咸稱其孝友。鄭舉人來臺後最初係
應竹塹鄭家之聘（勘輿、爲西席），不久便辭退，教讀於寓
所。此時慕其名學詩文者爭相趨從。而鄭舉人最鍾愛的三女
兒榮慰，也在這一年出生。

一九二〇年（民國九年、大正九年）五月，鄭舉人夫
人蘇氏之叔父蘇成家先生，忽顧謂先生曰：「老夫耄矣，
生平行事尚能記憶，暇時當告子，可爲作一行述，書屛風
上，以遺我後人。」鄭舉人以蘇先生爲長輩，未敢率爾操
觚，擬俟歲晚務閒時爲之[80]。九月二十八日（農曆八月十七
日），友人周維金訪舉人於鄭樹南之述穀堂，出其所撰大陸
記游相示；維金於本年六月往朝南海、四明，是時樹南夫婦
亦與偕行，維金順途歷覽西湖、金山、焦山、金凌、常州、
春申浦、虎邱諸勝，凡兩月而歸，因記其所歷程途、所瞻風
景、所考察之人物政俗以成是稿。先生披覽之下，「覺洛
伽、紫竹之風濤，三竺、六橋之煙雨，生平所心慕而莫能至
者，歷歷如在目前，其文字之質直，又隱然有霞客風味。使
牧齋生於今日，安知不以奇霞客者奇周君哉[81]？」後爲其撰

<hr>

79　據〈鄭家珍先生墓誌銘〉及《臺灣省新竹縣志稿卷九人物志》本傳。

80　據鄭家珍〈蘇肯堂先生墓誌銘〉

81　按錢牧齋謙益，讀徐霞客遊記而異之，謂霞客爲千古奇人，遊記爲千古奇書，囑徐仲

《大陸記游‧序》有云：「於戲！眞文字耶，而顧出於質直耶！則吾友周維金之大陸記游可以千古矣。君少耽內典，稍長涉獵經史，慨然慕司馬子長之爲人，欲借助於山水以發爲奇文。」又云：「周君生平著述甚富，此特其一班耳，暇時當請其全豹觀之。」[82] 十二月十七日，鄭舉人爲好友王松著《如此江山樓詩存》撰序，盛稱松之才華與品節云：「風騷之士，每借詩酒以自豪；遺佚之民，亦假詩酒以自晦。其耽詩酒則同，其所以用詩酒則異；志之所在，不可得而強也。吾友王君友竹，耽詩酒而善用詩酒者也。二十年前之友竹，則用詩酒以自豪；二十年後之友竹，復用詩酒以自晦。自豪，見友竹之才華；自晦，見友竹之品節。」又云：「數年來南北爭鋒，影響於學界者不尠；余得乘學校停辦之隙，挈眷東渡，暫作寓公於島國。梧松風鶴，偶寄行蹤；間或託詩酒以自遣。暇時，友竹出所著《如此江山樓詩存》相示，謂：『交情之厚，無逾我兩人；請及余未死，爲識數語於簡端，以作垂老之蠟淚。』余讀其詩，並閱邱（煒萲）、連（橫）二君所作序，類能道其要著；人云亦云，未免貽譏拾慧，余於此又將何言？繼念余與友竹爲三十餘年摯交，嘿而息焉，既有所不安；率然言之，又有所不可。況友竹之學問文章與夫生平之隱德，其嘖嘖可言者更僕難數；固不特是集之膾炙人口也。即以是集而論，其興高采烈，華若春榮者，即前二十年自豪之友竹也；其思遠憂深，凄如秋日者，即後二十年自晦之友竹也。友竹之不污本眞，是集不啻爲之寫照矣！讀是集者，呼友竹爲風騷之士也可，呼友竹爲遺佚之民亦可。」

昭刻霞客遊記。

82　據周維金著《大陸記游》。

是歲歲末，最照顧鄭舉人的姻親長輩，蘇成家先生去世了，享年六十八。鄭舉人哀痛之餘作＜蘇肯堂先生墓誌銘＞：

　　先生諱成家，字肯堂，余內子之叔父也。沒於庚申冬季，其哲嗣水錦，爲卜兆於奎峯之麓，葬有日矣，先期泣請於余曰，先君之生平，惟子知之最悉，請誌其墓，並繫以銘，嗚呼！余少賤，夙取眷於先生，先生不以余爲不才，每侍坐時，不憚諄諄教誨，余心感焉，今年夏五，忽顧余曰：「老夫耄矣，生平行事，尚能記憶，暇時當告子，可爲作一行述。書屏風上，以遺我後人」，余以先生爲尊輩，未敢率爾操觚，擬俟歲晚務閒時爲之，而不虞其遽歸道山也，嗚呼痛哉，先生少穎悟，讀書明大略，以家貧親老，爲人司會計，博升斗以供菽水，既受室，孝弗衰，佳兒佳婦，朝夕承歡，門以內雍雍如也。父盛雙公，母李太孺人，皆以壽終，先生孺慕之忱，老而彌篤，每當歲時伏臘，明發有懷，猶淚涔涔作臯魚泣，性俠烈，待人掏肝膽相示，然剛正不阿，人有過，輒而斥之，不稍假辭色，以故鄉人之善者好之，其不善者惡之，孔子曰：「斯民也，三代之所以直道而行也」，先生殆無愧色歟，德配林孺人，婉嫕不競，襄先生內政，條理甚設，有丈夫子三，長砥卿，次水錦，次青雲，砥卿與余少同學，祁寒暑雨，輒留余宿其家，孺人視余如子，拊循備至，內子每歸寧，亦依依孺人膝下，如其所生焉，歲甲午，余賦鹿鳴歸，孺人適抱病，力疾見余曰，子成名，我心慰矣，未幾竟不起，余哭

之慟，其事距今二十六年，追惟音容，髣髴如昨，彼時先生猶健康也，今哭先生，益思孺人不置矣，砥卿學禮趨庭，敬承嚴訓惜天不假年，三十三歲而卒，娶楊氏生子一女二，繼娶蕭氏，遣腹子一砥卿卒後五月始生，水錦奉公官廨，朝夕恪勤，性尤孝友，事父撫姪，心力交瘁，砥卿二子，皆賴其提挈，得以成立，娶蔡氏，生子女各二，青雲年十七長殤未娶，女一適鄭早卒，孫男四，元深，坤(紹文)砥卿出，南喬，騰龍，水錦出，孫女四，一適鄧、一適楊，二未字，曾孫女一，椒衍瓜綿，寖昌寖熾，知天祚明德，正未有艾也。先生以清咸豐三年十一月初八日寅時生，辛酉一月二十四日巳時卒，享壽六十有八齡，將以一月一十八日，行安厝之禮，穴坐子向午，兼癸丁，分金庚子庚午，爰為之銘曰：「珠樹三株中尤挺，孝思不匱錫類永，薺甘茶苦味親嘗，老而漸佳人蔗境，佳城鬱鬱天畀公，曰止曰時靈秀秉，生寄死歸土一坯，滄海桑田皆泡影，青山埋骨不埋名，古道照人常耿耿。」

一九二一年（民國十年、大正十年），鄭舉人參加瀛社、桃社、竹社聯合在臺北孔子廟，舉行第一回全島詩人大會。次年三月，臺北天籟吟社為慶祝成立周年，舉辦盛大詩會。按該社係林述三及門子弟所創，共推述三為社長，每星期六在「礪心齋」書房（即述三設教處）舉行擊鉢吟會，由社員分期輪東，分贈獎品；並定每月二次課題，向社內外徵詩，對外連絡聲氣。其周年大會，鄭舉人應邀參加，並有七律一首紀盛：

＜天籟吟社週年大會紀盛＞

霓裳記詠大羅天，彈指星霜又一年。有興重揮搖嶽筆，
餘情更敞坐花筵。海東詩卷留巢父，亭北歌詞譜謫仙。
險韻尖叉旋鬥罷，醉看青素鬥嬋娟

一九二三年（民國十二年、大正十二年）二月十日（農
曆壬戌十二月二十五日），鄭舉人夫人孿生兩男，父爾質公
甚喜，林太夫人時方有心疾，聞悉之餘，亦大感欣慰，疾漸
瘳。鄭舉人爰賦七律一首以誌喜：

＜壬戌十二月二十五日內子孖生兩男賦此志喜＞

舐犢多慚作孺牛，驪珠何意兩歸劉；對挑錦褓綳休倒，
分繫絲繩臂尚柔。賀客書麈防再錯，閨人夢燕憶雙投；
二難未敢希元季，聊博顏開老太邱。

鄭舉人夙有讀書人的風骨，雖然此時日本統治臺地已經
廿八年了，鄭舉人依然是一介書生本色，從不與日本官方打
交道；但日人對其卻十分敬重，日本裕仁太子來臺巡視時，
地方為表歡迎與愼重，特央某位鄭舉人的故友仕紳為文歡
迎，鄭舉人不得以遂作＜癸亥三月日皇太子蒞臺代友人撰頌
＞七律一首。

天風吹下朵雲紅，捧出黃離若木東。千里婆娑開博望，
五州民物繫深衷。隨車合晉甘霖頌，補袞咸思贊日功。
不獨覃恩歌小海，寰遊樂事眾心同。

同年（1923）五月一日（癸亥農曆三月十六日）先生

臥病，作七律二首。有註云：「夜夢隨人涉水，余手抱一神像如俗所塑章元帥狀，鬚眉欲動，心悸遂覺。」十二日，再請國川醫治，作七律一首。國川鄭姓[83]，先生設帳東邨時，國川曾執經請業，故詩之末句云：「起予原是學詩人」。二十三日（癸亥農曆四月初八日）晚，有感地震，作七絕一首。二十六日（農曆四月十一日）夜，復有＜紀夢＞七絕一首云：

> 夢中老態強支持，秋水橫腰作健兒。難得周郎好身手，望風下拜豎降旗。

六月四日（農曆四月二十日），先生復爲二豎所苦，作「病中感懷」七絕四首。十四日（農曆五月初一日）夜，有「夢題丈人石詩」七絕一首。先生表姪女鄭藥珠生有夙慧，幼通禪理，以易義進質，先生略爲招點，輒能了悟；爲喜賦七律一首：

> 瓊枝立雪見精神，問字酕酕自率眞。丹篆夢中開夙慧，白蓮香裡悟前因。掃眉才子通經士，束髮儒童幻相身。我擁臯比爲講易，天根月窟有餘春。

二十四日夜，又有＜紀夢＞七絕一首下註五月十一夜：

> 垣厚閒高人雜沓，山重水複路依稀。藤床好作輕舟渡，贏得滄浪濯足歸。

這一年鄭舉人的好友鄭樹南、高懋卿，蘇瑞堂先後去

83　鄭國川時在北門尾執業。

世，他相當的傷心與難過；曾作有＜哭家擎甫先生＞七律一首，與＜哭故人高懋卿君＞七古一首。其詩云：

＜哭家擎甫先生＞下註擎甫以舊曆癸亥五月十三日下午四時逝世壽六十四

槐陰慘淡欲黃昏，怕過西州舊日門；知己相酬餘老淚，故人入夢識歸魂。傷心最是聞魚泣，在耳猶存訓鯉言。華屋山邱何限感，憑棺我亦哭聲吞。

＜哭故人高懋卿君＞下註君以舊曆五月三十晚謝世

我始訪君君遠出，迨君歸時我又疾。我今疾愈君移家，金山咫尺遠天涯。渡臺匆匆四閱月，惆悵故人忽焉沒。知己偏慳一面緣，噩耗何來恍兮惚。憶我病中血氣枯，感君珍重贈雙鑪。君病愧余未一省，猝聞君死徒驚呼。千呼無計回君首，哭望臨風釃濁酒。五更落月屋梁寒，可有故人入夢否。若夢浮生能幾時，晨風權借北林枝。冷泉嗚咽無情水，片石蒼涼有道碑。我束生芻來致奠，憑棺一似見君面。天竟何如命何如，人生泡影與露電。

是年十月十八日（農曆九月初九日），先生登金山，順訪友人鄭以庠，作七律一首；過亡友高懋卿故宅，又賦有七絕一首，此益得見其對高懋卿的感情與思念。

＜九日登金山過高懋卿宅＞

霜風漸欲釀高秋，有分同為訪戴遊。小犬隔籬還吠影，傷心不見老青邱。

不久，鄭舉人遊大甲，登鐵砧山，訪劍井，宿友人鄭子香處，與秉燭談往事，作＜遊大甲寓家子香處感賦＞七律一首：

　　＜遊大甲寓家子香處感賦＞
　　砧山有分約同遊，劍井無光霸氣留。愧我心中如寄鶴，
　　感君家至類浮鷗。論文苑裡俄卅載，話雨溪南又九秋。
　　秉燭夜闌談往事，蕭蕭白髮各盈頭。

接著鄭舉人在同年十一月四日（農曆九月二十六日）回到童年舊居東勢庄重遊，頗有唐朝詩人賀知章＜回鄉偶書＞之情，感慨之餘遂賦七律一首：

　　＜過東村故居＞
　　綠陰遠近畝東西，林鳥驚秋不斷啼。室已盡禾忘故址，
　　徑多沒水長新泥。株松半老濤聲寂，衰柳無情夕照低。
　　莫問童年遊釣地，重來我亦阮途迷。

西元一九二三年（民國十二年．大正十二年）十二月二日（農曆十月二十五日），鄭舉人重遊新竹廿張犁莊，其長子榮俊、表姪女藥珠同行。鄭舉人童年時，曾隨母親往觀廿張犁莊元宵夜打鞦韆祈平安之民俗活動，今舊地重遊往事如煙，爲之低回流連久久不能自已；並順道至新公園一遊。有七律一首。稍後又作七絕＜新曆除夕書懷＞一首：

　　＜癸亥十月廿五日遊廿張犁莊書事＞
　　村前村後碧溪流，猶記童年此地遊。晚穀登場剛十月，
　　垂楊絡架憶千秋。故人有約敲詩缽，歸路無心看野球。
　　餘興卻隨兒女輩，公園暫作小勾留。

<新曆除夕書懷>

微雨疎燈過歲除，祭詩賈島愧無魚。客中未作圍爐飲，
且向窗前讀道書。

就在這一年，鄭舉人接受弟子們的請求，設帳於新竹水
田吳家耕心齋[84]。並集門下弟子，設立「耕心吟社」，宏揚
國學[85]。

一九二四年一月一日（癸亥年農曆十一月二十五日），
鄭舉人已五十七歲，作<新曆元旦紀事>七絕一首：

<新曆元旦紀事>

初日曈曈映草蝦，千門插竹紀年華。朝來隨例新禧祝，
招飲屠蘇又幾家。

由於舊曆年已近，鄭舉人將歸省返泉過年，莊仁閣先生
以七律一首送別，因有和韻之作，兼呈蘭社諸人，又有留別
諸生及居停主人之作如下：

<和莊仁閣先生送別原韻兼呈蘭社諸子>

霏霏蘭雨浥輕塵，攜手臨歧共愴神。送遠汪倫情繾綣，
高吟開府思清新。群花索句箋重疊，仙樂娛賓酒幾巡。
添得壓裝詩卷重，吉光片雨儘堪珍。

<癸亥臘月歸省留別諸生及居停主人>

鷦鷯權借一枝安，尚有程門立雪寒。攻玉他山懃匪石，
談心入室羨如蘭。延賓侃母垂青眼，寄食王孫賦素餐。
聚首無多旋話別，驪駒未唱淚先彈。

---

84 據《雪蕉山館詩集》中<丁卯四月十六夜觀吳家壽堂活動寫眞>。

85 據廖雪蘭《臺灣詩史·臺灣詩社繫年》、<臺灣文學年表>。

等到歸省之日，鄭舉人的表弟有象、同學金水、表姪女
藥珠猶依依不捨聯袂送他至紅毛田站，始告別下車，鄭舉人
曾有感賦七絕二首記之：

> ＜余歸省之日有象表弟金水同學藥珠表姪女送余
> 至紅毛田驛始告別下車感賦二首＞
> 其一
> 同車攜手兩依依，說到將離未忍離。十里紅毛田畔路，
> 最銷魂是駐輪時。
> 其二
> 也知遠送終當別，小住須臾亦慰情。珍重一言猶未畢，
> 輕車又聽走雷聲。

一九二四年二月月九日，臺北星社同人創辦臺灣詩報，
月出一期，詩文並載，廣收各地吟稿。鄭舉人有＜祝星社詩
報發展＞七律一首云：

> 溫文言論氣如春，鼓吹詩腸筆有神。簇錦團花非俗艷，
> 吉光片羽亦時珍。傾心久向陳芳國，隻手思扶大雅輪。
> 更遣閒情到金石，醉中眼界又翻新。

同年（1924）六月七日，鄭舉人作七律一首＜甲子夏五
午節後一日偶成一律因書贈藥珠姪女拂暑＞並書贈之。蓋詠
其表姪女鄭藥珠者，詩云：

> 絳帷立雪度翩翩，一朵能行出水蓮；妙悟通靈由夙慧，
> 長齋繡佛尚雛年。說詩匡案頤能解，講易橫渠道可傳，
> 雨盡天花渾不著，此身合是女金仙。

　　一九二五年一月八日（農曆甲子十二月十四日），鄭舉人將復離臺歸泉返鄉過年，他作了＜留別＞七絕一首，及步魏清德「元日感懷」原韻之「前題」七律一首；來抒發他自己當時複雜的心境；年華老去壯志無酬，漂泊生涯年復一年，是月又有「留別」五絕一首。及後攜眷屬渡臺，同作客於新竹水田紫霞齋堂[86]。

　　　　＜留別＞甲子十二月十四日
　　才盡江郎愧不文，有緣筆硯共諸君。鼕鼕臘鼓催人別，無限深情寄樹雲。

　　　　＜前題＞
　　六旬已近猶為客，西望頻賡陟屺詩。浪跡半生蓬自轉，霜華兩鬢鏡先知。情深舊雨懸徐榻，夢入春風感謝池。一曲驪歌群惜別，替人書恨有毛錐。

　　三月二十八日（農曆三月五日），清明將屆，鄭舉人的二弟，即要離臺返鄉，兄弟兩人回想前塵不勝晞歔，就在客中鄭舉人作了送＜別二弟＞七絕二首；下註有乙丑三月初五日，十三日清明節：
　　　　其一
　　同車攜手不勝情，臨別依依百感生。弟自歸家兄作客，那堪時節近清明。
　　　　其二
　　客中送別雨霏霏，避亂徂東骨肉違。恨殺稻江衣帶水，弟兄同渡不同歸。

86　據《雪蕉山館詩集·乙丑七夕偶成》。

其後鄭舉人又作＜清明節近客中有懷偶成一律＞，下
註：十一日。

> 未能與世共浮沉，猶自兢兢慎影衾。作客怕逢多雨節，
> 思家倍切望雲心。依依膝下惟雛女，寂寂燈前伴苦吟。
> 還欲去爲釣鼇客，歸東巢父遠相尋。

是年八月三日，甲子會致奠黃戒三，其文出自先生手。
戒三時爲新竹街議員，卒年僅四十六。此文收入《雪蕉山館
詩集》，二十五日（農曆七月七日），作＜乙丑七夕偶成＞
七絕四首，九月二十八日（農曆八月十一日），鄭舉人遊觀
音山凌雲寺，爲該寺定正殿坐向，途中即事賦七律一首。十
月十日（農曆八月二十三日），爲武鄉侯誕辰，青草湖感化
堂祀武侯，即於是日舉行小落成式，少長至者甚夥，先生亦
挈兒輩往遊。三女慰時方學作詩，成即事五律，結句云：
「青青湖畔草，煙景似南陽。」先生久有布衣躬耕之志，
登堂拜謁武侯之遺像，恍然想見當日君臣際遇、隆中對晤情
影。將歸，遊興猶未闌，回首白雲深處，不勝卻顧依戀。歸
而作＜乙丑八月二十三日遊青草湖感化堂記＞一文[87]。

> ＜遊青草湖感化堂記＞
> 周顥學遯，愧澗薖林，靈運好遊，縋幽鑿險，此不足
> 與言山水之樂也。蓋樂山水者，得靜中之趣，作物外
> 之觀，不必說空談玄，侈言夫乾坤一壺世界一粟也。
> 即此負郭近郊之區域，樵夫牧豎之居遊，而遠公結
> 廬。於是乎在石門精舍，偶現其間，吾輩賞心樂事，

又何必而之他耶。青草湖距城南六里，山不高而名，水不深而靈，非有巫峽走雲，扶桑浴日之勢，而彌勒一島，趺坐其南，墨溪諸源，瀠洄其下，藩之以五指，屏之以鐘峯，箕穎之風，恍惚於心目間遇之。甲子夏五，邑善信人等因神示兆，建感化堂於山麓，中祀漢武鄉侯，而以西方聖人附之，方位既正，靈秀斯鍾，歲時伏臘，村農晴雨之禱祈，秋菊寒泉，騷客馨香之尸祝，肩摩轂擊，奔走偕來，神之靈爽，亦將與山色湖光，長此終古矣。夫然則是堂也，豈徒一邱一壑之觀歟，一觴一詠之趣歟，將使瞻道範欽英風者，肅然起敬，翻然覺悟，有以生其忠愛之忱，篤其經程之念，非聖非孝之流毒，庶其小熄乎，此即聖人神道設教之意也：區區尋常之齋堂云乎哉。乙丑八月既望之七日，恭逢武鄉侯誕辰，司事者於是日行小舉落成式，羣賢畢至，少長咸集，余亦絜兒輩來遊，三女慰方學吟，勉成即事五律，其結句云：「青青湖畔草，煙景似南陽」。余以風塵靡聘，久有布衣躬耕之志，登堂隨喜間，肅遺像之清高，亦恍然想見當日君臣際遇，隆中晤對時也。夕陽在山，詠歸有侶，余時遊興猶未闌也。爰躡謝公屐，過御史橋，回首白雲深處，有不勝卻顧依戀，望望而不忍去焉，既歸而爲之記。

鄭舉人此時正寄寓於新竹北門外水田街紫霞齋堂，即於紫霞書室設寄齋，並自撰短文<寄齋>下註乙丑仲秋，其文曰：

寄齋者何？余於寄留地所自署之齋名也。齋無定處，身之所在即其處；齋無長物，隨身之物即其物。余既忘此身之

爲寄，余又何知是齋之有無？則以是齋爲無，何有之齋也。
可以余之寄於是齋，爲余之寄所寄也可。

＜寄齋＞二字經刻爲橫匾，後歸先生表姪女鄭藥珠所藏。[88]
是年十一、二月（農曆十月），橫跨軟陂溪，爲竹東、新竹
往來間孔道，東寧橋改建落成，日本當局徵詩全島，將擇尤
者勒石，先生膺選，因擬七絕三首，以祝永固。

　　一九二六年鄭舉人友人周維金，以所編輯臺灣通志略
第二集出示。是書乃維金以五載心力，仰歷代紀事本末例所
爲，共十二集。此集記載海桑以後事，鄭舉人爲撰＜臺灣通
志略序＞於序中曰：

　　………披讀之下，昔之擊諸目而印諸腦者，復如海市
蜃樓空中重見，不禁爲之流涕太息，腸一日而九迴。情生文
耶？文生情耶？非惟讀者不能知，即作者亦不自知矣。嗟
乎！故關衰草，收英雄血戰之場；殘壘商飆，灑父老心酸
之淚。周君此集，其師曠之歌南風耶？荊卿之和易水耶？
何其颯颯動人若是。余於是有以悲周君之志矣。周君於大正
九年……著有大陸遊記一卷，膾炙人口，今又殫五載心力，
成此巨編，其亦得山水之助者耶？雖其體裁義例，未知有合
於龍門否？然文言一致，周君固自言之；蓋欲其書之雅俗共
賞，而不肯爲戞戞獨造，使讀者病其艱深也。文末云：「昔
虞卿以不忍其友事，困於大梁，乃發憤著書八篇。讀虞氏春
秋，知古之傷心人別有懷抱也；周君殆心虞卿之心也乎？太
史公謂虞卿非窮愁亦不能著書以自見於後世，余於周君亦

云。」[89]

　　是年六月十三日（農曆五月四日）晚，大同吟社開擊鉢會於新竹城南鄭香圃家，題爲「五月渡瀘」，限歌韻。鄭舉人與葉文猷、文樞皆與會，至午夜十二時始散。文猷歸家，未三時宿疾猝發，於十四日晨逝世。後安葬於金山冷水坑南畔，距鄭兆璜、鄭幼佩兩詩人墓不遠。鄭舉人有＜丙寅五月五日聞葉君文猷赴修文之召感賦＞七絕一首及＜輓故詩人葉文猷先生一律＞之作。

　　　　＜丙寅五月五日聞葉君文猷赴修文之召感賦＞
　　晚涼猶共上吟壇，刻燭催詩到夜闌。何意渡瀘留絕句，翻當臨別贈言看。

　　　　＜輓故詩人葉文猷先生一律＞
　　不信才奇數亦奇，居然絕筆渡瀘詩。抗懷七子餘風骨，憑弔中郎憶月眉。長使吟魂歸黑塞，漫云續命有朱絲。冷泉山寺鐘聲晚，淚灑陶潛處士碑。

　　由於鄭舉人的學生表姪女鄭藥珠，冰雪聰明秀外慧中，且於功課上日益精進，他曾於紫霞書室之寄齋作七絕三首，書贈表姪女鄭藥珠。其詩中皆嵌有「藥」、「珠」二字。亦見其得英才而教之的喜樂。

　　　　＜丙寅夏五月在紫霞書室之寄齋偶成三絕以爲藥
　　　　珠女士清玩＞

其一

祇林風月自清秋，藥闕珠宮瑞靄浮。天女散花衣偶著，
拈來一笑證真修。

其二

林風湖月並清時，冰雪聰明意蘂披。珠玉毫端飛麗藻，
維摩天女亦工詩。

其三

蓮蘂出淤能不染，露珠濕桂自輕圓。石林高築藏修地，
靜裏常參繡佛禪。

同年十一月日本臺灣總督上山滿之進，招邀其本國詩壇
名士國分青崖、勝島仙坡等來臺遊覽。二十八日，上山於東
門官邸以盛宴歡迎之，並束全島名詩人作陪，鄭舉人應邀與
會，曾作詩三題各一首。其後與勝島仙坡相談甚歡又有＜次
仙坡博士後里庄觀梅韵＞七絕一首。

幾世清修得到梅，耐寒自向雪中開。跫音空谷來知己，
折取天心數點回。

至十二月（農曆十一月），新竹城隍廟修建落成，鄭舉
人代重修委員長鄭肇基先生撰了＜重修新竹州城隍廟碑記＞
文，之後又撰該廟慶成醮典之「牒文」[90]。是年，先生又有
＜步蔡乃庚六十感懷原韻＞七律六首。

一九二七年（民國十六·昭和二年）一月二日（農曆丙
寅十一月二十九日）夜，鄭舉人於餞別席上作了＜歸帆＞七
絕四首，此時的鄭舉人已六十歲了。農曆丙寅十二月歲暮，
鄭舉人離臺返泉過年，另賦有七律一首＜留別諸同人＞，及

90　見《雪蕉山館詩集》

＜買舟歸省＞七絕一首、＜旅夜懷人＞五律一首諸詩；足見其對竹塹地區生徒、友人、鄉土的深厚感情與期許。此時的鄭舉人健康狀況並不好，經濟情形也欠佳，但一股讀書人的傲氣與尊嚴，讓他益加難以啟齒；也曾賦詩自遣如下：

＜諸生修脯有除夕猶未送至者戲書＞
詩舌爲生不礙荒，硯田惡歲又何妨。築臺避債君偏巧，我愧提燈夜索償。

　　這是多麼尷尬的事，對一個飽讀詩書，暮年垂垂的老塾師而言，這是何等的殘忍與現實，遠在泉州的至親、妻小正等著鄭舉人回家過年呢！
　　是年（1927）四月二十三日（農曆三月二十二日），鄭舉人重抵新竹，蓋本年開春多雨，故其歸臺較歷年爲遲；這也是他來臺的最後一次。五月十六日鄭舉人在水田吳家，觀吳家壽堂活動照片曾賦＜丁卯四月十六夜觀吳家壽堂活動寫真＞七律一首；並另賦有＜渡臺呈諸故人＞七絕一首

＜丁卯四月十六夜觀吳家壽堂活動寫真＞
百城坐擁列縹緗，記向耕心挹古香。東渡舟偏遲一月，南飛笛未奏三章。椒花句麗揮珠玉，桐葉春生翙鳳凰。槐火光中閒寫照，諸公有分共躋堂。

＜渡臺呈諸故人＞
思君一日如三月，況乃相違三月餘。曉策六鼇渡東海，得瞻顏色樂何如？

同年六月（農曆五月），鄭舉人錄其近作七律二首贈表姪女鄭藥珠如下：

> ＜丁卯仲夏之月錄其近作二律以爲藥珠女士清玩＞
> 其一
> 香火靈山舊締盟，法華經記誦前生；學書雅慕夫人格，
> 稽古無慙博士名。竹外寒梅橫水淡，天中皓月照池清；
> 集盧更守心齋訓，福不唐捐道可明。
>
> 其二
> 三淺蓬萊歎海桑，傳薪尚有杜蘭香；交逢知己心如水，
> 修到忘情鬢已霜。假我還思讀周易，餘生且自禮空王；
> 子眞谷口能高臥，世外雲山日月長。

鄭舉人另有＜寄齋偶成書示藥珠＞七律一首。

> 紫陌塵紅不染衣，霞標曉向赤城飛。齋莊恪守中庸敬，
> 堂奧能窺易道微。藥締菊叢霜許傲，珠凝荷葉露常輝。
> 女貞花是菩提樹，生意盎然悟化機。

由多首寫給他的表姪女鄭藥珠的讚美與勉勵的詩來看，鄭舉人是多麼的器重在眾多男生徒中，惟一的夙有慧根齋教先天教派[91]的傳人鄭藥珠女史。

本年七月（農曆六月），鄭舉人南遊潮州郡枋寮庄，當地詩友開會歡迎他，盛情款接，賦有七律二首，又有席中贈妓七絕二首。八月三十一日（農曆八月五日），先生同門人曾秋濤、許炯軒二人遊山腳海水浴場，順途至秋濤家小憩，

---

91 齋教，清代傳入臺灣，一般分爲先天派、龍華派、及金幢派；先天派乃是出家，不有婚姻。而其他兩派則有婚姻。

亦曾作七律二首。九月（農曆八月），先生重遊枋寮，作七律一首。九、十月（農曆九月），先生往訪友人張麟書，與之促膝談心，自傷年華纔花甲，卻老病日侵，蒲柳先衰，嘗謂曰：

「爾我能得幾回相見？雖然自其變者觀之，古今曾不能以一瞬；自其不變者觀之，則彭殤可齊、死生可一，而又何悲乎？惟八旬慈母、六歲孿兒仰事俯畜，中途捐棄，甚可哀也！」麟書聞其言，回思黃戒三年未五十，以養生不善，追隨乃兄平三於泉臺，而先生精神無復向日之煥發，自己也暮氣蒼然，生意將盡，後顧茫茫，不禁相與感慨，「欷歔泣數行下」[92]。

這一年十二月二十四日（農曆十二月初一日），鄭舉人提早束裝歸省，實緣於老病思鄉，臨行前感慨萬千，賦成七言古風一首，似乎是為他在臺作一個總結：

　　　　　＜丁卯歲暮歸省感賦＞

人生何處不消魂，最黯然者別而已。矧余本是竹州人，
歌哭聚族咸於此。無端臺海起罡風，倉皇挈眷辭桑梓。
避地桐陰十九年，省墳有日帆東指。東來省識舊山河，
人未全非城郭毀。相逢舊雨又重違，如醉如癡如夢裏。
南北紛紛起陣雲，在沼魚寧安沸水。歸不多時復遠遊，
設帳馬生聊爾爾。往來白社舊詩人，一詠一觴消塊壘。
秋月春風度等閒，臘鼓聲喧旋到耳。哀時詞客感頹波，
望國行人歌陟岵。歲歲言歸臘月中，今歲束裝臘月始。
豈因利重輕別離，祇為病多憶田里。壯不如人老何為，
緣木終窮鼫鼠技。六十韶華過隙駒，險阻艱難備嘗矣。

自搔白首羨青雲，欲行不行心悲止。諸公爲我速吟朋，
燭吐青煙筵敞綺。

　　鄭舉人曾爲其友人蘇維德撰金剛經解作序。此篇爲鄭舉
人重要之文字，茲錄於下：

　　　　日在天上，心在人中。此關壯繆明聖經中語也，
而實與虞書十六字心傳之旨合。蓋人中之心即道心
也，求道者常使道心爲一身之主，而人心每聽命焉。
正如紅日當空，群邪退伏，詩所謂：『雨雪瀌瀌，見
晛日消。』者。金剛經一書，佛教中之秋陽也。佛告
須菩提：應如是住，應如是降伏其心。阿難於法會因
由第一分，即以『如是我聞』四字發其端，歷來註家
罕能詳其奧窔，吾友蘇君維德解是經，以如爲不動，
是爲迴光下照，蓋以『是』字上有日下有人，日即心
之神光，人即坤宮人情發動之處。旨哉！斯言非特隱
合於關壯繆語意，抑亦得佛家之三昧矣。佛言若菩薩
心住於法而行布施，如人入闇即無所見；若菩薩心不
住於法而行布施，如人有目，日光明照，見種種色。
所謂入闇，即是字下之人，書所云人心也；所謂日
光，即是字上之日，書所云道心也。人心雖受制伏於
道心，而常潛滋暗長於道心之下；人能收吾心上之神
光，迴而下照，俾微者著，危者安，去外誘之私，而
充其本然之善，則天上之日長懸，人中之心不死矣。
即此發端四字，已括全經之義。其餘各分中，如以須
彌山爲人之元首，恒河沙爲人玉池中之眞精罕譬曲
當，尤爲發前人所未發，能令讀是經者如夜行得燈，
更盡見日，顯昭昭之象，而掃曀曀之陰，其有功於後

學豈淺尟哉！余生平喜讀是經而不求甚解，今繹蘇君
之註，有不覺憮然自失，憬然有悟焉。白髮催人，聞
道日淺，行且掬指頭月，拂衣上花，躬造蘇君之廬，
相與談空空之妙諦[93]。

西元一九二八年（民國十七年.昭和三年）二月，鄭舉
人上年所約歸臺之期已屆，門生故舊咸望眼欲穿。時有傳言
說鄭舉人病劇者，友人張麟書則戚然以憂。未幾，得先生雲
箋，「云在本鄉；長通德學校，兼主別校講席」[94]。麟書乃
欣以喜。到了四月二十六日，鄭舉人病情已加重，然以天性
孝友，猶勉強往慰老母，詭言己身無恙。越三日，即二十九
日（農曆三月初十日）辰時，遂不起，卒於家。據＜鄭家珍
先生墓誌銘＞鄭舉人曾有絕筆之作題＜紀夢＞，其詩云：

偶現曇花詎久留，前因後果悟從頭；禍根未必胎情種，
多病非關積舊愁。畢竟刈蘭歸一夢，不勞采葛賦三秋。
他生莫卜今生已，天竺何人訪牧牛？

一代塾師從此長眠，舉人鄭家珍生逢亂世有志難伸，在
其有限的生命週期中，只有投諸於培育下一代，奔波於台海
兩岸間；行行復行行至死不逾。當他的生命將近尾聲時，他
所思思念念的依舊是他的原生故鄉---臺灣。而今鄭舉人的生
徒們，遍地開花枝繁葉盛，生生不息於今日，這是舉人他生
前所未料到的，也算是唯一可告慰的：我們的漢文教育與鄉
土文化並未滅絕，相反的是文化紮根開花結果。

---

93 錄自《雪蕉山館詩集》。
94 見張麟書＜鄭雪汀先生弔文＞。

第四章　讀我書吟社與柏社

第一節　葉文樞---讀我書吟社的導師

　　葉文樞（西元一八七六年至一九四四年），名際唐，號文樞，以字行。祖籍福建泉州府同安縣。其先人隨祖父來台營商，家居於新竹市區的北門街，堂號「源遠」。後來生意興隆，業務擴大，遂有分行之設。稱內源遠與外源遠。一門三大房，堂兄際會字文授，舉貢生，欽加五品銜。堂弟文游號宮池，長於詩文，也是竹社社員之一。可見葉家並非一般市儈，而是書香門第。葉氏一門前後共出六位秀才，均為「際」字輩，即葉際禧（增貢生）、葉際會（增貢生）、葉際昌（廩生）、葉際珍（生員）、葉際堯（生員）葉際唐（生員）。一八七六年（光緒二年）文樞出生於新竹北門，自幼勤讀詩書，與秀才陳信齋、儒士高華袞等同為竹塹貢生李師曾（字鈞礏）的學生。乙未割台後，舉家遷回福建同安祖籍，文樞亦隨其父內渡避亂，後遂卜居泉州；並以晉江縣案首入為庠生，成為秀才。民國成立後復進入高等師範學校肄業，學成即應集美中學[95]聘為國文教師，未幾辭退，轉應鼓浪嶼南洋僑眷的家庭教師。

　　後來僑眷南遷，加以中原多故[96]，戰禍延於閩南日盛，其從弟葉文游[97]恐文樞避地無所，遂邀之返臺館於其家，由

95　南洋華僑陳嘉庚先生獨資於其家鄉同安縣創辦集美學校，在當時的福建是相當有名氣的，學校分為中學、水產、商業、女中、小學、幼稚師範、農林各校。

96　大、小軍閥孫傳芳等割據自雄。

97　葉文游名泮，文游其字，號渙亭，兄長二人皆為生員。文游行三，從王成三（廣文）學詩，存有宮池詩稿。文樞為其從兄。見中原多故，避地無所，乃邀文樞回台館其家，設讀我書社。文游為提倡詩學創設大同吟社，扢雅揚風，多所貢獻。

於此時文樞因末在台設籍，便以華僑身份，回鄉設帳授徒[98]再寓新竹，教育青年學子。文樞與文游手足情深，在台期間雖各有不同的發展與生活壓力，卻是相互扶持彼此激勵；文游四十歲時，文樞曾賦詩贈之：

〈文游弟四十初度贈言〉
人海茫茫孰賞音，晦明風雨自高吟。時衰空抱沖天志，
地隔仍存愛國心。浩劫滄桑看已慣，中年絲竹感尤深。
韶華已逝名難立，家學相期繼石林。

又

愛從故紙覓生涯，久擅吟壇一作家。揮灑自如胸有竹，
權衡不爽眼無花。榕城雪印痕留爪，蔗境雲封癖嗜痂。
亂世需才真孔亟，何時痼疾起煙霞。

又

四十平頭鬢末絲，半生心事託於詩。河山不絕興亡感，
身世難忘老大悲。程灝眼中空有妓，鄧攸膝下尚無兒。
卻欣嬌女情先慰，何患商瞿得子遲。

文游英年早逝（1926年），對葉秀才而言，是既失去手足，也是失去知己，其傷心之餘賦作一篇〈祭從弟文游文〉曰：

維丙寅年六月廿有八日，從弟文游將葬於金山面之麓，兄文樞以文告之曰：嗚呼吾自丙申別汝，迄今卅有一年矣。雖其間不無重晤，然皆為時甚暫，今竟來憑汝之棺，臨汝之穴，雖幻夢異想，亦萬萬不能到

98　見鄭指薪作《指薪吟草‧自述》一九九○年出版.同文印刷有限公司。

此。然竟如此，倘釋氏所謂緣者非耶？憶汝之少也，與余同受業於李釣磻師，連席而坐，往復常偕。咸謂塤篪之樂，爲日方長。孰知竟有大謬不然者。

乙未滄桑變起，先君子義不苟留，挈眷內渡，余亦隨侍左右，歸籍溫陵，家焉。從此以後，音問鮮通，望風懷想而已。後聞汝稍學爲詩，竊喜汝之有志；既又聞汝頗得時名，又喜汝之能自樹立，究未知汝之詩果何若也。己未夏，余以先嫡妣體魄在台，終非久計，擬欲奉之歸葬，行抵稻江，因事勾留，汝聞之，即遣新芽往接，入門後，余竟不能認識汝。蓋別汝已歷二十四年之久，不獨余之老眼昏花，亦汝之體軀狀貌與少時迥不相侔。迨叩汝所學之詩，則唐人名作，莫不琅琅上口，唐以後各大家亦多能舉其名句，其用力可謂勤矣。出所著詩稿三卷相質，雖未能盡合準繩，然多清新可喜之作，始嘆汝之詩名非倖獲也。余未別去，汝遂屢以詩見寄。癸亥余再回台，而汝詩又進一境矣。余仍以奔走衣食，匆匆遽別，而汝恒以不得久聚爲憾。乙丑春，汝以中原多故，戰禍延於閩南日甚，恐余避地無所，招余來館汝家，余亦欲再與故鄉親舊一敍，欣然承諾，抵館後，每有吟詠，無不互相切磋，兩人出席詩會，如影隨形。去秋與汝同赴中壢以文吟社者一，今春與汝同赴台中怡園者再，其同赴邑中大同吟社者，則難以僂指計，蓋汝對於是社，格外盡力，恒謂余曰：吾竹書種將絕，若不從速提倡，數十年後，吾邑恐無識字之人矣。汝意以爲今日時勢，勸人讀書，斷乎無人肯讀，勸人作詩，或者有人肯作，然不讀書必不能作詩，直接提倡作詩，即

間接提倡讀書也，余雖學淺才疏，不足與同肩此任，然不能不感汝之熱心，佩汝之高識。而與汝亦步亦趨也。余方私心自慰，謂少時之樂，不久旋失者，可以復補於今日。詎料天何奪汝之速，竟使余虛願莫償也耶。先是汝偶微恙，醫者謂爲腦病，戒用腦力，然汝吟興勃勃，殊不爲意，端午前一夕，仍與余偕赴大同吟社，夜分始歸。越晨疾作，余入視汝，汝已噤不能言，竟於辰刻辭世。痛哉！議者或以爲苦吟所致，其信然耶？抑別有原因耶？是不得而知矣。汝之遺稿，當與國霖共謀付梓。汝之子，長者始四歲，幼者僅數月，余年衰體弱而勢又不能久留於此，恐不及見其成立，此則余之所耿耿於心而不能忘者也。余他日者，得句誰與推敲，會吟誰與爲侶？踽踽煢煢其淒愴固不待言矣。噫、嘻，不必離而竟離，不能合而轉合，乃既合矣，而又終於永離，溟漠中似有爲之主宰者。前塵種種，回想匪遙。爾之吟魂有知，其尚能記之否耶？緣有盡而感無盡，辭已窮而情不窮。嗚呼哀哉。

祭文中娓娓道來，從乙未割臺文樞隨父赴大陸，到生活際遇的困頓，與再度返臺，弟兄重逢才學互勵，知音知己如伯牙之於鍾期，實有不勝唏噓之悲；而當時正在新竹開館的前清舉人鄭家珍，與葉氏兄弟情誼深厚，也爲文游作了墓誌銘來紀念他；其文如下：

　　〈葉文游先生墓誌銘〉
　　葉子渙亭既沒之一月，其侄國霖，持狀詣余寓曰：「先叔父葬有日矣，生忝從諸君子遊，沒不可不

志其墓，志之莫如子宜。敢固請。」披讀之下，不禁
喟然曰：「余與先生，爲文字交十餘年矣，去歲複援
之入甲子會，詩酒過從，殆無虛日。先生不以老朽棄
余，余以風雅士重之。初不虞其遽歸道山也。嗚呼，
傷哉！爰撮其大畧志之」。

　　先生名泮字文游、渙亭其號也，原籍福建同安縣
人，世居縣之長興湖下巷鄉。其高祖尚賢公，始渡
台，家竹南之海口尾，再傳至其厚公，移居新竹城
北，以孝友稱，先生之祖也。父瑞宜公，精計然術，
以貿遷起家，爲竹城巨室。先生其次子也。少穎悟，
受業李釣磻明經，人咸以大器目之。台改隸後，乃兄
克家廣文，將挈眷渡閩，邀先生偕行，先生力辭，願
與母氏在台守先人廬墓。廣文嘉其志，不之強。先生
時方十五，襄乃母家政條理設。廣文得以營實業於城
垣，無東顧慮。地方有公益義舉先生敬承母志，視力
所能逮者，無不踴躍輸將。眾謂廣文有弟矣。

　　後數年，先生買棹省兄，適祖國災饑，道殣相
望，先生慨捐巨款，得以國學生加同知銜。人皆爲
榮，先生不色喜，蓋賑災出自本心，初非望以弋虛譽
也。其胸次誠有大高人者。葉姓有宗祠，在台北寓褒
莊，經營伊始，先生囑其親兄文樞爲募捐款，並撰
楹聯多對，文樞爲溫陵文豪，讀其啓聯者，皆嘖嘖稱
之。謂益增祠宇之色。樂襄者益眾。祠成。於晉主例
捐外復寄附多金，爲當年禋祀基金。宗人感之，爲立
祿位於祠左。禮大傳曰：「親親故尊祖，尊祖故敬
宗；允哉仁人孝子之用心已。先生性恬靜，好吟詠，
滄桑後，懼大雅之頹淪也，思有以扶之；乃邀諸同志

創設竹社吟壇，月有例會，竹城詩學得以不絕如縷
者，得先生之資爲多。丙寅夏五，端陽前一日，與諸
同人城南擊鉢，夜分歸來，宿疾猝發，越明晨逝世。
春秋四十有四。奉若蘭摧於壯歲，元瑜玉殞於中年，
天竟何如，命竟何如，而扼我才人至是耶？原配呂氏
繼配林氏俱早卒。繼配曾氏以賢助稱。與先生伉儷綦
篤。丈夫子二，國鍈、國堂俱幼。女 子五，適人者
四，待字者一。將以是年舊六月廿八日安葬於金山面
之 麓。穴坐巽向乾，並辰戌分金丙辰丙戌。銘曰，是
惟煥亭之閟宮，冷水縈紆，金山崇崒，骨肉歸于土，
靈爽麗予空，魂兮歸來，循茲林麓，有樂邱知已，參
翱翔而往復，郭塚碑題，房墳淚揃，炷騷人之瓣香，
荐寒泉與秋菊，留身後之榮名，不同腐乎草木。

　　當時仰慕葉秀才文名的求教者甚衆。文樞工詩能文，
尤工於擊鉢詩，每次參加詩會，都有優異表現。爲日治時期
與鄭家珍、張純甫，同爲新竹地區譽滿全島的擊鉢吟名師。
所以其門下以詩成名者頗多。而其人品學問更是爲青年學子
所崇仰，學詩學文者莫不爭相求教；當他教學時，凡遇門生
有所不能解者，無不多方設譬，務使領悟而後止，竹塹青年
沾其風化者，達二百餘人之衆。因未取得日本國籍，恐遭疑
忌，平居鮮談政治，凡觀感所及，皆寓寄於詩，台地能詩者
莫不推重。竹社每有雅會，常推其爲詞宗評定甲乙。

　　一九二九年（民國十八年.昭和四年），更應門下弟子
之請，於教導學詩之餘，組成「讀我書吟社」[99]，詩社之名
「讀我書」，是取晉朝陶潛「時還讀我書」詩句，意在日本

99 見廖雪蘭《臺灣詩史》

統治下仍讀我漢人之書；其愛國志節可見一斑；是以葉秀才於課子之際，屢屢介紹大陸名家作品，尤以清朝及民國後之重要作家、作品為最，我們從《詩報》所載其編采之《百衲詩話》、《續百衲詩話》即可見其輯佚之功。

　　其後宜蘭頭圍的盧瓚祥[100]自東京回台，為專心研習漢學，便禮聘之前往頭圍；擔任家庭教師，虛心請益，並由其指導宜蘭的「登瀛吟社」，擴展詩文活動被尊為漢學泰斗。一九三三年葉秀才再應塹城之邀，回新竹任教。中日戰爭爆發後，日本在台積極推展皇民化運動，嚴格取締私塾，禁止教讀漢文，文樞以華僑身份，備受矚目，經常遭受日本警務人員的干涉，隨時有被捕之虞，憂憤成疾，病重幾至於不起，其＜病痛中雜感＞十二首[101]，正表現出當時讀書人（漢文塾師）萬般的無奈！

　　此時此刻的葉文樞，歸國返鄉之心愈來愈強[102]，但因戰爭日烈，受制於外僑不得任意離境之限，遂貧病愁悵的被迫羈台兩年，後始得其學生盧瓚祥的協助，才獲准返回泉州。明明是出生且成長於臺地的葉文樞，誠如其詩中所言「除卻朋儕宗戚外，多疑我是異鄉人。」這種辛酸與無奈，伴隨著葉秀才的鬱鬱晚年，一九四四年卒於福建泉州，享年六十九。

　　日治時期在竹塹地區宏揚漢學，推展詩教者，以鄭家珍、張純甫，葉文樞等影響最深。「日人意圖禁絕我國舊文化傳播臺灣，而我國之詩文竟能始終粲然照耀於新竹者，文

---

100 詳見註60

101 見第一章第三節。

102 見葉文樞＜病中雜感＞十二首。

櫃之存在予之大有力焉。」[103]葉秀才作品收輯成集者有《精選詳註閩中擊缽吟》，這是其用來授課生徒的教科參考書，共分兩部，選錄詩家二十二人，詩約五百首，均由其親自一一加以註解，另有《百衲詩話》[104]一冊，惜未見傳本，平生擊缽推敲之作，則因戰亂未能收輯，散見於各處。新竹地區出身，台灣光復前後活躍於詩壇的蕭獻三、莊禮耕、鄭指薪、郭茂松、蘇鏡平、周伯達、許涵卿、蔡希顏、宜蘭盧讚祥等皆出自其門。

第二節　張純甫----柏社的導師

一、生平

　　張漢（西元1888年至1941年），名津梁，官章陳熙，字濤村，又字純甫，以字行，號筑客、興漢（漢）、又署老鈍、耕香散人、竹林樵客，寄民。清光緒十四年（西元1888年）出生於新竹北門「三孝人家」[105]。自幼即喜好歷史、詩文；記憶力復特強，於同門中，即以長於詩作，嫻於歷史而出名。乙未割台後，地方動盪，隨父避居福建閩侯，居處與詩人張息六相鄰，息六雅好吟詠，享譽詩壇，純甫朝夕相處，耳濡目染，多方請益，詩文進展快速。不久，台地局勢粗安後，復回竹塹。

　　純甫祖父輝耀及伯父英聲皆爲竹塹巨賈，張氏之「金德美」經營食品行，「金德隆」經營藥材行，均爲北門大街著名的商號，亦爲新竹資力雄厚的大行郊。一九〇一（明治

---

103 見黃旺成編纂《新竹縣志·人物志》成文出版社民國七十二年刊

104 日治時期按期刊登於《詩報》。

105 張氏曾祖父首芳、祖父輝耀暨曾祖母陳順，承撫軍兼學政劉爵帥省三題奏，受旌表爲孝友、孝婦令譽傳頌當時，時故有三孝人家之美稱。

34年）年，新竹大火，燒毀北門城樓，金德美及毗連店舖及一切商品，盡付祝融。重整之時，貨船又遇波臣，家道從此中落[106]。純甫二十歲時，舉家遷往台北，為謀生計，就職北台最大的中藥商行「稻江乾元藥行」，擔任記帳工作。此時雖家累沈重，閑時仍寄情詩文，其才氣文筆漸為人所推重。一九一五（大正4年）年先生與林述三，歐劍窗，駱香林、林湘元、黃春潮、李鷺村、吳夢周等，創立「研社」倡導詩學運動。一九一七年，更新陣容，改稱「星社」，社員皆以「星」字為號，純甫自署客星、寄星或漁星；星社首次雅集，即以＜雞聲＞為題，擊鉢於堅白屋[107]。

一九一九年（大正8年）純甫被基隆富紳礦業鉅子顏雲年聘為西席，舉家移居基隆，曾有＜上巳後一日移家居基隆＞一詩：

看人修禊會蘭亭，獨我匆匆驛路經。兩度移家仍潦倒，
一行作客似浮萍。風簷迫海時沾雨，電火臨流夜落星。
觸景更添身世感，蹉跎壯志尚零丁[108]。

張氏課餘仍不斷研習進修，適逢張息六遷往台北，懸壺開業，兩人再次相依相從，出入詞場，聲名大著，未幾，便棄商就儒，居下奎府街，名其屋為「堅白屋」，課徒授業，往返於基隆松山之間。

一九二四年（大正十三年）二月四日，純甫與星社、潛社同仁共同發行創辦《台灣詩報》[109]月刊，並為重要之主

---

106 大火後，其伯父變賣大部分田產，重整家園，僅續經營金德隆藥材業務，先生嗣父則或訓蒙、或命卜，以維家計。
107 見《台灣省通志稿‧學藝志‧文學篇》。
108 時純甫三十二歲正值壯年。
109 《台灣詩報》一九二四年二月發行，一九二五年四月停刊。

撰，與連橫之《台灣詩薈》並駕齊驅，俱為倡導漢學之重要刊物與指標。一九二七年，「松社」成立，初期僅社員八人，純甫任教松山後，課題敲詩，獎掖後進，社員增至二十餘人，蔚為風氣，一九三四年，復重回竹塹，糾集弟子創立「柏社」[110]，宏揚詩教；北台地區擊缽風盛，純甫實有力與焉。純甫素好收藏、鑑賞，對古今書畫鑑衡之精微，令人嘆服，經常往來台灣上海之間，除與當地文人切磋外，於新文學健將亦多往來，足跡遠至大連、天津，並刻意收購書畫器皿。一九三六年曾至南京、汕頭各地，收集石鼓文拓片及文徵明、傅山等墨蹟、扇面，並展示於新竹城隍廟，轟動一時[111]。中年時，復承接連橫之「雅堂」書局之大部份古籍典冊，在日治時期，與李逸樵並稱為新竹兩大收藏家及鑑賞家[112]。

　　純甫為人勤樸敏學，古今詩學皆窮究其源，尤其得自雅堂書局部份古書後，根基更為深厚。一九三四年，江亢虎帶日使命來台，鼓吹東洋文化，其所發表之詩文，語多媚日，用典復錯誤疊出，純甫不值其所為，作四百韻長詩，駁其荒誕無經之誤[113]，深受海內外人士讚揚。詩作方面，極為活躍，早期隸屬「瀛社」時，已露崢嶸。桃竹苗三社聯吟，每期課題，必有佳作。台島聯吟大會，每每掄元而回，與台南洪鐵濤共被推為南北兩大名將[114]作品約有二千餘首，編為

---

110 一九三五年七月一日先生應學生成立柏社，本以白為社號（取白描之意）適發起者十八人故於白旁加木而為「柏社」。

111 見麥鳳秋《台灣地區三百年來書法風格之遞嬗》文化大學藝術研究所民國七十七年碩士論文第44頁、125頁。

112 見麥鳳秋《台灣地區三百年來書法風格之遞嬗》文化大學藝術研究所民國七十七年碩士論文第44頁125頁。

113 見黃旺成《新竹縣志卷七‧人物志》

114 見林藜《台灣名人傳》

《守墨樓稿》，計分＜竹馬草＞、＜壺中草＞、＜近遊草
＞、＜浮萍草＞、＜湖梅草＞、＜輪蹄草＞、＜鍛翮草＞、
＜重來草＞、＜思歸草＞、＜松籟草＞、＜北遊草＞、＜燕
歸草＞、＜遣憂草＞、＜鏡海草＞等十四部分，將一生見聞
盡寫於詩，涉獵範圍既廣且意境極寬，特別長於述事及感時
慨世，另有擊缽吟數冊，未梓，另有《堅白屋謎膌》一卷，
收輯主持各地燈謎大會之作。

　　純甫除詩作之外、文筆亦佳，著有＜陳迂谷聯文序＞，
＜聽濤軒序＞，＜韓信論＞等篇，晚年更耽於文史，在＜
筑客四十五年前詩自敘＞中，表明：「余四十五年來學詩
之功用，始略告一段落，亦足見作詩之非難，而讀書之難
也」[115]。黃美娥博士說：「純甫不僅詩文兼善，其學術著作
《非墨十說》、《是左十說》、《古今人物彙考》、《漢族
姓氏考》更是成冊成編，不同於以往舊如儒之零篇散章；在
今日亟待搜尋研究早期臺灣傳統學術領欲域之文獻，此類經
學之著述，更屬罕見。」

　　張氏作品中《漢族姓氏考》，係以元和姓纂為本，正
其誤謬，在日人大力推行皇民化，禁止使用漢文、漢姓時，
張氏之用心可謂良苦。而其＜是左十說＞，更是力主左傳為
孔子著春秋的作品，考據至為精湛，頗具獨到眼光。書法方
面，其行草融合二王顏魯公筆法，楷法則摻入何紹基法度[116]
甚為時人所喜好。此外對燈謎、聯文之創作，不僅為昔日文
人風雅作一見證，更說明了舊文人輕鬆逸趣之生活寫照；至
於詩話、隨筆則展現其雜評之功力，亦記錄保存了時人之軼

---

115 見黃美娥教授編《張純甫全集》四，新竹市政府1998.6出版。
116 見麥鳳秋《台灣地區三百年來書法風格之遞嬗》

聞瑣事,自有其史料意義。

純甫一生喜讀經史,重考證,工詩書,琢精研,學富五車,思慮縝密,號為「北臺大儒」,嘗與台中「櫟社」林幼春、連雅堂打筆仗名動一時;一九三九年(民國二十八年.昭和十四年)林幼春、黃春潮於《詩報》打筆仗,先生作詩為之調解曾有<息言寄老秋>、<反解嘲再寄老秋>、<不寐吟次老秋噩夢韻卻寄並次春潮><讀老秋新樂府以不新不古樂府應之>等詩作,此亦得見其德望與熱心。就在同年夏天,先生因腸癌住進臺北帝大附屬醫院即今臺大醫院,並進行手術,至中秋後二日始出院,其間作有<述病三十韻>、<病床雜詠三十首>,述其感懷。一九四○年秋,先生宿疾復發再度入院治療,唯以先生身體虛弱僅輸血後即出院,其後乃服漢藥並定時回醫院門診注射。農曆重九之後,先生臥病其諸友、生徒探視者屢,在病榻上尚有唱和之作<次春潮來竹視疾韻並示痴雲夢周>三首。從上可見純甫先生無時無地皆在創作,生活入詩,詩入生活。是他一生勤勉力學的最佳寫照。一九四一年(昭和十六年),一月廿九日張氏因腸癌去世,享年五十四歲;其絕筆詩云:

> 羸臥又經兩月徂,一床天地小於壺。親朋看視難為禮。
> 妻女扶持但不孤。每以藥丸罪爐鼎,常將味異責庖廚。
> 舊交慰語何能和,只當杜詩瘧鬼驅。

二、文星隕落哀輓紛迭

昭和十六年二月四日《詩報》刊出張氏的訃訊:

> 本報顧問張純甫先生,去一月二十九日午前一時二十分溘然長逝,享壽五十有四。於二月一日午後一時,在其新竹新富町自宅舉行告別式,誌此謹表哀忱。

先生捐館消息一經傳出，舉臺詩友哀痛，紛紛以詩文來悼念這位一代大儒。其好友黃春潮（水沛）先生，特撰祭文哀悼，並刊於昭和十六年（西元1941年）二月十八日之《詩報》云：

　　維昭和十六年歲次辛巳正月初六日，故「星社」重鎮，詩人張君純甫去生三日，將殯；「星社」同人總代龍峒黃水沛為文以哭曰：

　　嗚呼！君之元氣尚存，而君竟亡耶！自君流寓淡北，與諸同人共創「星社」。朝夕過從，相勵為詩二十餘年，間亦多故矣。君詩由清而進于宋，由浮響而變為寫實：為閩派；為鄉土文學；而終為守墨樓詩。舉以似古人之詩也，亦不盡似，又何況於今人之詩乎？雖其詩境日進，而環境日非，際遇日窮，初則食筋力於基津，基津不可留，遂去設帳松山；松山不可館，遂去歸食新竹；新竹又不可食，仍時時就食淡北。境遇如斯，亦可悲已。而君顧處之晏如，元氣愈盛，而宏篇鉅構，往往驚人。環境之非，際遇之窮，固未足以死君耳。嗚呼！何為其竟亡耶？

　　君舊患腸癌，因手術而獲小康，同人咸慶幸之。然未幾而洩瀉脫肛，容顏益衰憊。庚辰秋，因復入院醫治，醫疑舊疾復作。或謂宜再手術，而君以衰弱之故，不欲更受手術，惟乞輸血數百瓦，即出院服漢藥，及時時受注射而已，猶冀其浩劫之能過，而藥石之見效也。在院中曾請外出，而偕夢周過予龍峒舊居，款談哀曲。及問《守墨樓稿》發刊之期，則有急不及待之意。且言下嗚咽，幾不成聲，似已自分其不

久於人世也。予與夢周急語慰之，一時相對黯然。既出院歸新竹調養，尤爲懸念弗置。又見其久不爲所耽之詩，尤疑其元氣已失，復抱不安焉。重九節前一日，因邀痴雲、夢周共作新竹之遊，爲視君疾也。久別相見，歡若平生。雖其雙腳水腫，步履維艱，而吐談風雅，縱談天下事，尤幸元氣之尚存也。斯行也，不獨夢周、痴雲與予之共得欣慰，即君自慰，亦謂病去一半矣。迨辭君而返也，予輒作五古三篇寄之，寫相見之歡也。乃不旋踵而君之次韻詩已到，尤有小叩大鳴之概焉。嗚呼！謂非君之元氣尚存，其可得歟？而君乃竟亡耶！嗚呼痛哉！孰知此行之相見，爲與君最後之相見乎？嗚呼哀哉！又孰知廿餘年間之酬唱詩中，獨此寥寥三篇，爲最後之酬唱乎？誠知如此，悔不留竹數日，猶得與君爲數日之談也。早知如此，恨不拼此老命，與君更爲長篇大作之唱酬，何必留此寥寥三篇，爲永遠之紀念，爲墮淚之碑歌乎？夫予豈乏工力者乎？而君亦豈莫我敵者乎？

　　回憶三老筆戰，君之銳氣，尤爲莫當。其獲使老秋之退避三舍者，非君誰屬？乃曾幾何時，而老秋先我而歿，今君又繼之而遽亡。三老之中，獨留此煢煢一老者。彼蒼者天，縱其有意厚我，然予剛已無意爭於人世矣！雖然，君與老秋，實我無二之知己也。老秋之爲我到處吹噓，不啻曹邱生之爲我游揚也。老秋之去世也，予本欲爲詩若文以哭之，第以君有鼠哭貓之誚遂罷。今君仙去，予乃獨能以此禿筆，而寫我胸中之淚也。嗚呼！其文字緣之慳歟？抑別有不幸而至於斯歟？嗟乎？予之不幸也，而招老秋之誤解；誤解

不已，遂至筆戰；筆戰不已，遂至兩情隔絕。嗚呼！
千秋後世，其時云我何也？君知我者，九原相遇，能
爲我一明心跡乎？嗚呼哀哉！尚饗。

　　文星隕落，草木同悲，純甫先生的去世，對日本統治下
的臺灣漢文界，不啻是一大打擊與損失，無怪乎識與不識者
皆爲所慟，茲摘錄輓聯、輓詩如下：

　　　＜純甫故人千古＞　　　　　　　　李仕
守墨樓詩集待刊、期諸異日。
堅白屋主人頓杳、望斷初春。
書留可讀遺孤子。
畫盡通靈索解人。

　　　＜弔純甫先生捐館＞　　　　　　　高華袞
五四齡、詩文字三絕獨工、回憶人返竹城、
曾繼橫渠重講易。
廿一史、禮春秋諸書尚在、傷心駕歸蓬島、
空遺絳帳孰傳經。

　　　＜純甫宗兄先生輓聯＞　　　　　　張一泓
天方荐瘥那得有靈藥石。言必主德是誠無負尼山。

　　　＜純甫先生千古＞　　　　　　　　郭仙舟
文虎笑談聲已杳、無聞猶在耳。
向禽婚嫁願未完、有恨不消心。

柏社同意吟會一同

文節道長存、社繼月泉曾創柏。
向平願未了、庭侵風雨忽摧椿。

謝森鴻

大雅云亡、經史惜停談、一夕春風傷學者。
高懷安仰、龍蛇悲發識、三更夜雨吊詩人。

讀我書吟社一同

學問迥深高、家莊萬卷奇書、所惜未曾經我讀。
生涯殊護落、業膪三間老屋、可憐爭不動人悲。

＜純甫五叔千古＞　　　　　　　　鄭香圃

顛乎草聖千秋絕筆。
白也騷壇一代英豪。

＜純甫夫子靈前＞　　　　　　　　周伯達

社中難見先生，同詠選首片刻。
地下若逢前輩，應說斷腸尺餘。

陳泰階

堅白屋先生逝矣，滿載詩書，應有後生承考究。
守墨樓弟子傷哉，半鉤字畫，竟無夫子琢精研。

柏社社員一同

城主芙蓉無復一題當面命。
墻遺桃李豈惟三載服心喪。

以上昭和十六年（1941）二月十八日《詩報》刊，其後各地詩人復紛紛以輓詩哀悼：

　　　　〈輓純甫吾弟〉　　　　　　　　　胞兄　極甫

弟也年剛五四秋，豈期宿疾未能瘳。詩書枉説聞全島，
名望居然遍五洲。知汝前身原蝙蝠[117]，嗟餘後事等蜉蝣。
傷心午夜翻成恨，泉路應須我作頭。

　　　　〈哭張純甫夫子〉　　　　　　　　陳厚山

纏綿床第久昏沉，遍覓良醫下砭針。遇一華陀難活命，
拋雙桂樹未成陰。傳經不我心齊坐，擊鉢伊誰首席臨。
眾望回春風又冷，滿城桃李起悲吟。

　　　　〈哭張純甫夫子〉　　　　　　　　蕭振開

佇立程門白雪高，臨池磨墨伴揮毫。抄詩未及刊梨棗，
聞訃生悲到李桃。繞膝絲牽兒女恨，傷心詞誄老兄號。
從茲一別音容杳，我向靈前讀楚騷。

　　　　〈哭張純甫夫子〉　　　　　　　　陳振基

嗚呼天欲喪斯文，師訓從茲何處聞。爲女憂成沒世恨，
有男繼起讀書勤。詩名共羨騷壇將，字跡堪稱草聖群。
歌薤我參桃李輩，悲聲唱過九宵雲。

　　　　〈哭張純甫夫子〉　　　　　　　　張振聲

一門三孝仰，品學舊知名。人老身多病，兒佳器未成。
列參桃李輩，更重竹林情。從此空千古，敦詩失主盟。

　　　　〈哭張純甫夫子〉　　　　　　　　郭仙舟

腸癌手術奏奇功，病抱年餘命考終。傳說生時雲集蝠，
編詩時刻雪留鴻。有兒夏屋承堅白，無主春燈冷淡紅。
痛煞老成漸凋謝，伊人想像淚臨風。

---

117 吾弟誕生前有黃蝙蝠一匹，宿於庭中至降世後始飛去故註之。

<哭張純甫夫子>　　　　　　　　陳金龍

詩星昨夜墜新城，訃報先生此日傾。絳帳無聞催缽韻，
高門不叫讀書听。全家禮義稱三孝，五四年華了一生。
鄭老[118]已休九齡逝，有誰繼起主鷗盟。

以上昭和十六年（1941）三月二日《詩報》刊

<輓張純甫詞友>　　　　　　　　許迺蘭

詩星遽殖竹城西，柏社何人繼倡提。幸有高徒能壽棗，
忍拋稚子累孀妻。琴書此日音聲絕，桃李同時淚涕齊。
君竟騎鯨長去也，修文地下好留題。

<輓張純甫先生>　　　　　　　　尊五

竹邑騷壇擁盛名，品才純粹見雙清。家多卷軸誰珍惜，
案有詩書孰講評。召主芙蓉迎白馬，淚垂桃李哭青檠。
吾儕最是傷心處，忍聽欷歔薤露賡。

<輓純甫宗先生>　　　　　笠雲　張鶴年

鐘亭樹幟記當年，真訣多從著意傳。詩出有清還進宋，
人能免俗合稱仙。蠅頭細楷看迴腕，馬帳春風莫比肩。
偉業橫渠誰可繼，文章憎命古今憐。

<哭約甫夫子千古>　　　　　　　曾宗渠

傳來靈耗淚頻傾，五四年華過一生。書畫搜羅經海外，
詩文遺稿遍東瀛。念兒幼少心難放，為女婚姻意不平。
夫子已成千古恨，愧添桃李更傷情。

118 舉人鄭家珍一九二七年歸大陸，一九二八年春駕返道山。

　　　　＜輓張純甫先生＞　　　　　　　　　陳湖古
轉瞬人間夢一場，半居故里半他鄉。家藏萬卷詩書畫，
學貫千秋孔老莊。只道曾經滄海險，無端更惹俗情傷。
都因子女深爲累，君病豫知必斷腸。

　　　　＜輓張純甫先生＞　二首　　　　　　沈江楓
誰知一病竟難痊，曠達偏教俗累牽。未了向平婚嫁願，
纔過天命痛長眠。
牛耳騷壇執數年，人琴雖杳屋依然。漆風雨洗南枝柏，
忍聽哀聲泣杜鵑。

　　　　＜輓張純甫先生＞　　　　　　　　　駱泰沂
大夢人生五四齡，騷壇墜落一巨星。程門幸立當年雪，
馬帳悲留此日經。萬卷詩書遺柏社，三更風雨失椿庭。
他時竹塹春燈謎，無復先生側耳聽。

　　　　＜同題和鏡如先生原韻＞　　　新竹　鍾明泉
山斗名魁翰墨場，龍蛇爲憾促仙鄉。文章崇表高人墓，
風采追思處士莊。六九星飛遺跡著，百千徒眾惹心傷。
平生固昧先生面，聞訃也應幾斷腸。

　　　　＜輓張純甫先生＞　　　　　　　　　郭茂松
墜地空傳蝙蝠飛，功名無分壯心違。足傷浩歎尋醫緩，
腸斷深憐擇婿非。絕島謎詩推老鍊，前朝書畫辨精微。
柏松社在身先逝，長使妻兒淚滿衣。

〈輓張純甫先生〉　二首　　　萬華　　黃文虎

其一

客年尚記話寒暄，難料今春謝故園。遺恨難除心腹疾，
隱憂卻甚指頭繁。應思醫道非華扁，不信文章遜易樊。
慘惻彌留堅白屋，呼天無計駐英魂。

其二

廿載騷壇幾結緣，傷心過眼若雲煙。春風夜雨松山道，
彈壁關弓稻市天，賞識如公才已少，精詳觸我學尤堅。
而今往事都成夢，重讀遺篇益泫然。

以上昭和十六年（1941）三月二十一日《詩報》刊

〈哭純甫老兄〉　三首　　　　　李學樵

其一

桃燈深夜讀君詩，敦厚溫柔妙旨辭。柏社鷺鷗哭盟主，
竹城風雨颭靈旗。工吟擊缽稱名手，課學傳薪失講師。
客歲稻江重過訪，傷心身後益淒其。

其二

典籍盈胸惜已亡，莘莘學子沒津梁。婆娑洋暗詩星墜，
守墨樓空吟稿藏。圖畫珍存原是富，史書堆積價無量。
那知五四年華覺，螺字石歌話正長。

其三

旗鼓堂堂抗手駢，心傷羽化涕潸然。三臺健將何堪渺，
一代騷人不忍捐。愛我古歌長慶體，護他文法野狐禪。
唱酬紅菊猶冬柳，咳唾隨風盡錦篇。

以上是昭和十六年（1941）三月二十一日《詩報》刊出。

　　＜哭詩人張純甫君＞　　　　　　　　楊爾材

交如水淡卅星霜，文字情深契不忘。傲骨稜稜難世用，
奇才汲汲早名揚。知君迅景經埋恨，苦我傷心正悼亡。
欲致青芻愁未得，吞聲怎禁淚成行。

　　＜輓張純甫先生＞　三首　　　新竹　鄭指薪

　　其一

詩懷鬱怒愛長篇，著作才高腹笥便。大有淵明遺世意，
義熙以後不書年。

　　其二

歷飽人間路不齊，銷殘輪鐵尚棲棲。難平懷抱傷觀感，
曲向桃花扇後題。

　　又

早博詩人海外譽[119]，寧知騏驥困鹽車。春風桃李三間屋，
夜雨燈窗萬卷書。日下江河增感慨，時非文字守殘餘。
丹鉛未就名山業[120]，心血愁看飽蠹魚。

以上是昭和十六年（1941）四月二日《詩報》刊出。

　　先生友人台北星社林述三復作七言古風＜哭純甫兄＞一
文，刊於昭和十六年四月十八日《詩報》云：

道義鈴錘翰墨陳，出天星社鷺鷗親。幾經倒挽文瀾苦，
總會矜持筆力伸。士業可憐愚自號，詩家未幸達爲眞。
幻花缽底空呈彩，抱璞懷中亦愴神。萍水海涯逢月旦，
蓼風江汭問霜晨。小園賦寫冬心共，大冶詞題夏思新。
謀面定交剛乙卯，斷腸詎料厄庚辰。如兄巨耐稱君子，

---

119 先生曾渡榕城，以詩謁石遺老人，遂博得海外詩人之譽。
120 先生曾著有《左傳註》，惜稿猶未輯。

似我奚堪作廢人。煨芋手殘成懶慢，繫匏口默只吟呻。
陳芳國是存知巳，安樂窩非在處貧。韓孟雲龍悲遠夢，
范張車馬感前塵。難將嘆鳳追當日，儘付啼鵑慘莫春。
一死有名終不滅，乃生無命欲何因。即今激烈還罹病，
嗣後蒼茫負與仁。禾稼任評菰草殼，粃糠休鑄繭蠶身。
峻鐳傲骨留黃土，恍惚幽靈佩白蘋。左傳註遺誰襲稿，
右軍書法尚緹巾。研朱硯委承餘澤，守墨樓移悵隔津。
錯卻山膏蒙獬豸，讓教符拔罵麒麟。千秋結憤冤含石，
萬難填膺誤采薪。鬼敢揶揄甘代厲，佛能菩薩肯飄茵。
象賢踵武看跨灶，芽藥強枝痛伐輪。造物王應悛侮弄，
叫閣帝必動酸辛。明冥鶴倘歸華表，趨步芳尋入泗濱。
庶矣孔門牽系脈，浩然正氣轉鴻鈞。滌清群醜牆陰穢，
振起吾儒席上珍。玉笛重聞哀過客，素琴復撫弔尊鄰。
狂歌當哭窮逾阮，瘋泣沉憂等遯秦。荒徑亂螢傷皓首，
破梁落月見青燐。廣陵散去情摹切，奎府觴停失老純。
剪紙招魂吟楚些，電燈搖影現靈均。繆予索寞同銷極，
志餒寒窗效旻臣。

<輓張純甫先生>　　　　　　　　　吳靜閣
揚扢斯文賴主盟，風騷吾邑早蜚聲。半年別遠傷長逝，
千里歸遲悔此行。堅白三間懷馬帳，軟紅兩度溯燕京。
叢殘左註憑誰集，辜負虫魚了一生。

　　　　　　　　　　　　　　　　　　莊禮耕
壯歲雄心似決河，誰知垂老盡消磨。胸懷常抱妻兒累，
手澤猶存書畫多。卅載江湖如塞雁，一篇珠玉可籠鵝。
下堂幾度傷嬌女，寸斷柔腸奈若何。

蕭獻三

平生鬱抑付愁吟，絞斷詩腸掩恨深。筆墨騁懷才子氣，
風塵垂老寓公心。兩兒莪賦悲雛鳳，萬卷書鑽甚蠹蟬。
從此天涯歌白雪，焦桐何處覓知音。

〈輓張純甫先生〉　　　　　　　　　　　黃景南

茫茫吾道獨傷情，淚洒騷壇大廈傾。已喪斯文有餘恨，
難留此老不平鳴。曾看鷗鷺聯星社，猶賴詩書振竹城。
怕憶元正初二夜，淒風苦雨哭先生。

鶯歌　陳炳添

半簾春雨半陰晴，牛耳騷壇失主盟。桃李薰芳盈竹塹，
文章瀟洒赴蓉城。憐才寥落晨星感，對月淒涼夜鶴驚。
一片愁雲遮五指，蒼天碧海也傷情。

三峽　周耀東

余生也晚可勝情，仰慕多年未識荊。本擬今春逢聖廟[121]，
那知此日隕先生。滿園桃李悲秋色，到處親朋動歎聲。
書道來期開展覽，問誰得繼審查名。

林邊　吳紉秋

哀絕斯文又一聲，嶺梅醒句慕張衡。輓詩未敢輕題去，
知否台陽負盛名。

〈輓張純甫先生千古〉　　　　　　　　　張碧峰

回憶灘音夜學時，典型千古可追思。何堪竹塹詩星隕，
腸斷春風落日悲。

以上是昭和十六年（1941）五月六日《詩報》刊出。

---

121 謂臺北許陳林三氏，有主催奉祝大會故云。

　　　＜輓純甫誼弟＞　　四首　　　　　　淅卿　胡春渠

　　其一

知君宿疾復芽萌，輒見顏容心倍驚。但願回春期有日，
佇看雙桂慰平生。

　　其二

博士刀圭療已瘳，奈何宿疾復尋仇。光陰半載吟床裡，
親友登門盡力籌。

　　其三

眾望春回守墨樓，無情二豎莫能留。才高豈料俗情累，
終使杜鵑哭不休。

　　其四

文字交遊卅五年，知君宿疾屢心牽。故鄉親友關情重，
繞膝妻兒著意堅。每見騷壇推健將，常聞絳帳執吟鞭。
奈何一病成千古，使我胸中老淚漣。

　　　＜哭純甫弟及丹爐兒＞　　二首　　　　　張極甫

　　其一

一聲弟也一聲兒，三十年來此最悲。雖說達觀由造化，
逢人不覺淚已絲。

　　其二

春初失弟已心傷，二月兒亡更斷腸。造物弄人何太酷，
欲求懺悔竟無方。

　　　＜哭張純甫＞　　　　　　　　　　　　翁庵

天道果何如，生理誰不率。奈病與時新，字象癌已怵。
霜叢擁孤羆，使契猶彷彿。每常顧我瘦，心憐語弗出。
拂衣銅山門，眷戀竹籟月。安知瘦依然，盛者寶銷疾。

莫論春與秋，相逢為佳日。義合二十年，此友又堪失。
傷哉昔自云，齒盡煎炙物。時偏學則正，景命今其畢。
剪燭整來書，無筆不圓逸。定論似足憑，書悲餘何述。

覺齋

去秋子返竹，病勢日起難。蠟底唔瘦容，嗚咽弗能安。
委命逝歲初，同朋催肺肝。淚竭何以哭，春早白屋寒。
遺篇烈志在，桃李亦堪看。直氣有斯疾，去心草不殘。
但傷生死際，永掩城南巒。交道念子廣，揚善我情湍。
藏書誰為守[122]，微言失所鑽。左史且向寂，談詩缺玉團。
知音從此稀，濁世多狂瀾。悲懷捐可蕩，望望野雲鑽。

以上是昭和十六年（一九四一年）五月十九日《詩報》刊出。

　　　　　〈輓張純甫先生〉　　　　　　新竹　高華袞

年華僂指恰唐寅，前世曾傳果老身。名士多窮偏介節，
孤兒尚少抑悲人。元宵謎斷春燈冷，絳帳詩存夙稿陳。
誰似君家三孝在，史藏廿四阤藏珍。

　　　　　〈輓張純甫先生〉　　　　　　　黃師樵

詩星墜塹城，誰料及張老。彷彿入夢來，輾轉憂心懆。
睡起聞噪鴉，靈耗朝來早。訃音載報端，一讀一惵怮。
盧扁豈無術，不祿或天道。嗟我環境非，猶憐君潦倒。
兩年前哭兄，去歲又哭嫂。二載繼兩亡，怎禁得煩惱[123]
傷哉歿郇超，為誄遍瀛島。忝在文字交，剪紙奉芻草。
憑弔淚滂沱，愁眉終難掃。

---

122 君有二子尚幼。
123 黃師樵自云：余三兄喪於二年前，而家嫂亦於去年冬相繼而亡。

　　〈輓純甫宗兄〉　　　　　　　　　　無逸

未飛黃鵠赴泉京，一夜文星墜竹城。遠近親朋咸灑淚，
滿園桃李哭先生。世衰孔道委荒榛，欲挽頹風恨未伸。
天喪斯文將殆盡，吾臺又減一詩人。

以上是昭和十六年（一九四一年）六月四日《詩報》刊出。

　　〈哭張純甫先生〉　　　　　　　　　鎔經

口訃得深夜，心喪奔竹城。幾時稻江遇，承招食道行。
入門棺已闔，後事伏胞兄。病起似既康，能飯七分精。
以癌爲所諱，語敢涉再萌。爾後聞腸泄，旋言休舌耕。
生事繫飲啄，隔闊空念縈。魯愚負前誨，私淑多時英。
松山屈講席，首蓿盤未盈。道山歸何亟，縑緗棄縱橫。
莫解天人際，徒云藥石靈。橫朵有遺美，白屋示堅誠。
固欲唁師母，二孤教以成。即長恃筋力，豈患飢腹鳴。
終憾失春風，怫鬱何由平。

　　〈同極甫君整理守墨樓書籍感懷〉　淅卿　胡春渠

酷愛詩書弗吝財，收藏秘篋避塵埃。搜羅不下萬千卷，
奇句無殊翰苑才。滿架琳瑯守墨樓，栽培桃李幾春秋。
藏書萬卷空留恨，手澤摩挲淚自流。

　　〈整理亡弟純甫遺書有感〉　　　　　張極甫

不見伊人在，回思更黯然。百家登目錄，萬卷等腰纏。
遠探周秦學，還窺釋老篇。搜羅書滿篋，著作硯爲田。
鈐印偏精審，論文好選銓。騷壇常赴會，柏社亦隨緣。
此日鯨騎去，何時鶴化旋。有樓名守墨，詩稿孰雕鐫。

以上是昭和十六年（一九四一年）七月二十二日《詩報》刊出

台北星社的歐劍窗先生亦作＜哭張純甫社兄＞七言古風一首刊於　　昭和十六年（一九四一年）九月六日《詩報》云：

> 同社契交澹以平，學問之醇猶推兄。世風每見嗟偷薄，
> 百善爲先教後生。士先氣節後文學，言行無虧孰與爭。
> 恬淡寡言尤眞樸，肯隨流俗作逢迎。有時雄辯無餘子，
> 時艱蒿目發悲鳴。有時騷壇當奪幟，必攜健筆恣縱橫。
> 扶持風雅將沉沒，未惜千鈞力共擎。多讀詩書原是福，
> 管他人世有枯榮。道義切磋相師友，廿五年來衷至誠。
> 誰如胸中無芥蒂，骨董未妨較重輕。遍搜大陸古書畫，
> 一家收藏欲滿盈。繞繚茶煙堅白屋，時看撚鬚細論評。
> 仁者從來多壽考，忽聞藟耗幾吞聲。鄒魯豈難存禮教，
> 胡天昊昊太無情。從今北馬南船日，灑淚驅車過竹城。

其後張紹良先生作＜新竹旅次吊純甫宗先生＞七言律詩，刊於昭和十六年（一九四一年）十二月五日《詩報》云：

> 青氈一領托身安，兩袖清風到處寬。政變詩吟曾附驥[124]，
> 宗親望重幾瞻韓。碩儒傲骨成仙早，令嗣輕年繼述難。
> 守墨樓空哀塹北，我來追悼淚頻彈。

基隆詩友十菊亦作＜哭純甫宗兄先生＞刊於昭和十六年（一九四一年）十二月十七日《詩報》云：

---

124 栗社課題詩/戊戌政變

　　　交遊文字老尤虔，剛直爭推我孝先。忑煞專心注盲左，
　　　何曾飽飯過殘年。耕香舊夢看花記[125]，訪古長吟化石篇。
　　　詎料竟傳凶耗至，鬢絲禪榻倍蕭然。

昭和十七年（一九四二年）先生兄長張極甫，參加台北星社
聯吟雅集，睹物思人感慨不已，遂作＜春分日星社諸君雅集
李氏岱雲閣爲亡弟純甫默禱冥福感賦＞刊於是年四月二十日
《詩報》云：

　　　大屯之山何青青，淡江之水何冷冷。島都文物地鍾靈，
　　　騷人爲社名曰星。亡弟班聯筆不停，攤箋擊缽繼東寧。
　　　傷哉一夢難喚醒，諸君高誼頻涕零。春分雅集酒芳馨，
　　　岱雲閣上忘骸形。情重故交足典型，片時默禱福幽冥。
　　　吾心聞之深刻銘，徘徊眷念步中庭。年來枯寂照書螢，
　　　守墨尚遺有殘經。

從以上多篇的哀悼或懷念的詩文來看，我們可以知道純甫先
生並不是普通傳統的舊文人，他學識淵博縱貫古今，雖無功
名或紳章的加冕，卻因刻苦自勵勤勉好學，與才華的洋溢，
而獲得漢文學界與眾人的欽仰推崇。純甫先生治學嚴謹追根
究底的執著精神，一向令人讚佩。我們可從純甫先生復連雅
堂書＜儒墨相非始於墨翟父子兄弟說＞一文中得見其端倪。
此文源起於《非墨十說》之內容，其中有＜墨子非墨家之祖
說＞、＜墨子殺其兄說＞結果引來連雅堂的討論，而純甫先
生則條理分明從容答之，消除了一場可能的大規模的南北筆
仗，更贏得了友情與尊敬。以下爲其說摘錄：

───────────
125 第四句先生病骨癌故云，第五句謂先生自號耕香散人，著有基津看花記也

＜墨子非墨家之祖説＞

《漢書》（藝文志）「墨六家」，首《尹佚》二篇。注曰：「周臣，在成康時。」則墨家出於「尹佚」明矣。而「佚」與「墨」音近，疑「墨」爲「佚」之轉聲，則墨子其傳佚之學乎？。

《呂氏春秋》（當染）篇：「魯惠公使宰讓請郊廟之禮於天子，桓王使史角往。惠公止之，其後在魯，墨子學焉。」則墨子傳史角之學也。

《莊子》（列禦寇）篇：「鄭人緩爲儒，使其弟墨」弟名翟，説見下篇（墨子殺其兄説）。梁啓超述孫詒讓，疑史角即尹佚之後。余更疑尹佚其成王時之史佚乎？

考以上所云，則墨子實師史角之後，而史角即尹佚之後。然《墨子》全書，曾無一語及史角、尹佚者，蓋已攘其師之學爲己有矣。

＜墨子殺其兄説＞

《莊子》（列禦寇）篇：「鄭人緩也，呻吟裘氏之地。祇三年，而緩爲儒，河潤九里，澤及三族，使其弟墨。使其弟墨。儒墨相與辯，其父助翟，十年而緩自殺。其父夢之曰：『使而子爲墨者予也，闔胡嘗視其良，既爲秋柏之實矣？』」

注：「司馬曰『緩，名也。』」陸氏《釋文》云：「裘氏，地名也。」又「呻吟，吟誦也。」注又曰：「翟，緩弟名也。」「使弟墨，謂使弟翟成墨也。」又「緩怨其父之助弟，故感激自殺，死而見夢，謂己既能自化爲儒，又化弟令墨。弟由己化而不

能順己，己以良師而便怨死。精誠之至，故爲秘柏之實。」蓋「闓，語助也。胡，何也。良者，良人，謂緩也。」

案以上所云，則儒墨之相攻相辯，蓋自墨子父子兄弟始，且墨子竟以此殺其兄矣。連日各報載黃、顏、連諸氏，以儒墨相攻不止，與墨子兄弟相攻何異？故余艸此二說以解之，非好爲考據，或拾人牙慧而出風頭也。

〈儒墨相非果始於墨翟父子兄弟說〉復連雅堂氏書

頃於《台日報》、《昭和報》承示墨子爲魯人，僕非不知。足下所引本書「自魯即齊」、「以迎子墨子於魯」、「自魯往」等句，此似出孫詒讓（墨子傳略）。然詒讓猶謂墨子「似當以魯人爲是」，不如足下確指其爲魯人也。況「自魯往」原文，乃「起於齊」，豈又齊人乎？細玩諸句語氣，出於本書自道，吾固疑其非魯人也。

然則是魯非魯，莫衷一是。本書有止魯陽文君攻鄭，又墨子曾爲宋大夫，見於諸說，皆謂爲宋人。畢沅、武億謂爲魯陽人。魯陽楚邑，是爲楚人矣。今以《莊子》（列禦寇）篇：「鄭人緩也，呻吟裘氏之地。」攷之，蓋初爲鄭人，後移居於魯，或於宋。亦如足下台南人，現移居台北；僕新竹人，現亦居北也。裘氏《釋文》云：「地名」。《水經注》有「裘氏亭」名。魯有「莬裘」，後有「莬裘氏」。見《通志》（氏族略）又云「裘氏邑名，因食采爲氏。」或云「本求氏改，望出渤海。」渤海近齊魯也。又曰「宋有裘氏、爲避讎改爲仇氏。」亦《廣韻》。據此

則裘氏地名，或魯或宋也。

墨子之在魯，或以緩爲儒，必是學於魯，魯乃儒家發祥地。緩後於儒，以墨子生孔子後，或云後七十子，而莊子又後於墨子，時代亦合。墨子名翟，則本書每自言之。墨子與其兄辯儒墨，本書有（非儒）二篇。本書不足信，則史實又安在？墨既非姓，乃學派名，則足下所主張者。《莊子》注：「緩使其弟成墨」，成者，承先啓後之文也。然則棄姓之緩弟翟，其墨子無疑，此非僕故誣之也。

僕以西學東漸之今日，孔子之書已少人過問，安可復以墨子之說，推波助瀾。蓋墨子實尚利任力之說也，與西學同旨歸。倡之者，謂欲救中夏末俗之弊，而不知適足以生弊。兼愛雖美名，一經計較利害者爲之，則惟利是視。不但人群國家無可愛，雖父子、兄弟、夫婦亦何能愛者？黃純青氏之辯儒墨，本不足輕重，而足下乃吾臺文學界巨擘，亦從而附和之。有說盛稱墨學之美，則其影響於人心，誠非淺鮮，故僕不能自已耳！

去日於<台日報>發表二說，其意謂儒墨之相辯，始於墨翟父子兄弟。翟且因此死其兄矣，豈容再步其後塵耶！既必欲僕盡言，近已草成<非墨十說>，行將質諸知我愛我諸君子焉。

《莊子》<徐无鬼>篇：「莊子曰：『儒墨楊秉四，與夫子爲五，果孰是耶？』」成注云：「儒，姓鄭名緩；墨名翟；楊名朱；秉者，公孫龍字；增惠施爲五。各相是非，用誰爲是？若天下皆堯，何爲五復相非乎？」

案：成引墨名翟與鄭緩、楊朱並列，則墨子眞是鄭人
緩之弟翟矣。

丙子再識

<墨子非鄭人説－與張純甫氏書>　　連雅堂

前閱<臺日報>載大作<墨子害死親兄説>，係引
《莊子》<列禦冠>篇「鄭人緩也」一節，竊以爲誤
矣。墨子爲魯人而非鄭人，固學者所公認。何以言
之？

<公輸>篇曰：「公輸般爲楚造雲梯之械成，將
以攻宋。墨子聞之，自魯往。行十日十夜，而至於
郢。」<貴義>篇曰：「墨子自魯即齊，遇故人。」<
魯問>篇曰：「越王爲公尚過，束車五十乘，以迎子
墨子於魯。」此其見於本書者，則墨子爲魯人也明
矣。今足下乃以鄭人緩之弟翟，指爲兼愛非攻之聖
者，是無異曾參殺人而移罪於孔門大孝之子輿氏，何
其傎耶！

足下聰明人，善讀書，胡以忽忘史實，豈故意而
言耶？若然，則襲孟子之口氣，斥以無父，又誣以無
兄，而墨子不受也。竊以我輩知人論世，當用理智而
不用感情。是故理之所在，雖父子亦當辯論，何況兄
弟。柏拉圖曰：「吾愛吾師，吾尤愛眞理。」此誠學
者之態度矣。

三、純甫先生的作品

純甫先生一生勞苦，不論少年、中年乃至於晚年幾

乎都是在「江闊雲低斷雁叫西風」之下，為生活奔波，從他所作的＜村夫子移居＞與葉文樞秀才＜贈純甫先生＞的詩中即可證知。其詩如下：

　　＜村夫子移居＞　　　　　　　　　　張純甫

似鼠搬遷廿載交，孔趨孔步不曾淆。他時禮失如求野，幾卷殘書幸未拋。

　　＜贈純甫先生＞　　　　　　　　　　葉文樞

移硯頻年類轉蓬，松山台北又基隆。三間老屋歸堅白，萬里常途踏軟紅。書巨療饑藏枉富，詩能作祟詠偏工。十年十不存深意，曲諒二臣經略洪。

然而生活的壓力並未壓垮他作學問的意志；相反的更激勵了他著作等身的豪情壯志，以下即為純甫先生一生中所有作品的大舉[126]：

（一）《數年詩薄》：此詩稿收錄先生十二歲至二十二歲期間之詩作，前後詩篇相較，可窺先生少時習作之門徑，並見其詩藝之日益成熟。

（二）《守墨樓吟稿》：手稿共有五冊，皆係整理謄寫工整之清樣稿，足見先生曾有付梓之念頭。作品內容分為＜竹馬草＞、＜壺中草＞、＜近游草＞、＜浮萍草＞、＜湖海草＞、＜輪蹄草＞、＜鍛翮草＞、＜重來草＞、＜遣憂草＞、＜鏡海草＞、＜思歸草＞、＜松籟草＞、＜北游草＞、＜燕歸草＞等十四部分，計有詩題千餘，作品一千八百餘首。

126 詳見黃美娥博士編《張純甫全集·文集》民國八十七年六月新竹市立文化中心出版。

（三）《詠史雜詩》：此詩稿中存有<詠史雜詩>二十首及其他詩作若干，惟作品已經先生重新抄錄於《守墨樓吟稿》第一、二冊中。

（四）《守墨樓課題詩稿》：稿中所載乃先生課題之作，多屬七律、五律之擊缽作品。

（五）《堅白屋課題詩稿》：稿中所載亦先生課題之作，多屬七絕之擊缽作品。

（六）《七星吟稿》：稿中所載乃先生與「星社」同人黃春潮、吳夢周、陳覺齋、駱香林……等人詩會活動時之課題詩；而稿本末所存之<六合吟稿>，亦先生與星社朋儕之同類型作品。

（七）《守墨樓文稿》：共有兩冊，一爲毛筆書寫之清樣稿，一屬鋼筆稿本，前者包括先生論辯、史論、序跋、哀弔……等類之古文，後者多爲先生與友人來往之書信。

（八）《先人傳狀》：此爲先生之家乘，記載張氏家族事蹟。

（九）《是左十說》：先生對於<左傳>一書，鑽研甚久，提出「《左傳》成於《春秋》之前」的看法，並撰寫十篇相關文字以證其說。

（十）《庚午文存非墨十說》：先生作有「是非雙十說」，爲當時名著，是之說即<是左十說>，非之說爲<非墨十說>。

（十一）《古今人物彙考》：先生撰寫本篇時取材於陶淵明《聖賢群輔錄》，又博稽載籍，多所增補，可謂極盡考究之能事，惜未終全業，屬一未完稿。

（十二）《守墨樓聯稿》：稿中收錄先生各類聯文作品。

（十三）《陶邨燈謎》：稿中雜錄先生早期燈謎之作。

（十四）《春燈謎》：此爲先生有系統整理自己之謎作，並依謎底出處分類謄寫，條理分明。

（十五）《堅白屋乙亥秋燈廋詞》：稿中收錄先生乙亥年應「柏社」學生之請而製之燈謎作品。

（十六）《古陶漁邨四時閒話》：本稿收錄先生<春燈謎話>、<夏蟲語冰>、<冬烘對談>等文。唯原稿內容不全，只見於先生編輯之《台灣詩報》刊載之《古陶漁邨四時閒話》，可知尚有<秋毫評>之作，方能成其「四時閒話」之名。至於此作之內容，乃有關燈謎、史事、書畫、詩鐘……等之評述。

（十七）《陶邨詩話》：係先生詩評之作，所錄包括台地及大陸古今名人，間述作者生平或詩風，並引詩篇爲例，可見保存文獻之功。

（十八）《詩話小史》：此係先生詩評之作，惟所評之人或依時序次第論之，或雜述其相關生平史事，故名曰「小史」。

（十九）《陶邨隨筆》：斯爲先生雜記之作，所錄包括詩、書、聯文、史事、軼聞……等，範疇極廣。

（二十）《守墨樓書畫錄》：先生精於書畫品鑑，此內容前半多在記錄明、清書畫名家之生平小傳，殆係參酌相關資料整理而得；而後半則記載張氏個人收藏之書畫名稱、款式、價錢及買主名單。

（廿一）《守墨樓藏書目錄》：先生乃當時島內有名之藏書家，此目錄係先生記載珍藏之書目，計分群經、史鑑、小學及諸子、雜說、碑法帖等部，分門別類登錄各書籍名稱、冊數、出版者、版本、價格，可以略窺

當時書籍出版之情形。

（廿二）《守墨樓書目-叢書部》：係專載先生叢書收藏書
目，內容依經、史、子、集四類登錄，記有書名及作
者名稱。

（廿三）《守墨樓書目-卷密書室之部》：此係專載先生卷
密書室藏書之部，分由總彙、群經、歷史、諸子、總
集、全集、別集、詞曲、元人雜劇全集、圖譜、方
言、辭曲、雜說、語記、雜著、雜誌、佛學、雜刊、
小說、演義、稿本、帖本、影帖、書畫帖、醫數各類
登錄，除記有書名、冊數、出版者、版本之外，間亦
錄存各式書籍之價格，可以略見當時物價情形。

（廿四）《臺海擊缽吟詩鈔》：此非先生著述之作，乃先生
抄錄《臺海擊缽吟集》而得，且先生未全本抄錄，而
僅摘錄部分詩作。蓋斯時台島人士多趨風雅而致力擊
缽之作，先生錄此佳作以爲同好之南針，冀取乎上而
免模擬剽竊之跡。

（廿五）《台灣俗語漫錄》：內容中所記乃台灣俗語，先生
錄自《新聲律啟蒙》、鷺江林景松所編之《彰泉土語
巧對》光緒六年輔仁堂新鐫之《昔時賢文全註》……
等文，乃一隨得隨記之作。

（廿六）《唐人白描絕句選》：乃先生爲「柏社」生徒而編
之教材，藉以開示門生習得作詩之門徑。

我們從以上所列的內容來看，純甫先生其學術根柢之
深厚，實爲日治以來的臺灣漢文學界所少見，無怪乎有「北
台大儒」之美譽。而其<漢族姓氏考>一文，並未見於原手
稿[127]，係載於先生編輯之《台灣詩報》內。此篇仿鄭樵《通

---

[127] 詳見黃美娥博士編《張純甫全集‧文集》民國八十七年六月新竹市立文化中心出版。

志‧氏族略》而成之作，乃發表於日本大正年間，蓋因歐風
東漸，漢族精神日益沉淪，而姓氏本係家族之根本，家族穩
固則種族固，種族固則國治天下太平，而不爲世界所淘汰。
故先生特藉此文闡明溯源姓氏之重要，將使漢族精神固而不
失，著重捍衛漢文化不墜之用心。茲摘錄其《漢族姓氏考
（未完稿）》自敘一文如下：

　　嗚呼！漢族以無形之精神，融化五族，混一九州
久矣。夫豈無故哉？家族立，婚姻正，而種族之精神
乃固耳。

　　然欲立家族，正婚姻，必自明姓氏始。三代以
前，姓氏本爲二。男子稱氏，婦人稱姓，故姓可呼
爲氏，氏不可呼爲姓。姓所以別婚姻，故有同姓、
異姓、庶姓之別。氏同姓不同，婚姻可通；姓同氏不
同，婚姻不可通。其後姓氏雖合爲一，而所以別婚
姻，固猶明也。於文，女生爲姓，故姓之字多從女，
如姬、姜、嬴、姒、嬀、姞、妘、姻、姶、妎、嫪之
類是也。所以婦人之稱，如伯姬、孟姜、叔姜之類，
並稱姓也。司馬子長、劉知幾或有謂：「周公爲姬
旦，文王爲姬伯者。」良由姓氏合一故也。若三代之
時，自無欺語矣。姓氏之學，至唐大興，及宋夾漈鄭
樵氏著〈氏族志〉、〈氏族源〉、〈氏族韻〉、〈氏
族略〉等書，其說大備。使數千年湮源斷緒之典，燦
然在目，如雲歸於山，水歸於淵，日月星辰麗乎天，
百穀草木麗乎土者，夾漈之言蓋大而非誇矣。

　　余以近今學子，喜崇新而絀舊，以漢族無形之精
神謂迂闊，以歐美有形之物質謂適宜，將並采同姓結

婚與夫自由平等之說仿效之。揣其意，非盡破滅家族制度不止。夫使人而無家族，而果可以救目前之急，絕背後之患，則尚非所恐，惟恐目前之急弗能救，而背後之患且無窮。何則？固家族，即所以固種族也；種族固則民不生外心。一齊家而治國平天下，莫不由茲而起，而修身正心誠意，莫不由斯而從。不然，家不必齊，且不必有國與天下，乃國天下則何治平望，「而身心亦何足修正耶？蓋無家則無顧忌、無顧忌則無所不至；」無所不至則亂。曾聞不齊其家而能治其國乎？而能修其身，正其心乎？

今人動稱愛國，試問所愛之國何國乎？英歟？美歟？將德、法歟？不有所本是為盲從，不有所始是為終棄，不愛其親而能愛他人者，未之有也。況愛新尤為人情所同具乎？今羨自由平等同婚諸新諸新說而從之，設適乎？吾知其必適彼也。新說日多，精神有限，顧此失彼，常若步人後塵？胡能一朝及耶，周之末，秦漢之際，豈無諸子百家各挺其說於其間哉？今皆淘汰不存，視今之學說，何一非諸子百家已先發於二千年以前耶？效人曷若自效之為愈焉！

嗚呼！我漢族所以屢仆屢起者，非無形精神之團結乎？不然，何五胡之亂晉，金、元之滅宋，清之代明，今皆為漢族之支庶，而冒漢人姓氏乎？故性氏不明，則種族精神不固，後此而欲與世界爭大種族勢力難矣。然則姓氏之考，烏可忽乎哉？

大抵說來，純甫先生畢生創作，內容十分豐富，能充分呈現日治時代舊文人之學養和創作形態及題材。他所作的

詩，黃春潮<哭詩人張君純甫文>以爲「**君詩由清而進於宋，由浮響而變爲寫實；爲閩派；爲鄉土文學；而終爲守墨樓詩。**」顯能自成一格；而王國璠《台灣先賢著作提要》亦許其取法多人，北臺與之抗衡無幾。其文，則雄議磅礴，縱論古今，在異族統治下，充滿鬱憤悲慨，多有深沈之痛，而面臨新舊文化之衝激，尤具維護漢文化之卓見與器識[128]。

　　純甫先生本身不僅詩、書、文兼善，且學術著作《非墨十說》、《是左十說》、《古今人物彙考》、《漢族姓氏考》更是成冊成編，尤不同於以往舊儒之零篇散章，在今日亟待搜尋研究之早期台灣傳統學術領域之文獻，此類經學、子學之著述更屬罕見。此外，他個人的燈謎、聯文之創作，不僅爲昔日文人風雅作一見證，更說明了舊文人輕鬆逸趣之生活寫照。至於詩話、隨筆，則更是展現了純甫先生雜評的功力，同時亦記錄保存了時人之軼聞瑣事，自有其史料上的意義。我們綜觀張氏一生閱歷豐富，交遊廣闊，又曾數次出入大陸，與其來往之文人網路、地方人脈極爲可觀，自有其研究之價值；而作品內容繁複多元，較之吳濁流、連雅堂、洪棄生、林獻堂等文人，豪不遜色。

第三節　詩人唱酬與行吟

　　葉文樞秀才本爲竹塹北門街的書香世家子弟，一門三大房所經營的內、外源遠號門庭若市；詎意乙未之變後舉家遷居大陸，家道中落。又遇民國初，中原多故，戰禍蔓延禍及閩南，遂輾轉奔波，一家四散，足跡遠及南洋群島。先生爲避禍，回鄉設帳，宜蘭、新竹兩地奔波，備嘗辛苦。因此其所賦之詩文作品，幾隨地棄置，並未曾抄錄保存下來，除

---

128 詳見黃美娥博士編《張純甫全集‧文集》民國八十七年六月新竹市立文化中心出版。

《詩報》上所刊載之部份作品外，至今我們並無法覽其全
貌。加上他的學生們與讀我書吟社諸君子，因年代已久，均
已作古，期望先生之吟集問世，已難上加難矣！但這樣一位
於日治時期，對我們竹塹地區漢文教育推廣，著有貢獻的一
代塾師，豈能讓他湮沒在歷史的洪流當中呢？因此我們從相
關的資料中找出了葉秀才的部分詩文作品謹抄錄於下：

〈和施雪濤先生見贈原韻〉
太息塵寰百事飛，茫茫前路欲何歸。升沉世運驚俄頃，
冷暖人晴洞隱微。文思覲因常擱筆，詩功淺敢妄傳衣，
硯田食力差無愧，窮餓何須泥采薇。

〈北關海潮〉[129]
龜山烏石望非遙，一線奔騰破寂寥。蓁爾堞寧過百雉，
軒然沫欲滅三貂。位疑辰極星皆拱，勢控瀛壖水盡朝。
可是大鑛遺跡在，聲聲鳴咽爲魂招。

〈祝五社聯吟〉
會開八塊萃群英，燦爛雲箋照眼明。奪錦如脣洪範福，
揮毫直抵尚書兵。吟諧宮羽音優雅，雜具酸鹹味至精。
歲運從茲周復始，長催詩鉢一聲聲。

〈輓鄭十洲先生〉
久隱園中鬢任皤，滔滔日下感江河。賦成難問長沙鵩，
字換堪籠逸少鵝。淡到名心吟轉苦，精來醫術病偏多，
詩人那管人忘却，香雪遺編自不磨。

---

129 本詩刊於一九三二年七月一日《詩報》。

又

未曾謀面早相知，願見空驚半世遲。題畫勞揮珊架筆，
寵行蒙贈錦囊詩。會慳梓里嗟前月，主速蓉城惜此時，
地下秋園如問及，爲言癡叔近仍癡。

鄭十洲（名，登瀛，一八七三至一九三二年）先生係鄉
賢祉亭先生（鄭用錫進士）之曾孫。其詩學在新竹地區亦特
樹一幟。何漢津先生[130]曾爲其遺稿作序曰：「十洲爲詩，寫
性情時，纏綿俳惻，百讀不厭，然其憤時感奮之作，則慷慨
激昂，可以廉頑立懦。、、、、」日人據台後，深居簡出，
日夕與好友羅炯南吟詩論文。故「鄭毓臣[131]編《師友風義
錄》，惟選其叔擎甫[132]、幼佩[133]而忘卻竹林中尙有阮咸。」
王友竹在其作《台陽詩話》提起此事，爲其抱不平[134]。十洲
著有「香雪齋」詩稿數卷，因恐詩詞遺禍子孫，將存稿全數
焚燬。其中不少佳作，今已蕩然無存。如輓劉梅溪七絕詩應
有廿八首，卻只存十四首。女婿羅啓源不忍詩稿全數煙沒，
偷抄錄其中少部份集成今本；其中有＜送文樞先生回國＞詩
與葉秀才＜敬和原玉＞詩如下：

---

130 竹塹南門人，先世自泉州惠安渡臺經商，爲仁心濟世之醫師雅好詩文，1952年獲新竹
　　縣文獻會聘爲委員襄助《新竹縣志》及史料彙集；1976年去世，享年八十二歲。
131 鄭鵬雲（1862年生），字毓臣，號北園後，人竹塹北門外南雅人；雅好詩文有才學，
　　光緒廿九年收錄清際臺籍人士或台灣有關者的作品編成《師友風義錄》，1915年坎坷
　　中客死異鄉福州。
132 即鄭樹南（拱辰）。
133 即鄭神寶。
134 見蘇子建先生作《塹城詩薈詩話篇·高門三傑》。

鄭十洲

滄海橫流到處狂，栽培桃李自春風。還鄉不化身爲鶴，
踏雪難尋爪印鴻。浮世人原多聚散，文筵吟罷倏溪東。
呈詩敢比河梁別，惆悵苔岑有異同。

葉文樞

年衰才盡那能狂，故里重歸借好風。困久幾疑成涸鮒，
飛高敢信擬冥鴻。功名念早飛燕北，文字緣還結海東。
回憶吟筵深惜別，依依總覺兩情同。

　　鄭十洲與葉文樞的文字緣並不僅於此，兩人彼此欽仰，
看淡世局，但延一線斯文於不墜，惜詩稿多自毀矣。張純甫
與十洲交情亦厚，每每詩文討論徹夜未已，得聞十州去世，
倍感哀痛並爲其作墓表以誌之，其文如下：

　　〈鄭君十洲墓表〉　　　　　　　　　　張純甫
　　君諱學瀛，字十洲，鄉賢祉亭鄭公用錫曾孫，北
郭園主人稼田觀察冢孫也。父少希，國學生，早卒。
以母高太宜人教督嚴，遂工詩善書。新竹古爲淡防分
府治，文物甲北臺。海桑後，南北通軌，勢漸不振。
鄉人壯者多外出，君獨斂跡家園，嬾與世接。
　　壬申春，余倦遊歸里，每袖詩造君討論，不意君
竟以急疾卒於六月十二日，相聚纔半載耳！君生以癸
酉十一月廿日年正六十；原配曾氏生子二：開源、清
源；繼室連氏子四：慶源、溶源、演源，而鴻源出嗣
族人，階由中學入大學。女五：淑、湛、溫、澂、
清，淑字羅啓源，溫字萬金榮，餘未字。孫：武成、

武安。以七月十八日葬君十八尖山之麓，坐辛兼戌向
乙辰。

君平生於詩，雖宗隨園，而典贍乃類商隱。書則
學魯公，而古拙時駕石庵。遺詩若干卷未刊，是其嗣
人與後死者之責也。

一九二八年（昭和3年民國17年）葉秀才聞知鄭舉人捐
館的消息哀痛異常，他與鄭舉人相差八歲，他們既是同鄉
（臺灣新竹），乙未割臺，皆赴大陸原籍福建，不事異姓。
之後又因軍閥戰亂內陸不靜，遭遇困頓，客觀的形勢，再度
使他們離陸渡台，因緣際會於塹城開館授徒；復同為島內漢
詩界的詞宗大師，文字往來更是彼此惺惺相惜，同是天涯淪
落人，鄭舉人家珍的棄世，對葉秀才來說無異是其生命中的
一大打擊。

　　　＜輓鄭雪汀孝廉＞　　　　　　　　葉文樞
老向鄉關作寓公，歸舟三度許相同。新詩論辯毫芒析，
舊學商量蘊奧窮。破碎山河悲剖豆，飄零身世感飛蓬。
從今永絕印須望，浮海何人話寸衷。
　　　＜又＞　　　　　　　　　　　　　葉文樞
平生抱負鬱難伸，多藝多材莫療貧。占巧傳疑歸日者，
算精名合附疇人。吟懷高淡宗元亮，葬法身微悟景淳。
至竟蓋棺公論定，千秋絕學仰精神。

由於國內動蕩世局不穩，生活益形困盾，再加上對原
生故鄉的思念；文樞秀才終在其從弟葉文游的力邀之下，離
開大陸回到故鄉新竹，兄弟歷經浩劫，久別重逢自有一番感
慨：

<和文游弟重陽見寄>

兄弟頻年悵別離，蕭蕭兩鬢各成絲。身經浩劫傷心易[135]，
路隔重洋得信遲。棠棣高歌空有感，茱萸同插恐無期。
人生到處都如寄，萬里何容作客悲。

<歸新竹感賦>

久客歸來日，依依戀故鄉。虎頭籠薄靄，鳳鼻帶斜陽。
城屹東門壯，園留北郭香。遙憐峰五指，飽閱幾滄桑。

其後葉秀才遊歷北臺沿途賦詩：

<謁台北文廟感賦>

櫺星門聳稻江隈，文運疑然死後灰。人格尤高夷惠尹，
宗風迥異釋也回。世訾流弊君權重，我愛功收民智開。
只惜遺經傳不易，宮牆空自仰崔巍。

<吳沙>開拓頭圍城

大俠居然起布衣，憑將赤手拓番畿。流民合力羅三籍，
賢姪收功抵四圍。壯志擬追班定遠，雛形略具克雷飛。
如今烏石遺城圯，還有游人弔落暉。

<公輸子>魯班

魯昭乃父溯從頭，製造眞推第一流。敵手同時逢墨翟，
齊名終古與離婁。弄嗤采石門前斧，刻賸潯陽水上舟。
試看木鳶窺宋巧，機心早已啓歐洲。

---

135 指乙未割臺事。

＜費宮人＞費宮娥刺虎
留得朱家塊肉存，於菟手刺且休論。泰山一死非徒死，
恥作河中烈女魂

文樞秀才與曾吉甫、孝子李錫金後人李仕[136]（子瑜）相善，
同為開館授徒，雖小李仕三歲卻仍尊其為前輩師長，他們彼
此間時有詩作往來。

＜贈子瑜世叔＞　　　　　　　　　　　　　　葉文樞
眼尚無花耳尚聰，舌耕原是舊家風。義疑不憚毫芒剖，
典僻偏思底蘊窮。詩說廣搜傳婦女，字言精審矯童蒙。
閫城酬酢需文藻，幾出先生一手中。

＜又贈子瑜世叔＞　　　　　　　　　　　　　葉文樞
古文六卷勤箋注，時藝三篇妥保存。千里駒亡空灑淚，
一行雁斷遠招魂。募修家廟游菲島，留守先裳返竹垣。
難得課餘時聚首，重提往事細同論。

＜送李子瑜世叔回台＞　　　　　　　　　　　葉文樞
客中還送客，未語淚先零。憶別憐鸚鵡，傷亡感鶺鴒。
風雲常有變，文字無久靈。珍重分携去，相看兩鬢星。

＜和吉甫先生送別原韻＞　　　　　　　　　　葉文樞
故鄉竟當異鄉遊，樽酒殷勤共勸酬。吟社分題聯舊友，
離亭判袂記新秋。閒身我偶羈雞嶼，妙手君原造鳳樓。
想是三年緣未了，天教將別又停舟。

---

136 李仕，字若曾，號子瑜，又號古奇山人，時人尊稱「三老爹」，1873年出生於竹塹北
　門，設館授徒桃李眾多，為葉秀才前輩，1944年去世。

　　葉秀才與夫人伉儷情深，但因時勢與環境生計之所迫，不得不妻兒子女，各在天一涯，想來令人鼻酸；而其內心的感慨自是萬般的無奈與不捨。曾賦詩如下：

　　　　＜寄壽內人王女士潔秋六十初度＞
長隨寒士欲誰尤，甲子匆匆枉一周。兒女提攜忙日夜，祖宗禋祀謹春秋。呻吟疾病成黃婆，忍耐貧窮到白頭。莫怪汝功吾未報，從來富貴等雲浮。
　　　　＜又＞
悅辰誰為敞瓊筵，骨肉流離各一天。恰與長男成百歲，偶從少女住三年。蒲園未進長生果，菲島難呈不老泉。擬待金婚齡假六，舉家同醉慶團圓。

　　葉秀才的三子葉國炘，於一九四二年六月一日在岷里拉與張麗璧小姐結婚，葉秀才身為父親自然想去，但卻因事無法前往主持，對國人來講，不能參加兒女的婚禮是何等的遺憾，所以他特別賦詩寄示他們（七律四首錄三）：

久完婚事兩哥哥，爾到如今似擇苛。浪跡偶游千里遠，驚心暫別七年多。赤繩遙繫因緣巧，粉筆同拈伉儷和。小說鏡前三續議，休將蜜月枉蹉跎。

　　　　又
匆匆帖料不書庚，眷屬天南頓告成。異地婚能聯兩姓，前緣注似定三生。拜茶未覲尊嫜面，晉酒先敦伯仲情。嘗食小姑山海隔，何妨洗手自調羹。

又

漫誇召鵑與周鳩，貧士惟宜健婦逑。文字艱深原互問，
米塩瑣屑亦同謀。倡隨博得親心慰，定省何殊子職修。
願了向平烽未息，迢迢五嶽幾時遊。

葉文樞秀才與張純甫先生是忘年之交的好友（葉長張十二
歲）翰墨因緣文字交，境遇亦頗類似，曾有＜寄純甫先生＞
詩云：

我居竹邑子松山，我到頭圍子始還。絕似尹邢互相避，
良宵風月一談慳。

而張純甫亦次其韻賦詩回復，可見他們兩人之交情

＜次文樞見寄韻＞　　　　　　　　　　張純甫
旅人孰不念家山，美若宜蘭亦要還。明歲絳帷如得近，
師資益我且休慳。

＜感懷＞　　　　　　　　　　　　　葉文樞
馬宏持漢節，忠豈蘇武異。生還賞未聞，竟難比常惠。
牛牢亦故人，光武徵不至。今日稱嚴光，幾忘其名字。
世事多如此，此特舉其例。然而磊落士，終不易其志。
立節非爲名，立功非爲利。獨行己所安，那恤人憒憒。
毋乃徒自苦，爲之一灑淚。

<次文樞感懷韻> 張純甫

讀史首馬班，渾健辭各異。論世貴知人，同恩不同惠。
馬宏與牛牢，或者誠未至。漢書匈奴傳，馬洪有姓字。
牛牢比同學，本非可一例。人生浮世中，所尚在樂志。
一暝遺其身，何論名及利。愚樂智多憂，豈盡天憒憒。
賞析隔山川，只下相思淚。

千里知音萬里琴心，葉文樞秀才與張純甫先生彼此相知相惜詩文來往頻繁：

<贈張純甫先生> 葉文樞

移硯頻年類轉蓬，松山台北又基隆。三間老屋歸堅白，
萬里長途踏軟紅。書巨療飢藏枉富，詩能作祟詠偏工。
十從十不存深意，曲諒貳臣經略洪。

<文樞兄以詩見贈，次韻奉和> 張純甫

每見麻中有直蓬，何曾道必計污隆。柏松寒歲青還綠，
桃李公門白與紅。獺祭先生書不釋，蟲雕吾輩句難工。
他年爐火純青候，九轉丹成遞葛洪。

<再次文樞丈韻> 張純甫

海天洲島本瀛蓬，樓閣金銀運正隆。雪下樹甯全體白，
爐中碳已十分紅。飢蛇象肉言將實，猛虎猴拳語尚工。
我等如為僧一日，只能鐘叩幾聲洪。

這三首詩之前，他們已有詩的往來，所以純甫才題「又以詩見贈」等句。由此唱和詩的詩意推論，純甫傳經他鄉，前後

遷移館址於松山、台北、基隆等地,萬里長途奔波各地。同
樣的葉文樞也是新竹、頭圍、泉州等轉換了好幾個地方,難
得安定,眞是同病相憐。書籍不能療饑,卻枉藏了那麼多。
他們兩位都有好讀書、好藏書之癖,所以常把餘蓄都充爲購
書之資。尤其是純甫藏書萬卷卻身後蕭條,死後藏書也流散
各地,眞是可惜。新竹出身,旅居花蓮的名儒駱香林[137],在
純甫去世時送他一對輓聯說:

「讀完一書,乃買一書,十年間已通萬卷;少離故里,老還
故里,百歲後宜祀于鄉」。並註說:「純甫蜚聲吟社,讀書
之多,吾堂無人出其右」。可見香林也相當的佩服他的好
學。

　　「書巨療饑藏枉富,詩能作祟詠偏工」句,眞是說到
純甫心坎裡去。「十從十不」是什麼?身邊資料不多,無
法進一步瞭解。不過純甫有一篇論文:「非墨十說,非左十
說」,是否與此句有關?尚待研究。但由其平素爲人的骨
氣,以及詩中「曲諒貳臣」句,不難猜出一二。

　　純甫的和詩中,「每見麻中有直蓬,何曾道必計污
隆。」說出自己對處世態度的看法。「蓬生麻中不扶而
直。」是荀子的環境重要論。他的書塾社名「柏社」,表白
他在寒冬,松柏之節操猶青還綠,絲毫未變。並讚揚文樞手
不釋卷。詩藝將達到爐火純青,鍊成金丹了。文樞再次韻和
純甫一首如下:

---

137 駱香林,名榮基,以字行;1895年出生於新竹,爲張麟書高足,詩文詞賦書畫專精,
　　與張純甫爲至交迭有詩文往來。1933年移居花蓮開館授徒;1951年受聘花蓮文獻會
　　除主編《花蓮文獻》,主修《花蓮縣志》,編輯《臺灣省名勝古蹟集》外,又采五
　　言新樂甫作俚歌《俚歌百首初輯》《俚歌百首初二輯》尚有《聯語》、《題詠花蓮風
　　物》;後人將之編《駱香林全集》行世,1977年返道山,享年八十三歲,足爲當代台
　　灣詩文大家。

<純甫先生見和再次韻贈之＞　　　　葉文樞

壯志長存矢射蓬，騷壇聲譽日增隆。松曾舊種猶餘綠，
杏是新移未再紅。古義旁搜希補闕，時趨迎合恥求工。
奈何到處逢吟宴，春酒如予卻射洪。

從這一首詩的後半段「古義旁搜」句，可以瞭解純甫對古文
的用功之深。而對正在流行的擊缽詩，有些應付時趨的心
態。偏偏他們兩人都文學根柢深厚，經常在詩會倫元，算是
「無心插柳柳成陰」了。

文樞秀才有一首＜和純甫先生多至前一日赴苦棟莊毓川姻台
招宴韻＞[138]如下：

訪逭昔冒夕陽紅，驥附張華[139]喜又同。木杏粉渝微世變，
九搓粳秏見民風。故人詩記心胸好，主婦羹調指爪工。
嘆我廿年來至夜，未曾一夜度家中。

業師蘇子建先生的《塹城詩薈·詩話篇》[140]曾言及葉秀
才他將妻小留在泉州，風塵僕僕為生活奔波，獨自在台。廿
年未曾在家度過多至夜，以敘骨肉團圓之樂。後來他病倒
了，隻身臥病在床，時有學生探視，卻無親人照料。延醫診
治，知道病情並非一時風寒，而是久年憂煩鬱積所致。年紀
老了，腸胃不適，絕食治療，好似辟穀，不進人間煙火，只
有藉吟詩消遣。於是他吟「病中偶書」一首及「病中雜感」

138 苦棟莊主人，林鍾英字毓川，歲貢林鵬霄之子
139 張華字茂光，晉方城人，博學能文，武帝時拜中書令。此詩喻指純甫。
140 《塹城詩薈》蘇子建編著，新竹市立文化中心，民國八十三年六月出版。

十二首[141]。娓娓訴說心中的苦楚與無助。令人讀了心中爲之
側然。

　　　　＜病中偶書＞
　　過門人多豈證深，非同偶爾病魔侵。廉頗一坐三遺矢，
　　李賀連朝每嘔心。不食渾疑將辟穀，廢書聊且把詩吟。
　　腐儒微命留何補，也望良醫起死鍼。

　　丁卯臘月（一九二七年）葉秀才要返家過年，作有＜回
家留別讀我書社＞[142]，與諸生徒

　　竟煩樽酒勸離筵，終歲勞勞暫息肩。鷺島偶家充梓里，
　　鯤洋頻渡感桑田。規殊鹿洞慙無補，談共雞窗幸有緣。
　　莫怪今宵各惆悵，一堂聚首是明年。

文樞秀才平日生活或與詩壇師友、生徒往來應酬，常以詩文
記之；茲摘錄部分如下：

　　　　＜弔曾逢辰詞長＞
　　詩心人品擅雙清，七十年來享盛名。社鼠猝殲因穀力，
　　原鴒終返感眞誠。久於黌舍推前輩，雅向騷壇挻後生。
　　魯殿靈光今忽圮，摩挲遺墨不勝情。

　　　　＜賀濟臣世叔適園落成＞
　　半村半郭稱幽棲，五柳新移葉未齊。千疊屏開青染嶂，
　　一條帶綰墨浮溪。淵深此日龍將蟄，門大何人鳳敢題。
　　持較故園名更適，城南那得及城西。

---

141 ＜病中雜感十二首＞見本章第一節
142 此時「讀我書社」尚是一般私塾書齋，1929年才正式爲「讀我書吟社」。

<國珍妹夫避兵鼓浪嶼建新居賦贈>

家鄉回首悵難言，另闢幽居當故園。樓外旗飄山有影，
窗前輪硋[143]海無痕。花因舊種經舒蕊，樹是新移漸展根。
滿地兵戈容嘯傲，更須何處覓桃源。

<題香圃梅蘭畫冊>

影疏吟就林和靖，根露圖成鄭所南[144]。高士幽情遺老恨，
雙雙繪出好同參。

<自贈>

寓形偶爾在塵寰，鏡裏奚愁兩鬢斑。避地迥殊朱舜水[145]，
生辰空合白香山。書因讀少玄難悟，詩爲存多累未刪。
心力頻年拋不惜，可曾涓滴報時艱。

<全島聯吟大會開於台北，第二日適逢寒食，書此
　以祝>云：

風雅振全台，吟壇冷節開。門誰插楊柳，閣又宴蓬萊。
舞女驚鴻態，騷人倚馬才。倘教煙果禁，詩興也難灰。

<甲戌仲春全島聯吟大會開於嘉義賦此以祝>云：

諸羅縣裏萃衣冠，往事重稽簡未殘。績著嬰城柴大紀[146]，
威雄專閫福康安[147]。覆盆誰雪千秋枉，擊缽姑聯一日歡。
最愛遙山撐阿里，櫻花隱約映吟壇。

---

143 硋同輾字
144 宋鄭思肖字所南，巧於墨蘭，宋亡後隱居吳下，終身不娶著有心史。
145 明末遺臣，名之瑜，號舜水，明亡逃至日本講程朱學。
146 清諸羅縣總兵守城有功。
147 清乾隆51年林爽文之亂平定有功。

＜壽華衰[148]芸兄六十＞

回首芸窗歲月徂，忽周花甲慶懸弧。藝精佛像追安道，
詩擅天才繼達夫。肯構佳兒崔屏中，作羹新婦鯉庭趨。
兒覘稱罷徵熊夢，佇看孫枝晚境娛。

＜祝毓川姻台五十初度＞

閱盡滄桑鬢未華，一枝詩筆擅生花。逢人佳句吟無倦，
隔歲長篇背不差。知命世推先覺者，卜居名稱古賢家。
羨君食古偏能化，咀嚼年來謝齒牙。

＜祝濟臣世叔六十雙壽＞

孝友傳家法謹嚴，一門濟濟盡知謙。滄桑劫火思招隱，
風木悲深榜陟瞻。哲嗣希為医國手，傍人祇羨逸群髯。
平生不識分攜苦，白首還如比翼鶼。

＜步炯南先生六十見贈原韻＞

其一

微名何敢望千秋，倖倘能僥附驥留。詩愛杜陵遲入室，
賦慚王粲竟登樓。玉沽有待疑藏匱，劍墜難求笑刻舟。
我欲天刑[149]塵世遁，半生頑拙不知愁。

其二

露垂健筆本非秋，況有新詩一卷留。遁跡觀疑提玉局[150]，
軼聞子並采金樓[151]。治家無意防肭篋，游世何心怒觸舟。
悟徹南華齊物後，人間底事足關愁。

---

148 高華衰先生，為舉人鄭家珍的高足，耕心吟社的健將，業佛像雕刻。

149 自然法則天降的刑罰。

150 宋代掌祭祀之官名，蘇軾曾任玉局提舉。

151 書名，六卷。梁孝元帝撰，就古今事跡記治亂興廢無忠奸貞邪之別錄其見聞附議論致
　　勸戒之意。

<誌別文樞詞兄由粵旋梓>　　　　　　　　　羅炯南[152]

大家惜別老春秋，每爲思群強挽留。是我常聽高詠處，
因卿將作遠望樓。賦吟平子思京日，棹擬陶公入粵舟。
且待邵窩[153]並棲隱，舉杯快洗萬千愁。

<送文樞詞兄渡廈>　　　　　　　　　　　　羅炯南

零落空山掃葉秋，故鄉無計慰遲留。雪泥又見添香路，
春雨還來聽小樓。照漾水中閒數影，思清天外快移舟。
廈詩話當頌年別，祇爲念劉不寫愁。

<輓周士衡先生>　　　　　　　　　　　　　葉文樞

角逐騷壇負盛名，不因飄泊減閒情。蔡邕黃絹工廋語，
柳永紅牙擅倚聲。家本南山承射虎，客偏滄海署騎鯨。
可憐失足長遺恨，三十三年了一生。

周士衡先生爲《詩報》編輯員，號閒雲野鶴，台北人；自幼
好學熱心詩詞，雖所經營之炭礦失敗，卻不氣餒，爲人磊落
奮發，不幸溺斃於自宅門前水池中，時文樞爲《詩報》顧問
兼《百納詩話》主筆。

<祝鄭幼香先生令次郎宏成君吉席>　　葉文樞

爭傳通德舊門楣，采筆重箋窈窕詩。百輛縱橫盈北郭，
六珈端重勝西施。迎從打狗還非遠，夢叶占熊定不遲，
料得橫青煙雨裡，朝朝山色上雙眉。

---

152 羅百祿字子壽號炯南，別署江東後人書法石菴。「露垂健華」讚其書法。著有「四維
　　堂詩鈔」已散失。哲嗣啓源抄錄七十餘首傳世。
153 宋儒邵雍理學家其居稱安樂窩。

〈鷺江雜詠〉十一首　　　　　　　　　　　　　　葉文樞

近水樓台聳碧霄，江聲時雜市聲囂。離江漸漸人煙少，
斗大城中半寂寥。

又

上下床分價自殊，青燈有味客爭趨。絕佳蔗境憑誰護，
門首高懸一道符。

又

笙歌夜夜夕陽寮，變相誰憐吳市簫。如訴落花飛絮恨，
天涯有客爲魂銷。

又

一握香鈎瘦可憐，高談解放已多年，如何新到山場女，
弓樣猶矜步步蓮。

又

饑驅就食等奔逃，作隊南來覓業操。何必益州王刺史，
居然好夢應三刀[154]。

又

彩輿未許近妝臺，青鳥殷勤探幾回，至竟金錢魔力大，
雙扉三闔又三開[155]。

又

魚龍曼衍[156]競登台，遙擬誰家壽宇開，看到滿堂都縞素，
始知風木正銜哀。

又　　　　　　　　　　　　　　　　　　　　　　葉文樞

制服新鮮步調和，莘莘學子應酬多。靈輀[157]過處人爭羨，
絕好專門執紼科。

---

154 謀生技能：剪刀、菜刀、剃頭刀。
155 嫁女之家彩輿到門時將門緊閉，男家以予金錢（紅包），門始開，如是者三，，然後
　輀得入。
156 變化又連續不斷。
157 輀棺車。

又　　　　　　　　　　　　　　　　葉文樞

如飛雙槳截江過，定例人容六個多。每卸輪船常溢限，
未聞關吏一譏訶。

又　　　　　　　　　　　　　　　　葉文樞

髮紅眼碧語鉤輈，夫婦相攜馬路遊。畢世不知離別苦，
何妨異域永勾留。

又　　　　　　　　　　　　　　　　葉文樞

耶穌天主說高標，另有真人起白礁。信仰自由誰管得，
故應分道各揚鑣。

　　＜濟臣世叔以江杏邨先生所著令堂李節母鄭儒人
　　　傳見示敬題＞四絕錄二：　　　　葉文樞

空牀明月耐天寒，十載孤孀淚暗彈。不為夫家存塊肉，
轟轟一死有何難。

又　　　　　　　　　　　　　　　　葉文樞

篝燈督課到宵深，欲慰先夫地下心。母自殷勤兒自奮，
傍人偏為淚涔涔。

　　＜輓高懋卿先生世仁＞(癸亥)　　　葉文樞

末俗誰廻既倒瀾，何堪遺老竟凋殘。道宗白鹿[158]心能淡，
劫歷紅羊[159]境轉安。撒手永辭新社會，附身終保古衣冠。
長卿生計淵明節，公論從茲定蓋棺。

又　　　　　　　　　　　　　　　　葉文樞

遠大深慚負所期，空從弱冠託相知。逢人說項勞青眼，

---

158 宋白鹿洞書院朱熹講學處。

159 紅羊劫，丙午至丁未歲屢有國難謂紅羊劫歲；宋理宗淳祐中，柴望上丙丁龜鑑十卷，
　　以戒後人。

爲我擔心痛赤眉。歸復五年傷別久，亡先廿日悔來遲，
緣慳只向靈前慟，越宿孤舟又海湄。

　　〈清秋先生[160]七秩隻雙壽誌慶〉　　　　　　葉文樞
華堂拂曉耀金釭，春酒香濃滿玉缸，學士家中經有四，
秀才市内更無雙。指揮健筆如錐畫，手挽強弓勝鼎扛，
願供鶴南飛一曲，自腰長笛譜新腔。

　　〈文雅村即景〉　　　　　　　　　　　　　葉文樞
華堂高映夕陽明，一片田疇似掌平。遠水墨從郊外護，
近山青對郭外橫。家推唐宋魁驚躍，風繼曹齮[161]始鹿鳴[162]，
儒學實興期地主，扶輪原不在虛名。

上詩見於溫金潭氏徵詩集錦，茲另附是題掄元之詩作：

　　　　　　　　　　　　　　　　　　　　　　蔡錦鎔
半村半郭適幽棲，出水秧針綠萬畦。芳草徧郊人叱犢，
好花當路客聽鸝。銷沉土堡荒煙上，起伏沙崙夕照低。
野碓聲聲北門外，微風吹過小橋西。

以下爲文樞秀才擊缽聯吟之作

　　〈廉泉〉　　　　　　　　　　　　　　　　葉文樞
不管梁州與贛州，出山無異在山流。聞名我愛清高甚，
洗耳須防有許由。

160 本詩見於一九三五、六、十五詩報。
161 宋人字西士嘉泰進士有廉直名。
162 唐代州縣舉子貢於京師有鹿鳴宴。

<題糕>　　　　　　　　　　　　葉文樞

富有千篇一字貧，毛錐欲下又巡逡。六經畢竟遵何典，
杜撰甘心讓古人。

<上帝>　　　　　　　　　　　　葉文樞

寰中品類幾京垓，造物爭誇上帝才。上帝本身何物造，
難將原質溯由來。

<鑄范蠡>瑞裕行徵詩　　　　　　葉文樞

一舸飄然杳莫尋，空將丰采託黃金，倘教躍冶[163]能言語，
合問何因殺子禽。

仝題　　　　　　　　　　　　　曾笑雲

竟蒙金鑄恩何重，其奈吳亡氣已降。長惜先機文種昧，
不教遺像配成雙。（前題由張純甫先生選）

<崒嶺夕煙>　宜蘭登瀛吟社徵詩　　葉文樞

踏盡斜陽路幾層，空濛如霧散還凝。遠迷龜嶼雲同合，
近接貂川月未升。地僻漫疑傳臘燭，年深尚說誤明燈。
疏林蔓草人家少，史蹟惟將片石徵。

仝題（見1932年10月15日《詩報》）　葉文樞

如梯石磴級難分，滿目蒼然送暮曛。我怪貂山嵐共鎖，
人疑鼠穴火齊熏。林中足跡籠游子，碑上頭銜繞使君。
南去大溪回首望，月光初照尚氤氳。

---

163 語出莊子大宗師，比喻不安分好自炫者；或戒人勿為躍冶之金。

〈閨怨〉　　　　　　　　　　　　　　　葉文樞

彩鳳隨鴉迥不倫，躬操井臼歷酸辛。豈惟天壤王郎憾，
賦罷終風淚滿巾。

　　　又　　　　　　　　　　　　　　　葉文樞

珠圍翠繞綺羅身，被繡鴛鴦簇簇新。玉鏡台前偏嘆息，
遠遊長憶畫眉人。

〈爆竹〉　　　　　　　　　　　　　　　葉文樞

發明火藥且休矜，畢剝惟將熱鬧增。輸與列強槍礮遠，
虛聲未足禦侵凌。

〈春花〉　　　　　　　　　　　　　　　葉文樞

嫣紅姹紫逞新粧，留得園林幾日芳。至竟自開還自落，
難將功罪定東皇。

〈舌戰〉　　　　　　　　　　　　　　　葉文樞

折衝樽俎掉無停，雄辯滔滔聚使星。後盾還須憑武力，
空談公理有誰聽。

〈寄題品三假鍾馗圖〉　　　　　　　　　葉文樞

侍兒相對鬢慵疏，進士終南變相初。想是色中逢餓鬼，
同憑假面一驅除。

〈愛蘭〉　　　　　　　　　　　　　　　葉文樞

平生熱烈注精神，九畹滋培灌漑頻。處士梅花徵士菊[164]，
何如爲佩一秋紉。

---

164 陶潛隱居有詔禮徵爲著作郎，不就故謂徵士。

<春睡>　　　　　　　　　　　　　葉文樞

託身久在黑甜鄉，天氣寧真負艷陽。本擅生花一枝筆，
還思青草夢池塘。

<鐵甲車>　　　　　　　　　　　　葉文樞

數輪轆轆利兵爭，敵國難將礮火轟。我笑列強真鑄錯，
無從同軌見和平。
　　又　　　　　　　　　　　　　　葉文樞
製造還如戰艦精，偏於陸地敢橫行。輿人兼擅函人技，
那怕漫天礮雨轟。

<社酒>　　　　　　　　　　　　　葉文樞

滿貯何嫌老瓦盆，祭餘群飲佐雞豚。交觴賦自傳王屬，
買醉錢疑歛邴原。香烈椒蘭神飽德，影斜桑柘客銷魂。
作翁我愛聾偏好，不向人間乞一樽。

<壺公>　　　　　　　　　　　　　葉文樞

壺中日月自奔馳，塵世光陰恐未知。春夢應煩婆戒旦，
免教漏盡起猶遲。

<飴珍梅>（保安堂徵詩）　　　　　葉文樞

實三實七詠詩家，再和甘香味倍加。笑我齒牙搖落盡，
不愁輕齒與膠牙。
　　又　　　　　　　　　　　　　　葉文樞
名產真堪健胃腸，發行爭詡保安堂。全消酸味曾甜味，
飽啖何難學范汪。

　　　＜諸葛廬＞　　　　　　　　　　　　葉文樞
停休比子雲，龍臥獨超群。入座來徐庶，臨門顧使君。
家非徒四壁，業早定三分。抱膝吟梁父，聲聲隔舍聞。

　　　仝題　　　　　　　　　　　　　　　劉春亭
結屋南陽裡，紫門夕照曛。往來無俗客，枉顧有賢君。
隴上栽桑久，堂中定鼎分。臥龍今已去，猶見鎖殘雲。

　　　＜雨漏＞　　　　　　　　　　　　　葉文樞
几席淋漓感不安，料因屋頂隙堪攢。如何滴止天開霽，
瓦縫陽光欲透難。

　　　＜石灰＞　　　　　　　　　　　　　葉文樞
一窰煆就白於綿，建築無君總不堅。轉世刼經炎帝火，
前身功補女媧天。和紗應變生為熟，得水原知死復燃。
最是多情承福輩，手鐶長與結因緣。

　　　＜酒旗＞（全島擊缽會）　　　　　　葉文樞
痛飲差欣願未違，前村高掛是耶非。不辭樓外沾春雨，
慣向江邊送夕暉。影傍杏花飄宛轉，色爭楊柳認依稀。
迷途最是提壺客，一片遙觀興欲飛。

　　　＜赤壁火＞　　（天籟今社課題）　　葉文樞
連艦光騰映水紅，焚如魄早褫奸雄。垂恩漢德延餘燼，
全賴周郎一炬功。

〈醜婦對鏡〉（彰化漢文讀書會課題）　　葉文樞

歷齒蓬頭疥痔身，理粧還自趁清晨。奩前倘被登徒見，
愛慕依然似美人。

又　　　　　　　　　　　　　　　　葉文樞

孿耳蓬頭又齟脣，分明認得鏡中身。思量難免翁姑見，
獨血菱花暗愴神。

〈漁燈〉　　　　　　　　　　　　　葉文樞

幾盞光明伴釣綸，趨炎空爲笑游鱗。楓橋對與瓜州認，
照否江邊獨醒人。

〈讀書燈〉　　　　　　　　　　　　葉文樞

一盞輝煌耀典墳，咿唔坐對到宵分。偷光壁異匡衡鑿，
繼晷膏師韓愈焚。味蠹照時編是簡，飛蛾赴處閣名芸。
紅裳幻女應相笑，何苦徒爲白首勤。

〈電扇〉　　　　　　　　　　　　　葉文樞

邰暑原知勝雪香，機輪一轉自生涼。仁風惜不窮閭慰，
只向豪門日夜揚。

〈春帆〉　　　　　　　　　　　　　葉文樞

桃浪三篙漲，蒲帆八字開。斜時侵岸柳，卸後傍江梅。
揚愛東風飽，懸宜細雨來，年年芳草綠，無恙故鄉回。

〈村夫子〉　　　　　　　　　　　　葉文樞

詩云子曰託生涯，供膳休將淡泊嗟。社宴年年推首席，
老農強半是東家。

　　　〈桃葉渡〉　　　　　　　　　　葉文樞

榮華可似洛神無，迎接歌殘艷跡蕪。兒女何關軍國事，
偏成詩讖應蠻奴。

　　　〈漁舍[165]〉　　　　　　　　　　葉文樞

斜風細雨耐艱辛，聊築蝸廬寄此身。籬畔老妻閒補網，
庭前驕子戲垂綸。柴門不正臨湘水，竹牖常虛對富春。
最愛摸魚兒一曲，良宵唱和集芳隣。

　　仝題　〈同榜詩〉　　　　　　　　蔡清揚

猶似當年欲避秦，數間錯落傍溪濱。窗前雨漲三篙水，
岸畔桃天萬樹春。蕩槳已忘風浪險，垂綸卻與鷺鷗親。
蓬門爲愛留高士，忙煞磯頭結網人。

　　　〈秋晴〉　　　　　　　　　　　葉文樞

雲收雨霽雁飛時，對景休興宋玉悲。一抹斜陽光返射，
半江紅樹勝胭脂。

　　　〈聽泉〉　　　　　　　　　　　葉文樞

淙淙日夜似琴聲，石上何人耳獨傾。不必知音還可辨，
出山獨遜在山清。

　　又　　　　　　　　　　　　　　　葉文樞

攜筇岩下耳頻傾，日夜潺潺總此聲。莫怪前灘鳴咽甚，
源頭便作不平鳴。

---

165 本詩一九三二年十月一日台北州大會掄元。

<晚粧>[166]　　　　　　　　　　　　　　　　　葉文樞

乍回午夢已斜陽，重向窗前理鬢忙。爲自元宵燈市鬧，
一頭簪徧夜來香。

又　　　　　　　　　　　　　　　　　　　　　葉文樞

渾身本是綺羅香，朱粉重施趁夕陽。還有雙眉慵不畫，
偏留燈下待檀郎。

<秋味>[167]　　　　　　　　　　　　　　　　　葉文樞

菊圃梧庭到處含，香山未老已深諳。獨超辛苦酸鹹外，
試向新涼靜夜參。

仝題　　　　　　　　　　　　　　　　　　新竹　芸窓

籬外西風淡處探，黃花醞釀氣微酣。不知白帝知羹手，
可作鹽梅一例談。

新年四詠

<年賀狀>　　　　　　　　　　　　　　　　　葉文樞

飛將片紙賀三元，吉語爭題往復還。幾輩未曾謀一面，
還通姓字到豪門。

<門松>　　　　　　　　　　　　　　　　　　葉文樞

兩行戶外列森森，皮似龍鱗葉似針。晚節高於籬下菊，
依人還抱歲寒心。

<鏡餅[168]>　　　　　　　　　　　　　　　　葉文樞

蒸糯搗就趁新春，髣髴菱花案上陳，好與年糕同一視，
團圓説待補吳均。

---

166 見1932.12.15登瀛擊缽。

167 見1933.1.1岡山詩學研究會。

168 台灣人新年習俗。

<締繩[169]>　（註：日本人新年裝飾似春聯意）　　葉文樞
縱橫絢就掛門前，荊楚遺風海外傳。疑未制成文字日，
古人結此紀新年。

　　　　<古硯>　　　　　　　　　　　　葉文樞
片石媧皇剩，流傳到腐儒，以肝應訏馬，有眼尚留鴝，
筆蘸鋒多禿，銘鐫字半無，祖孫耕累代，渾不怕催租。

　　　　<老樵>　　　　　　　　　　　　葉文樞
白首深林裏，朝朝自采薪，山名知已徧，木性辨愈眞，
坐折呼兒荷，行歌任婦嗔，斧柯揮半世，渾未減精神。
　　又　　　　　　　　　　　　　　　　葉文樞
畢世空山裏，丁丁歷苦辛，斧斤銷歲月，林木費精神，
步謝扶鳩助，心疑得鹿眞，觀棋柯久爛，莫怪髮如銀。

　　　　<客舍>　　　　　　　　　　　　葉文樞
迎來送往不勝忙，等第區分上下牀，幾輩團圓携眷屬，
暫時辛苦息津梁，王維別曲傳三疊，賈島歸心感十霜，
我笑塵寰皆逆旅，更從何處覓家鄉。

　　　　<睡蓮>　　　　　　　　　　　　葉文樞
黑甜酣午後，紅膩逞宵分，合照東坡燭，誰翻茂叔文，
看宜當皓月，坐訏傍慈雲，似有佳人採，歌聲夢裡聞。
　　又　　　　　　　　　　　　　　　　葉文樞
仍不汙泥染，亭亭自出群，幽姿迎滿月，嫩蕊怯斜曛，
夢亦鴛鴦護，香難蛺蝶聞，廉溪如見愛，燒燭照宵分。

169 日本人新年習俗。

　　＜村夫子移居＞　　　　　　　　　　　　葉文樞

禿筆殘書荷一包，無殊語燕定新巢，東家農隙如相訪，
舊日柴門莫誤敲。

　　　　又　　　　　　　　　　　　　　　　葉文樞

舘地難求到處跑，東郊暫住忽西郊，鄉人受業還無幾。
游學休將竹梘敲。

　　＜張留侯椎＞　　　　　　　　　　　　　葉文樞

散盡千金膾鐵椎，英雄心事此君知。鑄從天下銷鋒後，
擊伺山顛刻石時。故國情深仇賴報，副車中誤數難移。
荊軻匕首漸離筑，一樣無成萬古悲。

　　＜新嫁娘＞　　　　　　　　　　　　　　葉文樞

銀燭光中賦定情，妾身誰謂未分明。畫眉不復勞看鏡，
洗手偏須試作羹。姊妹乍離思倍切，翁姑纔見面猶生。
枕邊細與檀郎議，蜜月相攜底處行。

　　＜韓信＞　　　　　　　　　　　　　　　葉文樞

兩受王封惜不終，多多善將亦英雄。龍且早中囊沙計，
張耳難分背水功。卻怪千金酬漂母，未聞一芥報滕公。
殺身禍伏亡齊日，臨死還思聽蒯通。

　　＜望遠鏡＞　　　　　　　　　　　　　　葉文樞

玻璃凹凸初製成，一管堪窺萬里程。近日太陽多黑點，
無君那得辨分明。

＜沈文開＞　葉文樞

國亡家破恨綿綿，一舸飄來海外天。託諷辭工曾作賦，避讒情苦竟逃禪。誓師氣擬文山壯，卻聘心同枋得堅。合冠瀛東諸老傳，徐王辜許漫爭先。

又　葉文樞

八百餘人佚失傳，斯菴名字尚依然。偶來絕島同逃世，克享遐齡獨得天。肇慶行迂朝嗣主，福台吟好隻遺賢。海東文献推初祖，賴保叢殘稿一篇。

＜白桃花＞　葉文樞

溈山髣髴幻孤山，萬樹夭夭艷不頑。劉阮神仙成皓首，葉根姊妹失紅顏。掃憐虢國眉痕淡，染謝香君血色殷。漫向東風嗟薄命，好標高潔勵塵寰。

＜曉雞＞　葉文樞

晦明風雨總相同，誰錄微禽報曉功。莫怪啼聲多雜牝，女權今日正爭雄。

＜蚊煙香＞　葉文樞

荷花艾葉製翻新，免使飛蟲恣嚙人。不捲重廉留更久，如雷勢大地亡身。

＜弔鄭延平故壘＞　葉文樞

依稀遺跡未全迷，訪古人來首盡低。臣節能完猶易事，父書欲報最難題。版圖磊落移荷鬼，讖緯荒唐應草雞。忠孝千秋開變局，卻將貌似笑平西。

又　　　　　　　　　　　　　　　　　葉文樞

青衣脫却縮軍符，陸擁貔貅水舳艫。五馬江奔鍾閫氣，
八旗師抗縮雄圖。兵交歐亞人驅白，血混中東姓賜朱。
漢族他年修戰史，論功第一古來無。

＜岳墳弔古＞　　　　　　　　　　　　葉文樞

心兵運用妙如神，未抵黃龍已喪身。生與蠻夷爲勁敵，
死同兒女結芳鄰。精魂無恙留千古，遺嗣受封剩六人。
莫怨書生能禍宋，趙家天子信讒臣

＜杜甫＞　　　　　　　　　　　　　　葉文樞

萬有牢籠筆一枝，偏教遭際盡艱危。妻孥顛沛還憂國，
盜賊縱橫不廢詩。匹敵生前惟白也，尊崇死後首微之。
可憐膏馥多沾丐，稷契經綸竟莫知。

又　　　　　　　　　　　　　　　　　葉文樞

千秋詩史首相推，早擅聲名貫耳雷。嚴武久依因念舊，
李邕先見爲憐才。閭閻困苦吟三別，親友凋零賦八哀。
憂國感時兒女淚，篇篇都自至情來。

又　　　　　　　　　　　　　　　　　葉文樞

許身稷契願徒殷，工部官卑未策勳。廈擬萬間堪庇士，
飯寧一頓偶忘君。妻孥凍餒詩難療，姊妹飄零耗罕聞。
留得千秋名底用，耒陽誰爲弔荒墳。

＜花神＞　　　　　　　　　　　　　　葉文樞

管領群芳重職膺，誰將酒醴荐兢兢。不知廿四番風了，
靈爽還將底處憑。

　　　　＜玉＞　　　　　　　　　　　　葉文樞

爲璧爲圭信可觀，祗憐原質半摧殘。卞和底事遭三刖，
不解空山太璞完。

　　　　＜新穀＞　　　　　　　　　　　葉文樞

佃漁無復古風存，粒粒登場俗已翻。我笑神農眞杜撰，
敢將糜飯作饔飧。

　　　　　又　　　　　　　　　　　　　葉文樞

頻年疲敝感農村，空爲登場喜一番。五月未來先耀去，
瀛壖[170]氣候早中原。

　　文樞與純甫在新竹詩壇，堪稱雙璧。文樞生於一八七六
年，於台灣光復前一年在福建去世，純甫生於一八八八年，
一九四一年病逝於新竹。兩人相差十二歲，算是忘年之交。
兩人的才氣與志節相同。民國廿五年春，竹社主辦五州[171]
（全島）聯吟大會，在新竹連開兩日，盛況空前。大會的兩
對聯文就是他們兩人的傑作：

　　用六家古賢，香山白描寫歸焉，
　　有五指尖筆，隙溪墨水以書之。（純甫）
　　花月賸今宵，擊缽豪吟壓卷，誰追明月盡，
　　竹風著平日，舉杯暢飲析酲，應有好風來。（文樞）

　　純甫的檻聯，用新竹的地名六家、古賢、香山和新竹
八景的五指山、尖筆山、隙溪堆疊成對，一語雙關，尤見其

170　海岸、海濱，此指台灣
171　即台北州、新竹州、台中州、台南州、高雄州。

巧。他們惺惺相惜，時有唱酬。

　　從以上所摘錄的詩文中，即可得知他們的才學與胸懷氣度，可惜的是文樞秀才並無專輯傳世[172]，我們只能從片段的舊《詩報》或他人作品專輯中尋得一鱗半爪；而較幸運的鄭家珍舉人，尚留有其學生林麗生等抄錄或編纂的《耕心吟集》與《雪山蕉館詩集》；最爲幸運的要算是張純甫先生，因他的後代生長於臺灣並保留了他的各類作品，且經由黃美娥博士彙集成編，新竹市政府於民國八十七年六月將之出版問世，名曰《張純甫全集》合計六大冊。泉下有知的鄭家珍與葉文樞一定欽羨不已。

---

172 葉文樞於1938年得其學生盧瓚祥協助返回大陸；1944年去世後即無相關消息。

第五章 結 語

　　光緒廿一年（西元一八九五年）當馬關條約簽定時，全省官民譁然，知識分子更是悲痛，各種陳情，抗議連連不斷；但「宰相有權能割地，孤臣無力可回天」，復能如何？是以乙未割台之際，半壁山河殘破，台灣傳統文人更是面臨了，如何在兩個政權間作一抉擇的問題，當青雲之路已斷，新舊政權交替，他們的選擇是：

一、內渡中國，以遺老自居

二、參加對日抗爭，做為民族烈士

三、歸順新政權，和平共處為順民

　　竹塹舉人鄭家珍，秀才葉文樞與張金聲、張純甫父子則是選擇了，離台內渡福建原籍老家；但在歷經短暫的數年後，也許是時代變遷，也許是環境，他們終究還是再回到這塊土生土長的原生地，故鄉－新竹，為在日本政權統治下的這塊土地上的塹城子弟，奉獻心力，將其畢生才學傳承下去，使竹塹地區的漢文教育，能夠於日治政權的皇民化政策中，依舊斯文綿延不墜。

　　台灣早期的社會結構，是具有強烈的移民色彩，所以漢文發展一直遠遠落後於大陸，直到清朝中葉以後，因為遊宦文人的影響，與科舉功名的吸引，才有較具規模的士紳階級，例如：在竹塹地區就有北郭園的鄭家，與潛園林家……等，也才有較多知識分子的出現，為台灣的漢文教育生根。是以日治時代的台灣，以武力對抗，所換來的只是同胞們寶貴性命的慘痛犧牲，唯有以漢文化的默默傳承，才能夠對抗異族的侵略，之所以能夠如此，實歸功於傳統書房（私塾）詩社的漢文先生們。

　　詩社是書房的延伸，本文第二章已有論述，因爲詩社具有聯絡感情，與加強上層社會認同感的作用，所以在異族統治後，便成爲日台雙方角力的競技試場；當然這其中也包含了民族自尊與優越民族的較勁。日本人希望藉著籠絡知識分子，來達到和平統治的目的，因爲這些士紳在地方上，具有帶頭領導的作用。而台灣的知識分子們，卻也希望，藉著詩社的聯吟與詩會的舉行，來達到保存漢文化的目的。日治時期，當全台各地紛紛設立詩社之際，竹塹地區也出現了至少十五個以上的詩社[173]，如此的現象，當然與日本統治者的策略有關，但這也說明了此地百姓，感受到當時全台社會所彌漫的文藝氣息，因此才會加入扢雅揚風的行列之中。

　　日治時期竹塹地區的詩社，其組成的性質大抵有兩類：第一類是爲文人聯吟而設，具有以文會友的目的，在切磋文藝之餘兼具聯誼性，故詩社本身多染有遊戲色彩，此類詩社如竹社、竹林吟社、陶社、青蓮吟社、大新吟社、南瀛吟社、聚星詩學研究會、柏社同意吟會、竹風吟會、新竹塑望吟會、敦風吟會等。另一類的詩社，其組織成員則是屬於師生關係，由塾師主盟，社員多爲年輕學子，詩社的創立多半是爲了鼓舞學子學習漢詩，此類詩社如耕心吟社、讀我書吟社、御寮吟社、來儀吟社、柏社、鋤社等。相較全省各地詩社成立的時間來看，顯然年輕許多，因爲除竹社、耕心吟社外，其餘皆成立於日本昭和年間。而這個時期，臺灣藝文界正在掀起新舊文學的論戰。

　　西元一九二四年（民國13年，大正13年）張我軍在北京連續發表〈糟糕的台灣文學界〉、〈請合力拆下這座敗草叢中的破舊殿堂〉等文章，把傳統漢文詩社，批評得一無是

173 見廖雪蘭《台灣詩史》第二章第四節＜台灣詩社繫年＞。

處；接著民國十四年（西元1925年）一月，張我軍復於《台灣民報》發表一篇＜絕無僅有的擊缽吟的意義＞，提出擊缽吟的缺點。他借德國詩人哥德的話說：「詩不是故意勉強找來做的。而是情不自禁，有感而發的。」正如詩大序上所說的一句話：「情動於中，而形諸言，言之不足，故嗟之嘆之，嗟嘆之不足，故詠歌之，詠歌之不足，不知手之舞之，足之蹈之也。」擊缽吟正違背了做詩的原義，是故意去找詩來做的。況且它還有許多限制：一、限題，二、限韻，三、限體，四、限時間。他認為文學的境地是不受任何束縛的，是要自由奔放的………。所以他反對擊缽吟。所謂絕無僅有的意義，就是擊缽吟僅係能夠養成文學的趣味，與磨練表現的功夫，只此而已。舊詩人自然也不干示弱，也予以反擊，此時連雅堂為文壇泰斗，執舊文學牛耳，亦極力排斥新文學，曾多次為文據理反駁....，這樣的筆墨論戰，如野火燎原般的好幾年，直到真理愈辨愈明，雙方方才歇手，新與舊各有利弊，經過文人們感性的筆戰，與理性的思考後，雙方皆有所獲，新舊文學也就得以重生。

大家都知道日本人之於台灣，本已覬覦良久，到他佔據期間，雖極力倡言＜台灣殖民地位論＞、＜台灣法定地位未定論＞，來混淆國際視聽，否定台灣為中國之領土，以遂其同化與永久侵占之野心，連雅堂著《台灣通史》，歷數先民開台偉業，則日本人之妄說，也就不攻自破了。連雅堂先生在其《台灣通史》的自序中說：「國可滅，而史不可滅」，史既不可滅，則載史之文字更不可滅，台灣各地之詩社，保存了漢字、漢詩與漢文，維護大漢天聲於淪陷之地，故台灣雖遭異國統治五十年，而民族精神猶存，此不亡者，傳統的漢文詩社實厥功其偉也。根據廖雪蘭教授著《台灣詩史·詩

社繫年表》，觀察日據時期，從民國八年到民國廿六年的十八年間，台灣本島正盛行擊缽吟。到處詩社林立，是詩社增加速度最快、最多的時期。當時的舊詩人始終認為，擊缽詩它對新人的學習，是有一定的鼓勵作用，所以書房塾師們早已把擊缽敲詩，列在授課的範圍之內，它對文學趣味的養成，與對遣詞用句的磨練，是有很大的幫助。並可從而開詠抒感，反應時艱、關懷社會，像是杜甫＜石壕史＞這樣的作品，也有可能是作得出來的，例如塾師鄭舉人家珍所作的＜度歲吟＞、葉文樞秀才的＜弔校場埔掩骼＞、張純甫先生的＜地震歌＞都是如此。雖然擊缽吟之詠物詩，常受到的非議最多，但是詩藝高超，如林痴仙[174]的＜盆梅＞：「**不辭風雲老天涯，傲骨偏遭束縛加。打破金盆歸瘐嶺，人間饒有自由花。**」也是照樣可以將情感寄託於物的。但是如果沒有張我軍的強力催化，舊文學集團就沒有足夠的省思能力，新一代的知識分子，也無法掌握文學的改革方向。所以無論他們筆戰的結果誰勝誰負，事實上對台灣文學與擊缽吟風都具有重大的意義。

　　所以說台灣擊缽吟的盛行，是自有它的時代背景。當時日人治台，壓迫台胞學習日文，並控制思想。有識之士認為，為了維繫祖國文化，必須設法使漢文不致被消滅；所以文人相率結成詩社，藉詩社的活動，鼓勵青年學子學習漢文。而「擊缽吟」可以說是一種帶有趣味性的學習方式。我們姑且不論其文藝價值如何，因為這種詩會的活動設計，有競賽有獎品，又有餘興節目，同時也有聚餐，更能藉此聯誼暢敘，又可達到互相切磋、觀摩的效果；是一種多元性的活動。無怪乎流傳了幾百年，詩友們還是樂此不疲。台灣淪陷

---

174 即林朝崧，台中「櫟社」創辦人。

異族五十年，日人在台，大肆推行「皇民化」運動，卻終未
得逞。詩社與漢文書房的林立，擊缽詩風的瀰漫，對維繫漢
學之功，實功不可沒。

日治時期前後有上百個的私塾在新竹傳教漢學[175]，其
中以鄭家珍的「耕心齋」（耕心吟社）、葉文樞的「讀我書
齋」（讀我書吟社）、張純甫的「堅白書屋」（柏社）最爲
有名，如果他們早一點年代出生，科舉功名前程必然似錦；
若是晚一些年代出生，他們也必然可以獲得教師證，成爲一
位作育英才的國文老師。可惜的是他們生不逢時，偏偏在學
業將成，就適逢清廷割地，以致功名無望；又在晚年生徒爭
相求教門庭若市時，又逢異族的皇民化政策，正如火如荼
展開，禁止私塾逮捕異端，以致晚境潦倒坎坷，實在令人同
情。竹塹地區的文人，在同一個時期從事教育工作者，尚有
如曾吉甫、張麟書、黃世元，以及稍晚的劉篁村、林篁堂等
人，但他們都曾受聘爲日式公學校的漢文教席，設帳授徒努
力培育後代，也相當有貢獻；他們受文官待遇，佩戴紳章，
且晚年頗有積蓄，生活不虞匱乏。與鄭家珍、葉文樞、張純
甫三人仍授舊學，靠私塾生徒的束修，來維持生計的際遇迴
異。因爲日治時期公家的教師待遇簡直可以與醫生的收入相
比。鄭家珍的《雪山蕉館詩集》有一首詩＜戲歲＞，內容言
道，除夕還有部分生徒沒有送束修來的紀錄云：

> 詩舌爲耕不拓荒，硯田惡歲又何妨。築台避債君偏巧，
> 我愧提燈夜索償。

可見當時私塾老師的辛苦及收入的不穩定，著實令人感
嘆；至今仍常爲新竹地區的耆老們所提起。由於他們受業的
學生與再傳弟子相當多，迄今猶遍布於各地，對漢文文化的

---

175 見《新竹市志‧藝文志》1996年新竹市政府出版。

深耕起了一定的作用；特別是對近年來的中原雅韻---閩南語鄉土文學及客語文化的教學與生根，是具有相當的貢獻與影響的。這些前輩可考者代表的姓名如下：

(1) 鄭舉人家珍的「耕心齋」即「耕心吟社」

葉文樞、張純甫、黃玉成、郭仙舟（江波）、謝景雲（大目、小東山）、謝森鴻（字啓書、號鴻安壺隱）王少蟠（火土）、鄭炳煌（字旭仙、號郁仙）、陳竹峰（堅志、號寄園）、高華袞、曾秋濤、許炯軒（光輝）。

(2) 葉文樞的「讀我書齋」即「讀我書吟社」亦稱「讀我書社」

張純甫、盧瓚祥（史雲）、蕭文賢（獻三）、周伯達（德三）鄭指薪（火傳）、蔡錦蓉（希顏）、郭茂松（鶴庵）、蘇清池（鏡平）、徐煥奎（錫玄）、許水金（涵卿）、陳湖古（鏡如）、楊存德（達三）、吳文安、胡介眉、漢秋、祖坤、夢樵、敏鑑、林丹初、黃炎煙（嘯秋）、蔡燦煌（東明）、黃詠秋、友鶴、保三、雪峰、遠甫、柯天賜、莊禮持、曾宗渠（石閣）、文魁、孟玉、洪一擎、金隆、含實、聖和、鄭煙地、燦南。後期社員：清涵、敏燦、圖麟、鄭蘊石、盼青、鄭雨軒、許炯軒、沈江楓、蔣亦龍、邦助、定基、葉旭生、張寶蓮。

(3) 張純甫的「堅白書屋」即「柏社」

葉文樞、蕭振開（春石）、陳泰階（伯墀）、鄭葉金木（天鐸）、張寶蓮、劉梁材（梓生）、張國珍（友石）、鄭木生（東青）、陳永昌（穎沖）、吳成德（達材）、陳淋水、陳瑯江、李樹木（樹人）、謝添

壽（凱八）、潘欽義（宜徽）、曾廷福（亭鶴）、郭文彬（君質）、陳振基（礎材）、陳萬坤（厚山）、南洲、沈江枋（江楓）、陳蒼石、曾華維（夏聲）、蘇起五、謝振銓、張君聘、蕭新、吳澤生、陳太郎、陳星平、吳承得、保三、謝少漁、漢迪、寶臣、謝載道、傳興、欽仁、鷹秋、少滿、益村、曾文新（小東郎）。

古人云「雞鳴不已於風雨」，每一個時代都有其「民族文化的守門員與播種者」；不管環境如何艱辛與危險，這些守門員與播種者依舊是「雖千萬人吾往矣」始終不改其志；前清舉人鄭家珍、秀才葉文樞與張純甫三位漢文塾師，就是在日治時期扮演著這「民族文化守門員與播種者」的角色。他們抱持民族氣節，為維護祖國文化，而傳授漢文，受盡異族的壓迫而不改其志，對整個竹塹地區的詩學教育影響最深，貢獻也最大。由於他們的境遇很相似，即乙未（一八九五年）割台，功名路斷，內渡大陸原籍；為漢文傳承與生計重返臺灣，最後鄭、葉二人卒於大陸原籍，其後不知所以，只有張純甫先生，壽終於臺灣新竹故里，且子孫綿延令人稱羨。鄭家珍、葉文樞、張純甫他們皆分別於光緒年間，到日治時代加入塹城歷史悠久的「竹社」，活躍於新竹詩壇，馳名全省，在教學方面，更是深深的影響新竹地區的後輩詩人與生徒，對鄉土文化的紮根與傳承有著不可磨滅的功績。而他們的精神也將永鎸於歷史傳承與記憶之中。

從光復以來，在新竹地區各詩社相繼消失之時，挺而撐起漢文教育傳承的使命就是鄭舉人、葉秀才及張純甫先生的徒子徒孫們（如鄭指薪、蕭獻三、周伯達、鄭雨軒、張奎五、曾文新、范根燦、劉彥甫、蘇子建、李春生……等）。

　　目前竹社社長蘇子建先生即筆者恩師，正率領著竹社的生徒
們柯銀雪、蔡瑤瓊、林素娥、陳千金、黃瓊、許錦雲、李秉
昇、李旭昇、王盛臣、洪玉良、林鴻生、林志芬、武麗芳等
人，繼續著家珍舉人、文樞秀才與純甫先生他們的未竟之業，
要讓固有優良的傳統漢文，紮根於新竹地區的鄉土文化之中。

　　茲將這三位前輩相關年表列附諸於下，唯一可惜的是葉
文樞秀才的資料收集最難也最少（因文樞作品未成集，多見
於《詩報》或是他人文集當中）我們將藉著相關年表，可以
更加清楚的了解，在日治時代，對新竹地區推展漢文教育著
有貢獻的一代塾師，他們的生平概貌。

鄭家珍、葉文樞、張純甫相關年代簡略紀事表

西元	中國年	日本年	鄭家珍	葉文樞	張純甫	相 關 紀 事
1868	清同治7年	明治元年	七月十六日午時家珍出生於竹塹東勢庄。	文樞尚未出生。	純甫尚未出生。	竹塹西門外大火，南門義倉竣工。王松4歲，張麟書14歲，潛園主人林占梅去世。全台裁減兵源。
1869	清同治8年	明治2年	家珍2歲。	文樞尚未出生。	純甫尚未出生。	陳維英去世於台北大龍峒享年59歲。英兵襲安平。
1870	清同治9年	明治3年	家珍3歲。	文樞尚未出生。	純甫尚未出生。	北郭園集刻成。同知陳培桂纂《淡水廳志》及增設西門外、北門外義塾兩所兼教孰蕃。
1871	清同治10年	明治4年	家珍友人鄭兆璜業師鄭國柱(維藩)，修族譜。	文樞尚未出生。	純甫尚未出生。	《淡水廳志》十六卷正式刊行。

西元	中國年	日本年	鄭家珍	葉文樞	張純甫	相關紀事
1872	清同治 11年	明治 5年	家珍友人，新埔秀才藍華峰出生。	文樞尙未出生。	純甫尙未出生。	竹社鄭養齋出生，鄭用錫奉准入祀鄉賢祠。
1873	清同治 12年	明治 6年	家珍6歲。	文樞尙未出生。	純甫尙未出生。	鄭十州出生，鄭維藩中舉人，林豪著<<淡水廳志訂謬>>。
1874	清同治 13年	明治 7年	家珍友人劉廷璧入泮。	文樞尙未出生。	純甫尙未出生。	中日雙方就「牡丹社事件」簽約和解。羅百祿出生。
1875	清光緒 元年	明治 8年	家珍友人，姜紹祖、李濟臣出生。	文樞尙未出生。	純甫尙未出生。	11月14日丁日昌任福建巡撫。
1876	清光緒 2年	明治 9年	家珍9歲。	文樞出生於竹塹北門。	純甫尙未出生。	鄭用鑑入祀鄉賢祠。8月24日基隆煤礦開始以機器採煤。春，泰魯閣番亂清兵平之。
1877	清光緒 3年	明治 10年	家珍友人鄭兆璜入新竹縣學，旋食廩餼。	文樞2歲。	純甫尙未出生。	王石鵬出生。
1878	清光緒 4年	明治 11年	家珍友人林鵬霄補廩膳生。	文樞3歲。	純甫尙未出生。	台南許南英成立崇正社。連雅堂出生。原淡水廳儒學改爲新竹縣儒學。
1879	清光緒 5年	明治 12年	家珍友人曾逢辰入新竹縣學。	文樞4歲。	純甫尙未出生。	淡水、新竹正式分治。

西元	中國年	日本年	鄭家珍	葉文樞	張純甫	相關紀事
1880	清光緒6年	明治13年	家珍友人，鄭盧一、鄭神寶出生。	文樞5歲。	純甫尚未出生。	鄭盧一、鄭神寶出生。
1881	清光緒7年	明治14年	家珍友人陳朝龍進縣學。	文樞6歲。	純甫尚未出生。	九月初四浙江仁和人，徐錫祉到任新竹知縣。
1882	清光緒8年	明治15年	束髮受書於陳錫茲秀才與張麟書、黃平三同窗。	文樞7歲。	純甫尚未出生。	林鵬霄舉歲貢。陳溶之中舉，周維新出生，馬偕博士於淡水創辦「牛津學堂」從事新式教育。
1883	清光緒9年	明治16年	家珍友人王松迎娶陳素娘。家珍16歲	文樞8歲。	純甫尚未出生。	3月24日鵝鑾鼻燈塔落成啓用。12月12日淡水女學堂落成，首屆學生34人全都是宜蘭的平埔族。
1884	清光緒10年	明治17年	家珍17歲。	文樞9歲。	純甫尚未出生。	十月劉銘傳渡台，督辦防務。中法戰爭，攻陷基隆。
1885	清光緒11年	明治18年	家珍18歲。	文樞10歲。	純甫尚未出生。	中法戰爭陷澎湖。台灣建置行省，劉銘傳任台灣巡撫。
1886	清光緒12年	明治19年	家珍參加竹梅吟社。家珍19歲	文樞11歲。	純甫尚未出生。	竹社梅社合併稱竹梅吟社，劉銘傳創設西學堂於大稻埕，除授漢學外，另聘外籍人士教英語。新竹城北鼓樓大火。

西元	中國年	日本年	鄭家珍	葉文樞	張純甫	相關紀事
1887	清光緒13年	明治20年	家珍設帳於東村別墅時20歲。	文樞12歲。	純甫尚未出生。	新竹、苗栗分治。
1888	清光緒14年	明治21年	是年，試童子，家珍以府案第一人入泮。	文樞13歲。	出生於竹塹北門。	鄭養齋入台北府學。陳湖古出生。
1889	清光緒15年	明治22年	家珍應歲試獲補廩食餘。家珍22歲	文樞14歲。	曾祖父首芳，祖父輝耀，曾祖母陳氏順，分別受旌表為孝友，孝婦。	唐景崧「斐亭吟會」成立。
1890	清光緒16年	明治23年	家珍23歲。	文樞15歲。	純甫3歲。	彰化蔡德輝成立「荔譜吟社」。
1891	清光緒17年	明治24年	家珍24歲。	文樞16歲。	純甫4歲。	蔡啓運入泮。唐景崧成立「牡丹詩社」。
1892	清光緒18年	明治25年	家珍好友藍華峰入泮。家珍25歲。	文樞17歲。	純甫嗣父張金聲，主講明志書院。	知縣葉意深聘陳朝龍、鄭鵬雲編<新竹縣志>。
1893	清光緒19年	明治26年	家珍同窗好友黃平三去世。家珍26歲。	文樞18歲。	純甫6歲。	台北至新竹鐵路開通。

西元	中國年	日本年	鄭家珍	葉文樞	張純甫	相關紀事
1894	清光緒 20年	明治 27年	家珍中式舉人。友人陳濬之會試中式，未應殿試。家珍27歲。	文樞19歲。	純甫7歲。	七月日軍挑釁擊沉我方貨船「高陞號」，八月一日，日方向我方宣戰中日甲午戰爭爆發。興中會成立於檀香山。台北海東吟社成立。
1895	清光緒 21年	明治 28年	黃玉成(13歲)受業於家珍，家珍挈眷內渡泉州。家珍28歲。	文樞20歲。全家內渡福建。	純甫全家內渡福建。友人駱香林出生於新竹。	中日馬關條約簽訂，台灣民主國成立，王松內渡，遇盜筴空，元月十七日日軍於台北城舉行始政儀式。
1896	清光緒 22年	明治 29年	家珍好友張麟書設塾於家。家珍29歲。	文樞21歲。時居大陸。	純甫嗣父應試不第，病後攜純甫返台。	王松返台。嘉義「茗香吟社」成立日本政府公布「六三法」賦予總督集行政，立法大權於一身。
1897	清光緒 23年	明治 30年	新竹縣知事櫻井勉，聘家珍友人鄭鵬雲，曾逢辰，纂修「志乘」。	文樞22歲。時居大陸。	純甫10歲。居台灣。	新竹縣知事櫻井勉到任。日軍公佈戒嚴令。依馬關條約兩年之內，台人可自由遷往內地規定，國籍選擇日到期。
1898	清光緒 24年	明治 31年	家珍友人曾逢辰，及同窗張麟書，受聘為公學校漢文老師。	文樞23歲。時居大陸。	純甫11歲。居台灣。	新竹國語傳習所改為新竹公學，日人成立玉山吟社。日本總督府頒布「書房義塾會」，同時規定書房義塾，須受地方官廳監督，並加入日語、算術課程。

西元	中國年	日本年	鄭家珍	葉文樞	張純甫	相關紀事
1899	清光緒25年	明治32年	家珍32歲。時居大陸。	文樞24歲。時居大陸。	純甫祖母曾輞別世，享壽74歲。純甫12歲。在台。	兒玉總督在台南開「慶饗老典」收拾民心。10月2日台北師範學校開校。鄭如蘭等19人受領「紳章」
1900	清光緒26年	明治33年	家珍33歲。時居大陸。	文樞25歲。時居大陸。	純甫生父錦埤別世，得年43歲。	兒玉總督在台北舉行「揚文會」。陳竹峰（堅志）出生。
1901	清光緒27年	明治34年	家珍友人鄭養齋撰<<拾翠園稿>>梓行。時居大陸。	文樞26歲。時居大陸。	北門大火，純甫家族所營金德美食品行，金德隆藥村行毀家道中落。	1月27日「台灣文庫」成立於台北「淡水館」。11月9日設新竹廳。
1902	清光緒28年	明治35年	家珍35歲。時居大陸。	文樞27歲。時居大陸。	純甫15歲。	台中「櫟社」成立。7月6日爆發「南庄事件」。2月8日梁啓超創刊《新民叢報》
1903	清光緒29年	明治36年	家珍友人林鵬霄卒。家珍友人鄭鵬雲所輯<師友風義錄>梓行。	文樞28歲。時居大陸。	純甫二堂兄金波去世，得年27歲。	陳朝龍卒36歲。
1904	清光緒30年	明治37年	家珍37歲。時居大陸。	文樞29歲。時居大陸。	純甫17歲。	日俄戰爭爆發，台南成立「浪吟吟社」。鹿津詩人許夢青卒，得年35歲。2月10日「日俄戰爭」爆發。

西元	中國年	日本年	鄭家珍	葉文樞	張純甫	相關紀事
1905	清光緒31年	明治38年	家珍友人王松的<<台陽詩話>>刊行家珍38歲。	文樞30歲。時居大陸。	純甫胞弟松齡、津亭相繼亡去，時純甫18歲。	清廷廢科舉。台灣全島第一次戶口普查。
1906	清光緒32年	明治39年	家珍39歲。時居大陸。	文樞31歲。時居大陸。	純甫家族分爨。時純甫19歲。	新竹公學遷於孔子廟(今中興百貨現址)，9月1日清廷下詔預備立憲。
1907	清光緒33年	明治40年	八月中秋，家珍在泉州與友人月下把酒談時，局作<丁未中秋夜，月下共酌感懷8首。	文樞32歲。時居大陸。	純甫北上，就稻江乾元藥房，任記帳之職。純甫20歲。	11月5日新竹發生北埔事件。4月中<<新竹廳>>編輯完成出版，5月12日前知事兒山櫻井勉因公渡台暫寓新竹。*乾元藥房已是百年老店，位在現今台北市迪化街南北貨市集上。
1908	清光緒34年	明治41年	十月三十日，家珍讀<哀王孫>遂口占賦詠讀呂湘南哀王孫三絕。	文樞33歲。時居大陸。	純甫21歲。	原台南「浪吟吟社」改組爲南社。3月18日縱貫鐵路全線通車。
1909	清宣統元年	明治42年	家珍42歲。時居大陸。	文樞34歲。時居大陸。	純甫與「奇峰吟社」發起人之一李逸樵，唱和有<福泉試茗><竹屋聽琴>之作。	台北「瀛社」成立。嘉義「羅山吟社」成立。新竹王瑤京，於古奇峰大觀山館與會竹城人士二十餘人，又內地詩翁櫻井勉熊野一郎亦與會。

西元	中國年	日本年	鄭家珍	葉文樞	張純甫	相 關 紀 事
1910	清宣統2年	明治43年	家珍元配夫人王氏去世。家珍43歲。時居大陸。	文樞35歲。時居大陸。	純甫初遊劍潭賦<庚戌初遊劍潭>述懷有家國興亡之痛。	新竹「奇峰吟社」改組為「竹社」，蔡啓運為社長。
1911	清宣統3年	明治44年	家珍友人「竹社」社長蔡啓運去世。家珍44歲。時居大陸。	文樞36歲。時居大陸。	純甫24歲。	竹塹北門大族鄭如蘭去世享年77歲。桃園「桃園吟社」成立，「竹社」吟朋聚會彰化醫館，戴還浦獲推舉為社長，鄭毓臣為副社長。梁啓超來台，客於萊園。
1912	民國元年	大正元年	家珍45歲。時居大陸。	文樞37歲。時居大陸。	是年十一月初二日，純甫娶新竹廿張犁庄劉火鍊之長女劉香為妻。純甫25歲。	3月23日「林圯埔」事件發生。4月前知事兒山櫻井勉重蒞新竹「竹社」，詩人曾寬裕設宴招待，並與竹社同人開擊鉢吟會。
1913	民國2年	大正2年	時任豐州學堂正教習，先生內渡首尾已十九年，念台彌切，七月返台。8月2日抵台灣省祖墳。	文樞38歲。時居大陸。	10月5日純甫參加台北「瀛社」秋季擊鉢吟會，11月9日參加基隆顏雲年「環鏡樓」吟會。純甫26歲。	11月20日「苗栗事件」發生，12月18日羅福星被補，是年8月舉人家珍應新竹鄭拱辰之聘，回竹為其父鄭如蘭看風水，竹社同人為其開歡迎會。

西元	中國年	日本年	鄭家珍	葉文樞	張純甫	相關紀事
1914	民國3年	大正3年	2月4日再抵台灣，鄭如蘭出殯家珍往執紼。	文樞39歲。時居大陸。	純甫詩作首度發表於<<台灣日日新報>>，題為<祝李濟臣兄四十初度>。純甫27歲。	12月20日「台灣同化會」成立，新竹鄭如蘭所撰<<偏遠堂>>吟草刊行。10月5日顏雲年邀瀛社、淡社、桃社、竹社、櫟社、南社於其新築「環鏡樓」吟有110人，大啓吟宴。
1915	民國4年	大正4年	家珍48歲。	文樞40歲。時居大陸。	純甫接父母至台北定居，與林湘沅、黃春潮、李賢村、吳夢周等人共創「研社」。	8月9日總督府圖書館正式開館。7月初鄭神寶特邀竹社同人，吟友於北郭園大開詩宴，以歡迎兒山櫻井勉等人。8月2日台南發生「西來庵」事件。
1916	民國5年	大正5年	家珍49歲，友人張麟書，卸新竹公學漢文教職設私塾於家。	文樞41歲。時居大陸。	舊曆中秋，稻江乾元藥行再開懸賞灯謎，敦聘純甫主稿，回新竹參加竹社大會。	10月19日竹社大會於北門鄭家宗祠舉行，戴還浦去世；鄭養齋、曾吉甫繼任竹社社長、副社長。
1917	民國6年	大正6年	家珍50歲。（時在大陸）。	文樞42歲。時居大陸。	純甫與鄭蘊石，李逸樵同遊瑞芳同時投資採掘，以鄭為主幹幹常駐金山。	新竹公學成立「亂彈會」即教師詩文研究會。台北研社同人倡議改組為「星社」。

西元	中國年	日本年	鄭家珍	葉文樞	張純甫	相關紀事
1918	民國7年	大正7年	先生作歲末感懷頗道貧病交逼之苦，友人李文樵卒。家珍51歲。	文樞43歲。時居大陸。	元月13日純甫參加「瀛、桃、竹」三社于新竹北郭園召開之首次聯吟會。純甫31歲。	瀛社詩人陳潤生卒，基隆詩人沈相其卒。第一次世界大戰結束。潛園之爽吟閣遷至崧嶺神社內。
1919	民國8年	大正8年	大陸軍閥戰亂，家珍應鄭造肇基聘，避地渡台，寓居新竹凡八載，以就當地詩社之聘每歲一歸省親。時52歲。	文樞44歲。夏返臺省母墳。後再回大陸。	純甫嗣父張金聲因水土不服致疾，受顏雲年之聘舉家移居基隆。純甫32歲。	1月4日「台灣教育令」公布10月29日田健治郎出任第一位文官總督，以「內地延長主義」爲政策。竹社詩人鄭樹南卒，得年46歲。
1920	民國9年	大正9年	爲友人王松＜如此江山樓詩存＞撰序。是年冬家珍夫人蘇氏之叔父，蘇成家先生卒。家珍53歲。	文樞45歲。時居大陸。	遷回台北，純甫請鄭家珍舉人爲其嗣父張金聲作墓誌銘。8月14日與李逸樵搭乘湖北丸同赴福州、杭州、上海等地擬謀實業。	連橫刊行＜＜台灣通史＞＞上冊及中冊。6月20日基隆顏雲年刊行＜＜環鏡樓唱和集＞＞7月27日新竹改置爲州。

西元	中國年	日本年	鄭家珍	葉文樞	張純甫	相關紀事
1921	民國10年	大正10年	撰＜蘇肯堂先生墓誌銘＞。家珍友人鄭兆璜去世享年67歲。	文樞46歲。	6月15日瀛、桃二社聯吟擊鉢，於稻江春風得意樓純甫掄元。	10月17日台灣文化協會成立。11月12月連雅堂完成《台灣通史》1月「星社」正式宣布成立。
1922	民國11年	大正11年	家珍應邀參加「台北天籟吟社」成立周年大會。家珍55歲。	文樞從弟文游40歲，文樞作＜文游弟40初慶贈言＞。	3月13日瀛社15週年慶，純甫代表星社參加。9月18日參加嘉義舉行中嘉南聯合吟會。純甫35歲。	4月1日，台灣開始實施日台「共學制」(修正之台灣教育令)台北「淡北吟社」成立。
1923	民國12年	大正12年	家珍得双生男。設帳於水田吳厝耕心齋，同年應門人之請「耕心吟社」成立。	文樞友曾吉甫去世，作＜弔曾逢辰詞長＞詩輓之。文樞返台後，再回大陸。	參加瀛社徵入選，刊於《台灣日日新報》。純甫36歲。	日本皇儲裕仁巡台參拜崧嶺神社，台灣民報創刊。黃朝琴發表＜漢文改革論＞中壢「以文吟社」成立。
1924	民國13年	大正13年	家珍57歲，台北星社同人創＜台灣詩報＞家珍以＜祝星社詩報發展＞七律一首祝賀。	文樞49歲。	2月4日＜台灣詩教＞發行，純甫參與編輯工作。並利用夜間教授漢文。純甫37歲。	4月21日張我軍發表＜致台灣青年的一封信＞抨擊舊文學，引起全島的新舊文學論戰，台灣詩薈創刊，全島詩社聯吟大會於台北江山樓旗亭舉行。

西元	中國年	日本年	鄭家珍	葉文樞	張純甫	相關紀事
1925	民國14年	大正14年	9月10日家珍撰短文「寄齋」一首，時寄寓新竹北門外水田街紫霞堂。	文樞好友鄭盧一詩集印行。中原多故返臺於文游處開館授徒。文樞50歲。	2月7日，全台詩社，第二回聯吟大會於台南，純甫與會並擔任詞宗。純甫38歲。	王松刊行<<滄海遺民賸稿>>2月7日，全台詩社第二回聯吟大會於台南公會堂舉行。9月1日「板橋吟社」成立，8月31日新竹州立圖書館成立。
1926	民國15年	大正15年 昭和元年	家珍與葉文游，同赴蔡汝修為其父蔡啓運逝世15週年舉辦紀念會與擊鉢吟會。	6月13日，文樞文遊兄弟與鄭舉人家珍同赴大同吟社，鄭香圃家開擊鉢吟會。	純甫移居下奎府町。純甫39歲。	是年12月鄭家珍代鄭肇基撰<重修新竹州城陸碑記>又撰該廟慶成醮典之<牒文>本年有全島詩人大會。葉文游卒得年44歲。
1927	民國16年	昭和2年	家珍買丹歸省後，重返新竹。家珍60歲。	文樞回泉州度假時52歲。	3月參加全島聯吟於蓬萊閣。純甫40歲。	3月20.21.22日全島聯吟於台北市蓬萊閣。連雅堂自大陸歸台。
1928	民國17年	昭和3年	是年4月29日(農曆三月初十)家珍病逝於泉州，享年61歲。	文樞好友鄭家珍去世，作<輓鄭雪汀夫子>兩首。文樞53歲。	本年移居兩次，純甫長男子庸出生。純甫41歲。	9月2日，日人伊能嘉矩的<<台灣文化志>>出版。2月11.12日令島詩社聯吟大會，開於高雄市湊町婦人會館。曾吉甫卒享年76歲。

西元	中國年	日本年	鄭家珍	葉文樞	張純甫	相關紀事
1929	民國18年	昭和4年		文樞集門弟子創立「讀我書吟社」---讀書、作詩與擊鉢吟後亦稱「讀我書社。」文樞54歲。	純甫應聘至松山授課。純甫42歲。	4月1日台北帝國大學改制。「讀我書吟社」---見《臺灣詩史》。
1930	民國19年	昭和5年	家珍友人王松卒享年65歲。	7月27日「讀我書社」。於西門章氏宅舉發會式。	純甫於<台灣日日新報>發表守墨樓即事。純甫43歲。	新竹「切磋吟社」成立，台南<三六九小報>發行霧社事件發生。文樞好友鄭盧一卒享年51歲。「讀我書社」見《張純甫全集---張氏年譜》。十月「詩報」刊行，發行人周石輝。
1931	民國20年	昭和6年	家珍學生，謝森鴻創「竹林吟社」。	應聘盧纘祥家西席，並兼任《詩報》編輯與張純甫唱和有<寄純甫先生>詩多首。	8月1~5日純甫假新竹市西門新新醫科醫院後樓上，辦書畫展覽。純甫44歲。	3月21.22日全島詩人大會，開於新竹公會堂(竹社主辦)。
1932	民國21年	昭和7年	家珍門人曾秋濤、許炯軒訪請李濟臣先生，請其為雪蕉山館詩集作序。	文樞好友鄭十洲卒，享年60歲。文樞作<輓鄭十州先生>兩首刊於9月1日詩報。	純甫先生舉家遷回新竹。純甫45歲。	台中「櫟社」三十週年紀念會，3月20日全島詩人大會開始於台北大龍峒孔廟，出席者約260人，21日復於蓬萊閣開招待會。

西元	中國年	日本年	鄭家珍	葉文樞	張純甫	相關紀事
1933	民國22年	昭和8年	家珍友人李濟臣完成<<雪蕉山館詩集>>序文，但未付梓友人張麟書卒。享年77歲。	文樞由宜蘭重回新竹開館授徒，好友林毓川五十歲生日，作壽賀之。祝毓川姻台五十初渡。	2月5日純甫正式遷入，所購之後車路自宅，並取名曰「堅白屋」以節昭志。純甫46歲。	2月11.12日全島聯吟大會於屏東公會堂舉行。新竹市「有樂館」落成，即今新竹市區中正路的「影象博物館」。
1934	民國23年	昭和9年		文樞59歲。仍於新竹開館授徒，並往來全島擊鉢吟會，詩譽卓著。	3月20日，純甫與鄭蘊石、雨軒昆仲及季玉遊古奇峰有詩作。	新竹曾笑雲編<<東寧擊鉢吟集>>發行。4月7.8日全島聯吟由台南州主催並於嘉義公會堂舉行。
1935	民國24年	昭和10年		文樞作<文君當戶>詩應竹社謝景雲徵詩。文樞60歲。	7月1日，純甫應門弟子之請成立「柏社」。純甫48歲。	5月29日竹社於法蓮寺，為赴日本參加儒道大會，歸來的社長鄭養齊開洗塵吟宴。新竹大地震發生。
1936	民國25年	昭和11年	家珍學生王石鵬加入台中櫟社(移居台中)。	文樞參加全島聯吟題作<春耕>。	純甫49歲。	本年3月21.22兩日，竹社主辦全省五州聯吟詩會。4月27日南社社長趙雲石卒，享年74歲。6月28日連雅堂逝於上海，享年58歲。

西元	中國年	日本年	鄭家珍	葉文樞	張純甫	相 關 紀 事
1937	民國26年	昭和12年	家珍好友李濟臣卒，享年63歲。	一月文樞返大陸省親。文樞62歲。	純甫50歲。	中日戰爭爆發，各報漢文版被禁，竹社社長鄭養齋去世享壽69歲。台北州開始推行「國語家庭」各地紛紛仿效。
1938	民國27年	昭和13年		文樞作<病中偶書>張純甫與林毓川分別次和。文樞63歲。	作<桃花扇傳奇題後>七絕三十首。純甫51歲。	日本總督府召集各地方官會議，授權各地方政府，開始整頓寺廟。
1939	民國28年	昭和14年		文樞得盧續祥協助返回大陸(五月廿五日)。文樞64歲。《詩報》203號(6月20日)有<送別葉文樞夫子>詩多首。	林幼春，黃春潮於《詩報》打筆仗，純甫作詩為之調解，參加「讀我書社」重陽小集。純甫52歲。	十月二日林幼春去世。
1940	民國29年	昭和15年		文樞65歲。	先生宿疾復發，入院治療。諸親友探視者屢。病榻上仍有唱和之作<次春潮來竹視疾並示癡雲夢周之首>。	2月11日日本官方修訂戶口規則，規定台灣人改換日本姓名。

西元	中國年	日本年	鄭家珍	葉文樞	張純甫	相 關 紀 事
1941	民國30年	昭和16年		11月文樞弟子讀我書社社員蔡希顏卒，年31歲。文樞66歲。	先生因腸瘤去世，享年54歲。	四月十九日皇民奉公會成立。
1942	民國31年	昭和17年		文樞三男國炘於南洋「民里拉」與張麗壁小姐結婚，寄詩勉勵。		新竹竹風吟社、新竹朔望吟會成立。2月15日日軍攻佔新加坡。
1943	民國32年	昭和18年	家珍弟子高華袞去世，享年70歲。	文樞弟子鄭雨軒去世，享年61歲。文樞68歲。		日本總督府正式公布「廢止私塾令」。
1944	民國33年	昭和19年		文樞秀才卒於大陸。享年69歲。		羅啓源印行<<鄭十州遺稿>>新竹市聯吟會成立。《詩報》停刊（十月以後）。
1945	民國34年	昭和20年				5月吳濁流撰成<<亞細的孤兒>>第二次世界大戰結束，日本戰敗，台灣重回中國懷抱。

參考文獻

一、史誌類：

《新竹市志》卷五•文教志1996.3 新竹市政府 印行。

《新竹市志》卷七•人物志1997.12 新竹市政府 印行。

《新竹市志》卷八•藝文志1997.12 新竹市政府 印行。

《新竹叢誌》 1996.6 新竹市立文化中心編印。

《竹塹百年發展口述歷史•耆老座談紀錄輯叢誌》1996.6 新竹市立文化中心編印。

《台灣詩史》作者 廖雪蘭 1989.8 武陵出版社 初版。

《台灣史》 主編 林衡道 1996.10 台灣省文獻委員會編 眾文圖書股份有限公司發行 一版五刷。

《台灣通史》作者 連雅堂2001.4 黎明文化事業股份有限公司 重新出版。

《明志書院沿革志》編撰 詹雅能 2002.10 新竹市政府出版。

《新竹縣志·藝文志》編撰 黃旺成1976.6 新竹縣政府 印行。

《臺灣史》作者 山崎繁樹、野上矯介 2001.11二版六刷 台北市 武陵出版有限公司。

《臺灣開發史》作者 薛化元 2003.2修訂二版二刷 台北市 三民書局股份有限公司發行。

二、論文類：

《臺灣詩社之研究》作者 王文顏1979年政治大學中文所 碩士論文。

《清代臺灣竹塹地區傳統文學研究》作者 黃美娥 輔仁大
　學1999.7博士論文。

《臺灣南社研究》作者 吳毓琪1998.6成功大學中國文學
　研究所 碩士論文。

《新竹地區傳統文學史料存佚現況》作者黃美娥 輔仁大
　學中國文學博士班論文。

三、文學類：

《臺灣文學家列傳》作者 龔顯宗 2000.3 五南圖書出版有
　限公司 初版一刷。

《台灣文學百年顯影》作者 施懿琳、中島利郎、黃英
　哲、應鳳凰、黃武忠、彭瑞金2003.10玉山社出版事業
　股份有限公司出版 第一版一刷。

《連雅堂文學研究》作者 黃美玲 2000.5一刷 台北市 文
　津出版社有限公司出版。

《臺灣文獻季刊》四十二卷一期＜鄭雪汀先生年譜初稿
　＞作者 鄭喜夫1991.3.31出版。

《臺灣文獻》十一卷三期＜古今臺灣詩文社＞作者 賴子
　清1960.9.27出版。

《竹塹文獻雜誌》第四期台灣文學1997.7新竹市立文化中
　心 出版。

《塹城詩薈》編著者 蘇子建 1994.6 新竹市立文化中心
　出版。

《鄉詩俚諺采風情－鄉音篇》 編著者 蘇子建 2000.11新
　竹市政府初版。

《蕭獻三先生吟稿拾錄》編註 蘇子建 2002.3自印（竹社
　上課用）。

《葉文樞先生吟稿拾錄》編註 蘇子建 2003.3自印（竹社上課用）。

《塹城雅集擊缽錄》編註 蘇子建 2001.3自印（竹社上課用）。

《竹塹詩社錄》編註 蘇子建 2002.3自印（竹社上課用）。

《塹城詩社雅集》編註 蘇子建 2000.3自印（竹社上課用）。

四、詩文類：

《靜遠堂詩文鈔》作者 鄭用鑑 編校 詹雅能 2001.12 新竹市政府文化局 出版。

《雪蕉山館詩集》作者 鄭家珍1983.10 中華民國傳統詩學會出版。

《偏遠堂吟草》作者 鄭如蘭1992年，台北 龍文出版社。

《大新吟社詩集》主編輯註 林伯燕 2000.12初版 新竹縣文化局出版。

《陶社詩集》主編選註 林伯燕 2001.11初版 新竹縣文化局出版。

《環鏡樓唱和集》發行人 顏國年 大正九年（1920）六月十七印刷二十日發行，印刷所 株式會社台灣日日新報。

《指薪吟草》作者 鄭指薪1990.10出版 台北市 同文印刷有限公司。

《詩報》昭和五年十月三十日發行至昭和十九年九月（1930－1944），發行人分別爲周石輝、蔡清揚（昭和7年11月18日以後）、張曹朝瑞（昭和8年11月15日以後），每月發行兩次，即每月月初及月中。

《耕心吟集》作者 鄭家珍與生徒們，由魏經魁（伯梧）
　　先生抄錄成集，未出版。

《張純甫全集》作者 張純甫 主編 黃美娥1998.6新竹市立
　　文化中心 出版。

《王詩琅全集》1979年高雄：德馨室出版社。

《潛園琴餘草》作者 林占梅1994年，新竹市立文化中
　　心。

《梅鶴齊吟草》作者 林鍾英 編輯詹雅能 黃美娥 1998.6新
　　竹市立文化中心 出版。

《東寧擊缽吟前集》編者　曾笑雲（朝枝）昭和九年
　　（1934）初春出版 台北市青木印刷工場。

《東寧擊缽吟後集》編者　曾笑雲（朝枝）昭和十一年
　　（1936）　仲春出版 台北市 明星堂印刷所。

五、其他：

《臺灣代誌》作者 古野直也 譯者 謝森展1995.12初版　台
　　北市 創意力文化是業有限公司。

《日據下之臺政》作者 井出季和太 編譯 郭輝2003.11出
　　版 台北市 海峽學術出版社。

《浯江鄭氏家乘》編者 鄭鵬雲1987年，台中：臺灣省文
　　獻會。

《新竹耆老訪談專輯》　　1993.6 新竹市政府 編印發行。

《三年小叛五年大亂－臺灣社會變遷》作者 王詩琅
　　2003.4 台北市 海峽學術出版社出版。

《日據時期臺灣社會領導階曾之研究》作者 吳文星
　　1992，台北 正中書局

《中華民國萬年曆》 台南學理出版社。

國家圖書館出版品預行編目資料

日治時期塹城詩社淺探／武麗芳著. -- 初版. --
　臺北市：萬卷樓, 2010.04
　面；　公分
　參考書目：面
　ISBN 978–957–739–678–5 (平裝)
1. 臺灣詩　2. 漢詩文　3. 機關團體　4. 日治時期

863.064　　　　　　　　　　　　99005232

日治時期塹城詩社淺探

著　　　者：武麗芳

發 行 人：陳滿銘

出 版 者：萬卷樓圖書股份有限公司

　　　　　　臺北市羅斯福路二段41號6樓之3

　　　　　　電話：(02)23216565・23952992

　　　　　　傳眞：(02)23944113

　　　　　　劃撥帳號：15624015

出版登記證：新聞局局版臺業字第5655號

網　　　址：http://www.wanjuan.com.tw

E - m a i l：wanjuan@tpts5.seed.net.tw

定　　　價：300元

出 版 日 期：2010年6月初版

ISBN 978 - 957 - 739 - 678 - 5